隐 患

矫健 著

作家出版社

图书在版编目（CIP）数据

隐患 / 矫健著 . —北京 : 作家出版社，2022.11

ISBN 978-7-5212-2009-4

Ⅰ.①隐… Ⅱ.①矫… Ⅲ.①长篇小说—中国—当代

Ⅳ.① I247.5

中国版本图书馆 CIP 数据核字（2022）第 166009 号

隐患

作　　者：矫　健

责任编辑：省登宇　周李立

特约策划：瓦　当

装帧设计：琥珀视觉

出版发行：作家出版社有限公司

社　　址：北京农展馆南里 10 号　　　邮　　编：100125

电话传真：86-10-65067186（发行中心及邮购部）

　　　　　86-10-65004079（总编室）

E-mail:zuojia@zuojia.net.cn

http://www.zuojiachubanshe.com

印　　刷：北京盛通印刷股份有限公司

成品尺寸：145×210

字　　数：230 千

印　　张：8.75

版　　次：2022 年 11 月第 1 版

印　　次：2022 年 11 月第 1 次印刷

ISBN　978-7-5212-2009-4

定　　价：48.00 元

一

在特殊时期，方圆得到了一个爹。

傍晚时分，一束阳光斜照在墙东角的餐桌旁，一个老汉低垂着脑袋在光柱中打瞌睡，不时前冲，似乎睡得很香。后天就要过年了，方圆的人民饭店打算明天关门歇业。最后一个营业日，最后一名客人却给他带来无穷的麻烦！若能预知后边的事情，他便提前一天打烊了。

蓝花花将老人摇醒，只问了几句话，就一脸慌张地跑到后厨找老板。大厨们都放假了，老板方圆不得不亲自顶班；服务员也只剩蓝花花一个，不是自己人谁肯留到这个时分？你爹来了！蓝花花张口这么一句，我怎么从没听说你还有爹？

搞什么搞？天上掉下来一个爹？方圆用毛巾擦擦手，紧跟蓝花花走出厨房。

老人又睡着了，夕阳照亮他稀疏的白发，一缕口水挂在嘴角。方圆一心打发老头快走，不行的话，不惜赔上一点钱。他和温妮约好今晚见面，商量何时举办推迟了的婚事。却不料老人醒来，喊他一声，令他改变了主意——

阿庆，儿啊，你怎么一去淡水做生意，这么多年不回家呢？老

1

人紧紧握着方圆的手，老眼溢出混浊的泪花。

仿佛惊雷轰顶！方圆的脸唰地白了，木雕塑似的一动不动。

阿庆？蓝花花眯起眼睛，努力回忆着什么。老人家，你认错人了吧？我们老板姓方，方方的方，名圆，圆圆的圆……

老人有点神志不清，只顾自说自话：我找你那么多年，淡水每一个角落都跑遍了，没想到你来了北方……儿啊，我心里好苦哇！

方圆抓住要害问题，单刀直入，大叔，是谁把你送到这儿来的？

老人瞪起眼睛，叫我什么？叔？这么多年不见，你把爹叫成叔？还有点良心吗？亲爹都不认啦？

方圆不与老人纠缠，好好，叫什么都行。你就说说，你是怎么找到我的？

老人不知真糊涂还是装糊涂，狡黠一笑，伸手指着蓝花花的鼻尖，问她，是她把我领来的。

蓝花花急了，我怎么会领你来？我刚认识你呢！方圆，这老头属王八的，乱咬人哪！

方圆脑筋飞快地转动。这事不简单，老头这个时候出现在饭店里，仿佛有人在背后用尖刀悄悄顶住他的腰！阿庆，淡水，一大堆往事如乌云涌上心头，压得他透不过气来……

方圆明白，不可能简单地把老人打发走了。他看了蓝花花一眼，似乎询问主意。蓝花花很有担当地一笑，要不，让大爷跟我走吧？不管他是谁，这么一个老人搁你这儿，你招呼不过来。

老人这会儿倒清醒，不，我就在这儿！找到儿子了，当然要住儿子家！他仔细看看蓝花花，又乜斜着眼睛瞅方圆，儿啊，这是你老婆吗？是老婆就行，都一家人嘛……

这个问题很微妙。方圆不想在这当口与蓝花花产生纠葛，他着急与温妮结婚呢。于是下定决心，道：就让他跟我住，待会儿你上楼帮我收拾一下。

方圆下海经商赚了一笔钱，回到家乡海滨小城，在城郊接合部买了一块地，盖起这座两层小楼。随着城市飞速发展，门口的泥泞土路变成一条商业街。方圆的小楼也身价百倍，领了执照做餐饮，还起了一个挺牛×的名字：人民饭店。一层自然是店面，后面带个院子，可以停车。二楼几间房做雅间，走廊尽头留出一间做卧室。这份产业使方圆生活安定，踌躇满志。

开饭店赚了不少钱，他打算买一套新房和温妮体体面面过日子。当然，先决条件是与温妮结婚。本来定好正月初八办喜事，春节连婚宴，喜上加喜。可温妮又犹豫了，说现在病毒流行，怕不吉利，过完年看看再说吧。方圆只能把满腔热情收起来，挨过这段灰色的日子。

蓝花花手脚麻利地收拾出一间雅间，帮方圆把卧室里的长沙发搬过来，又临时铺一张床。她一边干一边嘀咕：阿庆这名字听得耳熟，是不是淡水那个找我们麻烦的包工头？她看看方圆的脸色，又把话咽了下去。恰好，老头从门外进来，止住了这个方圆不想展开的话题。

老头挺啰唆，指着沙发问：这是干吗？大床宽着呢，我们父子两个一头睡觉，还能说说体己话哩……

方圆耐着性子把老人拉回卧室，安顿他上床歇息。老人倒听话，和衣躺倒，使劲闭上眼睛。方圆轻轻拉上房门。

他站在走廊尽头的窗前，努力让自己平静一些。冬日的太阳落得快，晚霞迅速暗淡下来。院子里一盏灯照亮狗棚，他养的大狼狗威武地竖着耳朵，警惕着围墙外面的动静。远处，可以眺望大海的一角，灰色的海面在烟墩山脚下渐渐隐去。

方圆无法放松，不祥的预感如巨掌扼住喉咙，几乎使他窒息。他开始恶心，很想蹲下来痛痛快快地呕吐一场。该来的终于来了，他听见自己的话语在脑际回荡，天网恢恢疏而不漏啊，这就是末日，末日……

蓝花花收拾好雅间，又泡了一壶茶，把茶杯端到方圆面前。她延延磨磨找话茬，很想和方圆深谈。方圆刻意回避，你走吧，这么晚该回家了。蓝花花指指卧室，那老头……方圆摆摆手，你别管了，我有办法对付。

方圆几乎是推着蓝花花离开饭店。刚拉开玻璃门，正撞上两位客人。街道居委会郑主任来了，身后还跟着小组长侯大妈。方圆不敢怠慢，请他们在餐桌前坐下。蓝花花也把刚泡的茶给领导斟上。郑主任说了一大堆控制病毒的重要性，接着提出一个要命的问题：人民饭店最近有没有外来人口？

方圆停顿了几秒钟，背后沁出冷汗。他很快矢口否认，员工都放假了，就我守着饭店过年！

侯大妈拿蓝花花打趣，她不是在这里吗？你们俩一起守店吧？

郑主任又叮嘱方圆一番，有外地来的亲戚朋友，一定要向居委会报告！你是老板，人民饭店这块地盘你守土有责！

说完话，他们就要离开饭店。方圆满脸堆笑拉开门，正准备说再见，眼睛却被两位领导的目光牵引到楼梯口——"爹"下来了！他扶着木扶手，毛发翘翘，笑容可掬，一步一挪走下楼梯。

两个领导一齐指向老人，这位是……

老头走到跟前，脸上表情颇有几分自豪，我是他爹！

侯大妈责怪地盯着方圆，你怎么不说实话？

方圆急欲否认，但又怕老头乱说，把阿庆、淡水什么的一股脑儿端出来，可就不好收拾了。于是，他不置可否地笑笑，十分尴尬的模样。

郑主任目光敏锐地打量老汉，紧紧揪住当前最关键的问题：老人家，你从哪里来的？什么时候到的？

老人操着浓重的南方口音，摆出语不惊人死不休的架势，说出一个著名的城市。并且强调：我今天刚到！

这一瞬间就决定了后面局势的发展。郑主任当即指示，人民饭店的铝合金卷帘门换上街道带来的大锁，钥匙由侯大妈掌控。后院大门太破烂，老人可能开门溜走。今晚就派人拆除，直接砌一堵砖墙，派出所孙所长会亲自监工……

蓝花花见形势紧张，就说老板我先回了。侯大妈一声断喝：站住！

一弯上弦月挂在夜空，方圆独自站在院子里。其实，他已经准备好几个方案，无论如何要把老头送走。却不料自己被隔离了，方案全部作废！这座小楼这个院子，只有他、"老爹"、蓝花花，还有一条大狗，他们将被一根无形的绳子捆在一起，谁也逃不脱半步……

二

　　淡水是一个非常自由的地方。自由大了就凸现其混乱、无序。

　　淡水街边的小商铺吵得让人受不了，特别是方圆他们租住的富华楼下，每家店门前拖出一只大音箱，咣咣咣响到深夜。方圆失眠时就觉得自己睡在街边一个大舞台上。整个淡水就是一工地，打桩机像固执的老头，不间断地捶打大地。卡车喷着黑烟、卷起黄尘，搅得天空昏暗无色。没有公交车，摩托佬们像一群蝗虫，"日"地飞遍城市每一个角落⋯⋯

　　在淡水，许多事情没人管，无奇不有。隔壁邻居小廖，一个来自湖南的小老板，对刚到淡水的方圆说过一句名言：淡水没有政府，只有公司；没有领导，只有老板。日后的遭遇，使方圆深深认同这个邻居的高论。

　　淡水的空气中仿佛飘荡着某种激素，使人产生莫名的激动。到处悬挂着希望泡泡，你跳起来抓，一抓一个空，可你还会不断地跳，那些泡泡永远在你头顶上方游荡。自由伴随梦想而行。

　　方圆他们就是满怀梦想奔淡水来的。

　　与他一起来的是两个同学：宋可行，绰号"鸡公"，大学时代与方圆同宿舍，睡上下铺，是著名活跃分子。这家伙，蹦上蹦下闹得

6

方圆无法睡觉，只得主动换到上铺，让出下铺做鸡窝。另一个同学名叫刘备，当时同学们都乐了，你倒好意思，敢叫皇帝的名字？刘备扶扶眼镜，无奈地摊开双手，名字是老爸给起的，他胆大我也没办法。这个同学人如其名，老成温和，同学们都叫他"刘老备"。他们都是火热文青，办了一个诗社，在大学里博得无数女同学的青睐。方圆诗歌写得最好，但刘老备被推选为社长，天生皇帝材料。

毕业多年，同学们都在各自岗位上发展，小有成就。刘老备当上副科长，他的性格当不了皇帝，当干部还是绰绰有余的。方圆在一所名牌中学当语文老师，已经是送毕业班的教学骨干了。宋可行天马行空，调换几次工作，索性辞职下海，成了一名炒股专业户。淡水之行就是鸡公促成的，他带着两个要好的同学炒了一把股票，让他们尝到了下海的甜头……

宋可行说：马上就要来一波大牛市，我宋鸡公火眼金睛，你们听我的肯定发财！他让方圆老备把家底掏出来，自己代他们炒股。

赢了大家分，输了算我的。胆子再小，就算我借你们的钱，给高利息！毕业这些年，谁都攒了一些钱，刘老备和方圆都动心了。炒股又不是掉脑袋的事，炒就炒吧，甭说借不借，兄弟们一块儿上阵！他们各自把钱打入鸡公的账户，果然，半年工夫翻了两倍！

人变阔了，胆子也大了，都嫌生活平淡无味，想要活出另一番光景。鸡公接着推出淡水，南方一个刚崛起的城市，人人可以当房地产商。

咱们三人合股开一个公司，闯荡江湖，说不定一不小心成了李嘉诚！青春热血动荡，勇敢的心怎能经得起这般诱惑？刘老备带头辞去科长，方圆也向校长提交了辞职信，哥儿几个一路杀向淡水这座魔城！

淡水紧邻大亚湾国家级经济开发区，由一个普通南方小镇摇身一变，成为一座新型城市。几十万人口聚集到这里，城市犹如巨人在原野迈开扩张的步伐。这是冒险家的乐园，到处流传着发财致富的传奇。炒地皮，盖房子，每个人都做着一夜暴富的美梦。提着密码箱的老板来了，民工大军来了，后面跟着小姐、地痞，以及形形色色的人物……

于是，这座城市天然就抹上了魔幻色彩。

房地产热与当地一项政策有关：允许农村宅基地上市流转，且不受户口限制。宅基地一般是八十平方米，每个农民都有份。大亚湾经济开发区成立，外地人涌来投资，地价就狂涨起来。农民一看发财了，纷纷把宅基地卖掉，这一块块八十平方米的小地，就在外地人手中流动。仿佛打篮球，你炒给我，我炒给你，生意火爆。房子也盖得怪怪的，谁都想发财，希望八十平米土地产出更多的房子，就拼命往上盖，往四周飘，形成独特的建筑奇观——楼房变成一座座碉堡。

方圆他们注册了一家公司，起名"亚细亚"，在富华楼租下一套三室两厅的房子，开张营业。富华楼里净开着此类小公司，住满投机分子。他们什么都做，先是买了几块小地皮，能炒掉立马转手，赚多少算多少。炒不掉就盖小楼，盖那种碉堡式小楼，也好卖。由此，便与工程队打起交道，有了承包建筑的生意他们也做。甚至，刘备还做主买了一部解放牌二手卡车，拉土方赚点零花钱，说是多元化，开拓现金流……总之，他们上天入地，啥生意都做，居然顺风顺水地在淡水扎下根来。

"亚细亚"是个好名字，也许别人看来平淡无奇，但在方圆他们心中，这三个字重如泰山！生平第一回啊，他们有了自己的公司。从工商局领回执照的当晚，都说要好好庆祝。他们在楼下的海鲜大排档喝酒，举杯高呼：亚细亚的太阳永不落！喝高了，三个人飘飘然，都以为自己离李嘉诚不远了。

　　一个眼睛明亮的女服务员为他们开瓶倒啤酒，时时抿着嘴笑。这帮老板有点傻，跟富华楼其他公司不一样。老板也过来凑趣，叫着服务员的名字道：蓝花花，大哥们这么高兴，你干吗不唱一支歌给他们助兴呢？又向客人介绍：她是苗族姑娘，唱歌赛过百灵鸟，是我饭店的金字招牌。苗家姑娘能歌善舞，天生喜欢唱歌，蓝花花也不羞涩，一甩短发放声唱起山歌来。

　　果然好听，歌声犹如一道清凉、激越的溪水，划破沉沉夜空。方圆一边听一边注意观察，姑娘脚下穿着一双高筒雨靴，可明明是晴天，地面干爽，这就有点奇怪了。唱完一首歌，鸡公捧上一杯啤酒，让蓝花花润润嗓，接着再唱。那姑娘也不推却，豪饮一杯啤酒，面颊红润，歌声更加动听……

　　后来大家都喝醉了，鸡公说亚细亚公司正在招聘员工，一再邀请蓝花花加盟。老板急了，喂，怎么当面挖我墙脚啊？花花可是我们酒店的宝啊，每天唱歌引来多少顾客……

　　蓝花花正色道：周老板，谁也挖不走，我就喜欢在你的酒店做！

　　说完，她奔到后厨忙活去了。方圆两眼紧盯她的大雨靴，走路橐橐的，有点大，不跟脚。

　　人对自己的感情很难把握，也很难理解。方圆竟然失眠了，耳边净是蓝花花那溪水般的歌声；翻来覆去无法入睡，眼前总是晃动着那双肥大的雨靴。他拍打自己的脸颊，怎么回事？交往过许多女朋友，总不成功，很难有动心的感觉。今天却怪，怎么会为一个素不相识的苗家姑娘失眠呢？

天亮了，他又忙着跑各种生意，将那些微妙的感情波澜掩埋到心底深处。

缘分的事情真是神秘难解。没过几天，蓝花花来亚细亚公司应聘了。他们当时贴出小广告，招聘女文员，说到底是想找人帮三个爷们儿料理家务。鸡公非常热情，搬椅子倒茶水，乐得屁颠屁颠。老备慎重，问：你来我们公司做，周老板会不会有意见？你当时不是也表示过，不会离开楼下的海鲜大排档吗？

鸡公急忙阻拦话题，此一时也彼一时也。老备，你惦记那个大排档老板干吗？择业自由嘛，又不是你在机关上班，管那么多累不累？这事定了，欢迎蓝花花加入亚细亚公司！

蓝花花红着脸说出一件事情：一个女伴把自己的金项链借给她戴，可她洗澡时，一不小心挣断了那条细细的链子。金项链竟如一条小蛇，掉到澡堂地漏里去了！她让澡堂服务员寻找，撬开地漏也不见项链的影子。蓝花花要赔偿女友的金项链，那可是一笔不小的钱啊！她每个月工资都要寄给住在山寨的父母，一时间上哪儿去搞钱呢？她要求周老板预支几个月的工资，可老板不答应。蓝花花就想起亚细亚那帮浪漫、滑稽的老板，思忖读书人可能好说话一些……

刘老备明白了，这么说，你来这里上班有一个先决条件，预支一条项链的工资？

蓝花花点点头，想说什么又闭紧嘴，眼巴巴地望着刘老备。

方圆这时站了起来，干脆地说：不用向公司预支，我个人借给你，一千元够吗？

蓝花花仰脸望着他，感激的红晕飞上脸颊。那两只眼睛闪烁着水光，真像星星一般明亮。

从那时起，方圆注定要与蓝花花纠缠一生一世！

三

据说，老年痴呆症患者的记忆有一个特点：距离越近的事情越容易遗忘，距离远的往事却记得非常清晰。在方圆看来，那位"来自星星的爹"就比较典型。夜里，他仔细盘问老人的来历，可老头刚说过的话转眼就忘了，弄得方圆头晕。

你是乘飞机来的，还是坐火车？老人说：差一点出不来，我爬上最后一班卧铺大巴，才出了城。方圆又问：大巴一路上跑了多少小时？老头却说很快，飞机在天上能看见海。方圆再追问下去，飞机又变成火车：那动车好啊，跑得又快又稳，就跟飞机一样……

方圆让他绕得云山雾罩，只好放弃细节，那么，你是一个人出来的，还是有亲戚朋友带着上路？老人一会儿说有人，一会儿说没人。上句说老板大方，花钱买票还管吃管喝；下句却说自掏腰包，为找儿子把老底都赔干净了……每一句话都没有影儿，一出口似乎随风飘去。方圆怀疑他是故意的，可他看上去又不像在装。

提起往事就变了个人，老人讲话头头是道，让方圆有身临其境的感觉——

他们一家住在一所乡村小学校里，老人似乎是教师或者校长之类的人物。阿庆，你还记得吧？你还不会走路，上课的时候总是爬到教室找我。你还喜欢我的办公室，开会读文件，你爬到我膝盖上，把我手里的文件抢走了……大一点了，你更皮。还记得学校后面的小水库吗？你总爱去玩水。六岁那年你都差点淹死！我把你捞出来，做人工呼吸，吐了一地浑汤，你又活过来了！从小到大，趁我不注意你就钻进水库，整天在水里泡着。我说阿庆啊，这一辈子水肯定淹不死你了，你的前世是一条鱼……

方圆从他谈话中看见阿庆的人生拼图，童年的碎片都在父亲的讲述中一块块拼到一起。少年时期，阿庆的父亲似乎得了什么重病，住在医院里很长时间。母亲带着阿庆定期探望父亲，他可能得了某种传染病，不能与亲人接触。他们隔着玻璃窗说话，每一次老人都很伤心。阿庆却并不情愿看父亲，总是倔倔地站在一边。母亲说，每次拖着这个冤家来，都被他敲去一笔零花钱！从此，儿子成了父亲的死对头，折磨他心碎直到今天……

方圆揣测老人当年得了什么病，但说到隔离，他不由自主地往后挪动身体，与老头保持一段距离。

蓝花花显然更担心这个问题。方圆出了老人的屋子，她把他拽到楼梯口，急切地说：这老汉不定从哪来的，街道、居委会领导都吓成那样，你怎么和他凑在一起说话？太危险了！

方圆顿时警醒，对啊，他着急摸清老人的来龙去脉，竟然把最严重的威胁撂到脑后去了！这样不行！

蓝花花说：这事得赶快找侯大妈想办法。方圆立马打电话，报告了他们的困境。

侯大妈仔细询问老人的情况，答应明天一早送口罩来。她问方圆还需要什么，可以一块儿捎来。方圆想了想，自己开着饭店，吃的喝的都不缺；但他是个烟鬼，每天至少抽一包香烟，店里烟不足了，正准备明天进货呢。侯大妈表示没问题，她代他进一箱货，手机转账就行。

怎么交接呢？方圆说你得把我的卷帘门打开。侯大妈斩钉截铁道：那不行，开大门得郑主任批准！最后商定了办法，他们从二楼吊一个筐下来，侯大妈把口罩和烟放在筐里，再由他们吊上去。

该睡觉了，问题又来了。本来方圆与老头一人一间屋，没想到蓝花花也被领导扣留下来，怎么睡呢？老人觉得好办，执意自己独自睡，空出那张大床好让儿子媳妇一起睡。老人不由分说，将铺盖卷巴卷巴抱到沙发上，麻利地关上房门。

方圆与蓝花花却面面相觑，儿子、媳妇？可现在他们并不是那么一回事啊！

蓝花花打破僵局，铺盖够用吗？方圆嗫嚅道：有几床新被。温妮在这儿睡觉时，从家里带来的……

蓝花花打开大衣柜，默默地翻找。找出一床被一个枕头，就抱着往屋外走。方圆问她上哪去，她说到楼下把餐桌拼起来当床，可以在餐厅里睡觉。

方圆在嗓子眼喃喃：冷啊……

蓝花花一甩短发，不怕，楼下锅炉烧得旺，这小楼暖气足着呢！她停顿一下，目光怜惜地望着方圆，声音变得轻柔：咱们不是都说清楚了吗？别让温妮想多了。

方圆也有了决断，从蓝花花手中拿过被子枕头，向楼梯口走去，你睡床，我睡桌子！

蓝花花帮方圆拼好桌子，铺上铺盖，才一步一扭头地走上楼梯。

方圆松了一口气。突如其来的隔离，给两个人出了一道难题。

方圆掏出手机，该与未婚妻联系了。刚才温妮发微信，说约好晚上见面，为何还没动静？方圆写了好长一段文字，把老头的事情从头说了一遍。遇上这样大的麻烦，他无法脱身了！温妮估计气得不轻，没回微信，不理睬他了。

餐厅静悄悄。这间大屋可以放十几张圆桌，颇具规模。靠窗明亮处是吧台，点菜、结账、买烟酒都在那里。吧台旁是一条走廊，直通厨房。生意好时，大厅热闹喧哗，上菜的服务员把走廊都堵塞了……眼下餐厅像冻结的冰窟，找不到往日的影子。方圆叹了一口气，把玻璃烟缸放在枕头旁，爬上被褥，盘腿吸烟。

方圆邀温妮视频，两人终于见面了。温妮首先看见桌子拼成的床，问这是干啥？为什么不在房间里睡觉？方圆说老人年纪大，把床让给他睡了。方圆有些心虚，有意瞒下蓝花花也在人民饭店的事实。他不想撒谎，可是又怕温妮产生误会。女人总是敏感的，眼看男人回不了家，不得不在饭店里过年了，却跟另外一个女人相处同一屋檐下，搁谁心里都不是滋味啊！

蓝花花从淡水过来投奔方圆，在人民饭店做事，温妮见过她几次就心生芥蒂。温妮敲敲打打，话中有话，我怎么看这个女人就像人民饭店的老板娘？方圆急忙解释，当年在淡水一起办公司，也算是老战友了，这点忙不能不帮。他还跟温妮开玩笑，老板娘是你，不是已经定好了吗？你赶快过门来管账！

手机屏幕上温妮的脸有点变形，恼怒的神情更使她显出几分狰狞。她总是毫不掩饰地把心思挂在脸上，突然冒出一个爹来，哪个未婚妻会开心？恭喜你了，四十岁上添了一个爹！温妮说话很快，西北风刮蒺藜——连讽（风）带刺。我本来以为嫁给你没公公没婆婆，哪想到你打埋伏呢！那公公日后是不是还要给我找一个婆婆？天哪，咱俩订婚那会儿可没这些事情啊，以后的日子怎么过？

方圆脸对着手机由她数落，未婚妻小他十岁，受气是必需的。等她哇哇够了，方圆才叹息道：我打什么埋伏？咱们两家都是一个四合院的老邻居，我爹妈去世得早，你还不知道吗？你爸你妈可没少照顾我，在你们家吃饺子喝面条那会儿，你刚学会说话呢……

那你告诉我，这个爹是从哪来的？究竟是怎么回事？温妮打断方圆忆旧，厉声追问。

方圆停了许久，一字一顿地说：温妮，有人要害我！

温妮把眼睛瞪得滚圆，谁，谁要害你？你住在饭店里有没有危险？

方圆不想扯起淡水往事，只说一言难尽，以后见面再细说。温妮却不依不饶，非要问清楚是怎么回事。她很紧张，眼睛像受惊的小鹿。方圆长叹一声，说出心底的疑虑：我告诉你吧，这老头是一个炸药包，有人故意把他塞到我的手里……我还不清楚是谁在搞阴谋，但可以肯定，我掉到陷阱里去了！

温妮害怕，不敢再闹。方圆说他需要时间，想清楚才能找到对策，现在必须冷静。他让温妮放心，自己过去经历复杂，也算见过大风大浪了，这次肯定能迈过眼前这道坎！

方圆不是夸大其词吓唬未婚妻，他确实为包裹在身边的团团迷雾而焦虑。夜深了，方圆坐在铺着被子的餐桌上，一根接一根地抽烟。烟头如长夜里的一颗红星，时明时暗，直到东方破晓。

四

　　方圆真没想到阿庆是湖北人，他一直以为他是湖南人。

　　大开发大建设，淡水的阴暗角落藏着不少垃圾。据说，全国各地有许多被通缉的要犯逃到淡水，躲在新盖的、尚未确定门牌地址的小楼里。表面上，大家看不出这些危险人物的存在，但不时发生的案件，却提醒着人们天下并不太平。

　　阿庆的出现就是一个例子，谁能想到他会给亚细亚公司带来巨大的危险呢?

　　说起来，还是方圆把阿庆引进公司的。他记不清在什么场合、由谁把阿庆介绍给他，两人不知怎么就熟了，稀里糊涂成了朋友。阿庆生得矮小，极瘦，眼睛射出精光，让人感觉瘦小的身体里藏着不同一般的力量。他说自己是做建筑生意的，喜欢交各路朋友，最大特点就是为人豪爽!

　　他的豪爽主要表现在喝酒上。方圆第一次与他在酒桌相逢，就看见他端起大碗啤酒咕咚咕咚灌下肚。其实他酒量并不大，一豪爽就把自己灌醉了。可他不在乎，吐过了继续喝。方圆觉得这人挺有意思，互相交换了名片。后来方圆介绍阿庆和亚细亚的人都熟了，请老备鸡公喝酒时都是这般风格。他那点小破酒量怎么能和来自北方的汉子相比？三下两下阿庆就把自己干倒，伏在桌子一角睡觉。

他想揽工程，让亚细亚公司把小楼包给他干。当时方圆他们已经有了不小实力，同时要盖四栋小楼。虽然占地面积不大，却都建到六层以上，最高一座楼建到九层——为了多卖房子嘛！办诗社出身的老板们，还为碉堡楼起了牛气烘烘的名字：土湖大厦、草洋大厦、石灰窑大厦……

阿庆不断地请客，喝完酒请他们到练歌房 K 歌，还请小姐们陪着。有那么两三次吧，刘老备就以他一贯谨慎的态度，制止了阿庆热情的邀请。礼尚往来，不能总让人家请客吧？于是，亚细亚公司也回请阿庆，看起来都是正常交往。一团热络中，他们定下了工程承包的事情，谈好价格，就准备跟阿庆正式签合同了。

要不是隔壁邻居廖老板多了一句话，合同就签了，那日后麻烦更大！小廖长着一只大鼻子，说话总爱捂着鼻子笑。他在富华楼下开了一个电话亭，一边经营公用电话赚现钱，一边在墙壁上挂满建筑红线图，干着大买卖——炒地皮。廖老板是湖南人，跟地下黑帮有些来往。有一天他在楼梯上遇到方圆，好心提醒他：你知不知道阿庆有点小毛病？方圆问什么毛病，小廖揉着大鼻子压低嗓音道：吸毒。他还告诉方圆，阿庆是帮派骨干分子，惹不得！

小廖说完兀自走下楼梯，丢下呆若木鸡的方圆。怪不得阿庆骨瘦如柴，脸色青白，完全不像正常人——原来是一个瘾君子啊！

方圆回到家里，急急叫来老备和鸡公，糟糕，我看错人了！他把小廖的话重复一遍，老备和鸡公频频摇头，吸毒的人最危险，我们怎么能把重大工程托付给阿庆？当即决定终止与大烟鬼的合作，合同不签了！

这桩难事自然落在方圆头上，谁让他引荐这么一个糟糕朋友来？方圆请阿庆喝咖啡，找了好多借口、绕了好多弯子总算把话说出口：楼不用你盖了，合同不签了，今后大家还是朋友。阿庆冷笑，还做朋友？做梦吧。你们给我等着！他把咖啡杯一蹾，气哼哼走出门去。

四座大厦都开工了，鸡公和老备负责谈判，以极低的价格承包给一支由四川人组成的建筑队。方圆心里一直忐忑不安，阿庆让他等着，不知会等来什么。

开工那天很热闹，包工头是个四川老汉，用浓重的川音讲了很多吉利话。还放了两串鞭炮，和方圆他们共饮一大碗白酒。地下用石灰画出白线，那是基础的大样。三个老板各握一把铁锹，挖下第一锹土。方圆心头一热，激动得泪花满溢——这是在奠定百年基业啊！

回到公司，也是他们的家，鸡公让蓝花花炒几个菜，晚上要喝酒庆祝。方圆擅长烹饪，常到厨房帮蓝花花的忙。两人正低声说着话，外面的防盗门就被砰砰砰擂得山响！鸡公打开内门一看，是阿庆，还带着两个湖南人来了。

鸡公问：什么事？阿庆面无表情，命他打开防盗门说话。方圆从厨房出来，看见阿庆已经在沙发坐下了。那两个敦实的湖南汉子穿着短袖黑衫，露出刺龙画虎的胳膊，一脸凶相，眼神吓人。他心里一沉，知道麻烦来了……

阿庆直截了当提出要求：赔偿损失！刘老备当过科长，善做群众工作，态度和蔼地笑问：我们那些工程，你没投入什么金钱、材料吧？怎么会有损失呢？我们也没签过合同，从法律上说，什么事情都没发生过，你索赔没有依据啊！阿庆人虽然瘦干干，却很有架势，往后一仰靠着沙发，向凶汉伸出手掌：拿武器！

右边的大汉从皮包里拿出油纸包裹，阿庆动作夸张地剥去油纸，抽出一把明晃晃的砍刀！他手指摸摸刀刃，斜眼看着老备，我请你们喝酒唱歌泡小姐，到头来工程没拿到，怎么没有损失？刘老备是胆小之人，眼望着砍刀声调软了，却还辩驳：亚细亚公司也回请过你，大家交朋友嘛……阿庆吼起来：精神损失呢？我让你们耍了一回，这损失要多少钱补得上？

说到这儿，他把砍刀往茶几上一甩，刀尖戳进木头，颤巍巍立在刘老备面前，吓得他眼镜滑到鼻尖上！

方圆注意到，这时的阿庆眼睛里火星闪耀，凶气逼人。他那瘦窄的脸配一双圆眼，使人想到一种猛禽——老鹰！方圆倒吸一口冷气，满嘴苦涩，那双鹰眼给他留下永远的记忆。

阿庆他们走了，临走开出赔偿价码——三万元！当时三万能顶现在三十万，他可真是狮子大张口，开出这样的天价！三个老板时而愁眉不展，时而吵成一锅粥。每个人都有主张，相持不下——

鸡公坚决不肯赔偿，天下哪有这般道理？敲竹杠嘛，士可杀不可辱！方圆也支持他，说：阿庆比八国联军还蛮横，一旦让步，他得寸进尺，我们以后怎么办？老备擦着眼镜嘀咕：好汉不吃眼前亏，留得青山在不怕没柴烧……

最后大家决定去派出所报案。案子报上去了，却没有任何动静。民警直言不讳地告诉他们，警力不足一直是这座迅速扩张的城市的软肋，淡水的人命案子都破不完，亚细亚公司遇到的不过是小事一桩！别急，慢慢等着吧。

阿庆那边却不肯等，频频动作，不断施压。四川老工头一趟趟来富华楼找，说几个湖南烂仔天天跑到工地去捣蛋。方圆问：他们打人了？抢材料了？四川老头说：那倒没有，就是那个小个子阿庆，拿了一把砍刀在脚手架砍来砍去，工人们恐慌，没得心思干活……刘老备安抚他，坚持，公安局马上就来解决问题！鸡公保证，施工队若遭受损失，由亚细亚公司包赔。

恐吓不停升级，蓝花花报告的情况更严重。她去市场买菜，阿庆骑着一辆宏达摩托车，总是不近不远地跟在后面。蓝花花不睬他，心里却害怕。阿庆突然加速，摩托车贴着她身体呼啸而过，吓得她篮子脱手，蔬菜撒了一地……

阿庆看出弱女子拿他无奈，愈发猖狂。有一次竟把她堵在一条小胡同里，浪语调笑，动手动脚。他还让蓝花花捎话给亚细亚的老板们：不想出钱，用蓝花花顶账也行，他要的就是精神补偿！

方圆听到这话，热血冲上脑门，当时就闪过一个念头：杀了他！阿庆仿佛知道方圆对蓝花花的感情，故意往他心尖尖戳刀子呢！鸡公也无法忍耐了，嗓音低沉地说淡水有卖枪的，他拿砍刀咱们买一把枪……刘老备却坚持自己的主张，拿出老大哥姿态拍板：把钱给他，花钱买平安！

三个人又吵成一团。方圆在厨房拿起一把菜刀，打开防盗门要找阿庆拼命。鸡公怕他吃亏，死死抱住他的腰：不行，他是混社会的人，你去送死啊？等我买到枪再说……

刘老备一拍桌子，厉声喝道：我们还要不要创大业？因为一个小混混敲诈，楼就不盖了？李嘉诚就不当了？别忘记我们到淡水来干什么的，不能为一个吸毒者自毁前程！

老备的话喊醒了大家，三个人坐下来，打开一瓶二锅头喝闷酒。

真是没办法，这个阿庆如疽附骨啊，甩不掉，又躲不开！恶心，痛苦，郁闷，无奈。除了给他钱，还能怎样呢？

　　喝完二锅头，天已漆黑。他们没开灯，在黑暗中做出决定：向阿庆投降！准备三万块钱吧，与阿庆约定接头地点，尽早了结这段恩怨。人在江湖，破财免灾，心字头上一把刀——忍了吧！

五

方圆天生是个厨师，讲究口味。他有一句名言，凡是有利于健康的东西，不好吃我坚决不吃；凡不是利于健康的东西，只要好吃我坚决吃！对充斥手机的医学常识、养生指南，他从不过目。自己的身体自己知道，他看似满不在乎，实际上充满自信。

自从老头来了，方圆心态大变。他经常趴在电脑跟前，专心上网搜寻有关病毒的知识。各种资料只要有益，他就下载保存，反复研读。

天上掉下来的爹，也带给方圆充满象征意义的难题。阿庆没了，他的老爹来了，还把自己错当儿子，真乃不是冤家不聚头啊！老头的出现更像某种隐喻：是索债？是审判？他究竟来自何方？难道是上帝派来的？……无数问题在方圆脑际盘桓，一向嗜睡的他竟连连失眠。生活变得荒诞，诡异。

不过，在日常接触中，方圆感觉老人和他那个混蛋儿子阿庆完全不同，老人性格温和，除了糊涂，处事通情达理。方圆每天从厨房端着饭菜送到老人房间，和他聊一阵天，力图获取更多的信息——关于他，以及失踪多年的阿庆，方圆希望了解他们，越详细越好。侯大妈送来的口罩起了作用，方圆戴上就有了安全感。老人嫌闷不愿戴，可还是顺从了他。方圆问东问西，老人有问必答，十分耐心。

老人的神志一会儿清醒一会儿糊涂。有时说着说着，就找不着北了，语言混乱，眼神也渐渐模糊。有时却格外清醒，目光警觉地扫视方圆，突然地问一句：你是谁？你想做什么？方圆趁机解释，他是阿庆的朋友，老人不知怎么找到这里，错认他是儿子。其实，你认错人了……不知老头是否听进他的话，一会儿又迷糊了，阿庆啊儿啊地叫着，陷入自己想象的世界。

楼下院子成了唯一的放风场所，方圆趁阳光明媚在院中踱步。他来到狗棚面前，松开铁链，把名叫"虎子"的大狗放开跑跑。这条狗是方圆从朋友那儿抱来的，说它的父母是军犬，血统纯正，狗贩子给朋友看过照片。可是虎子长大了，方圆慢慢发现这狗是狼狗与草狗的杂交后代，朋友显然是上当了，谁能查证照片上的军犬是否虎子的亲生父母？结果，虎子虽然长得威猛，吼声洪亮，却有点缺心眼。客人来了给它什么都吃，还欢快地摇尾巴，毫无警觉性！对外人如此，对主人更亲热，只要放开锁链，它就抱着方圆的大腿做人立状，还亲热地舔他手。方圆把狗赶开，独自在院子里漫步沉思。

蓝花花从厨房后门走出，来到方圆身边。她夜里没睡好，脸色憔悴，眼角浮现鱼尾纹。她忧虑地说：这样下去不行啊……

方圆避开蓝花花目光，漫无目标地环视院子——东墙角长着两棵黑松，枝干苍劲伸向天空。

蓝花花凝视他，目光清澈如当年，你有事瞒着我，方圆，我们现在被关在一起了，应该坦诚相待，对不对？

方圆犹豫不决，下不了决心把阿庆的事情告诉蓝花花。他蹲下身子，抚摸虎子的背，虎子躺倒在地，舒服地伸展四肢。他感觉蓝花花的目光紧盯着他，有一股不问清楚誓不罢休的劲头。

蓝花花目前单身，她来投奔方圆有一层意思很清楚：希望唤起旧情，恢复当年的关系。她原以为方圆也单身，却不料遇到温妮，得知他们已经订婚。她曾暗地埋怨方圆，为什么不暗示她一下，以免自己产生错觉呢？方圆什么也不讲，但蓝花花感觉他总有一丝暧昧，一种牵挂。当然，这些微妙的感情他们都没挑明说，各自在肚子里猜测对方。现在，蓝花花也被卷进来了，在这个冷寂的饭店被隔离，方圆真不能啥都瞒着她。你必须面对往事。

阿庆的事情你还记得吧？方圆站起来，眯缝着眼睛看蓝花花。

当然记得。我都吓坏了，没有你们保护，我都打算回贵州老家……蓝花花停顿一下，又迷惑地说，可忽然什么事都没了，阿庆这个人再也不见踪影，好像人间蒸发了！怎么回事呢？我想问你们，又不敢问，心里一直犯嘀咕。今天你可以告诉我了吧？你们和阿庆之间后来发生了什么？

方圆神情冷静，反问蓝花花：你既然记得清往事，我还想问你几个问题，有些事情我也很迷惑。阿庆骑着摩托车跟踪你，还把你堵在小胡同动手动脚，具体细节你能不能跟我讲一讲？

蓝花花咬着下唇，迟疑一会儿。然后，她以往日的率真，直视方圆眼睛，好吧，我可以全都告诉你，事到如今也没啥好隐瞒的。阿庆想和我交朋友，说他喜欢我，要认认真真谈恋爱，甚至说我只要答应，过年他就可以带我回老家结婚……

方圆诧异地张开嘴，嗓子眼仿佛被啥东西噎住了。半晌，他才一连串地问道：怎么会呢？他以前认识你吗？啥时候看上你的？

蓝花花摇头，不知道。他神经病，找借口调戏女人呗……

那么，你是怎么回绝他的？

蓝花花瞅着他笑，圆圆的脸庞一笑就浮现俩酒窝，风采不减当年。我说，我有对象了，我正准备今年结婚。阿庆很失望，用摩托车挡住我的去路，一定要我说出对象是谁，不说就不放我走。

方圆目光充满好奇，你怎么回答的？当时你真有对象吗？

也有，也没有。蓝花花笑得更灿烂，她从方圆眼神里找到了自己希望的东西。然后，她一字一顿地说，我告诉阿庆，我的对象就是你！我对他说，我的男人名叫方圆，不信可以去亚细亚公司查问……对不起，我把你卖了才得以脱身！

方圆有点窘迫，蓝花花竟这样回答阿庆，使他深感意外。真怪，他心里五味杂陈，仿佛又回到淡水那青春年代。他长长地舒了一口气，蓝花花的应答似乎令他感到满意。他喃喃道：怪不得阿庆那么恨我，恨死我了……

你怎么知道他恨你？他找过你吗？你们后来有过交集吗？蓝花花连连问道。

方圆摇头，没有，但我从他的眼神，从他的肢体动作，可以感受到那种仇恨。

那么，你恨他吗？蓝花花紧盯着问。

方圆又顾左右而言他，都是过去的事了，恨不恨没有意义了……

阿庆父亲——那位来路不明的痴呆老人，从餐厅后门探出头来，看了一眼院子，又立即缩回脑袋。方圆走上前，拉开门对老人说：出来吧，太阳好着呢，我给你搬把椅子晒晒太阳。

老人却往餐厅里躲，伸手指着虎子，不，我怕狗，那么大一条狗!

方圆只好由他去，望着他踽踽独行，走上楼梯。

蓝花花十分执着，站在他身后不依不饶，你的问题我都回答了，你呢？我问阿庆和你们之间后来发生了什么？你还没有回答我哩！

鸡公没告诉过你？

没有，他嘴紧。有时候我提到阿庆，他就发火，还要打人！

方圆走到吧台，拿下一瓶老酒，朝着蓝花花摇摇，坐下吧，你陪我喝酒，我给你讲阿庆的事情……

六

淡水的东边有一条大河，源自遥远的群山，流向辽阔的大亚湾。河床很宽，平日没多少水，若是山洪暴发则波涛汹涌，激流浑浊。方圆记不清那河的名字，平时也甚少去。因为与阿庆约定在桥头见面，他和刘备、鸡公打着雨伞走向那条大河。

正是雨季，雨水淅淅沥沥、时下时停，像任性的小姑娘哭个不停。出门时打伞，到了桥头雨停了，他们把伞都收起来。远处的深山想必雨大，洪水翻卷灌满整条河床。鸡公手里提着一只黑色密码箱，装着一箱子钞票。那时大面额的钞票较少，净是十块钱一扎的小票子，三万块也就差不多装满了小黑箱。

交款地点是阿庆指定的，他就住在河对面一片新盖的住宅小区里。三个人阴沉着脸，谁也不说话，满怀沮丧、愤恨，等着那个魔鬼到来。

阿庆骑着一辆宏达摩托车出现在河对岸，骑到石桥中央停下了。摩托车轰轰地响着，他摘下头盔挂在把手上，朝着方圆他们勾勾手指头。阿庆是让他们过去，在石桥正中位置交易。

鸡公提着黑箱在中间，三个人一字排开慢慢走向阿庆。交易过程比较简单，战败国有啥好说的？阿庆倒显得大气，也没细点钞票，就把一扎一扎十元票子从小黑箱拿出来，塞进他斜背在肩上的一只挎包里。完了，他说一句：银货两清，再不相干！

阿庆要走，老备却抓住摩托把手，且慢，你应该打一个收条。阿庆瞪起眼睛，哪来那么多啰唆？这地方我怎么写条子？老备从上衣口袋里掏出一张纸，收条我们已经写好了，你看一下，签个字就行。鸡公也在旁边说：是啊，以后再有麻烦，我们拿不出收条，这钱不是白给你了吗？

阿庆冷笑，小心眼。他也不再多说，垫着黑箱在收条上签字。方圆注意到他的武器——那把包油纸的砍刀也装在挎包里，露出刀把。

天忽然下雨，闪电划破乌云，竟响起隆隆雷声。山洪下泻更急，河水漫上河岸，直逼石板桥面。这时候，仿佛发生一场意外，方圆与阿庆忽然冲突起来！两个人电石火花，暴跳如雷，都怒不可遏！

过后回忆，老备说是方圆先骂了阿庆；鸡公说不对，是阿庆骂了方圆，方圆才回骂他。总之吵得很凶，并且动起手来！方圆伸手掐住阿庆的脖子，瘦小的烟鬼眼睛暴鼓，落了下风。但他唰地抽出"武器"——那把砍刀直劈方圆的胳膊。方圆后撤，企图夺刀。阿庆闭着眼睛挥刀乱砍，鸡公老备想助战却无法出手。大雨瓢泼，一场混战，四个人乱作一团……

结局仿佛是注定的，出人意料的悲剧发生了——阿庆向后跌倒，从石板桥面滑落到洪水之中！转眼间，他干瘦的身体被浑浊的河水卷走，滔滔的河面再不见他影子。摩托车和头盔留在石板桥上，装钱的挎包随着阿庆一起被卷走。

老备使一个眼色，指着摩托车，快啊，动手！方圆和他共同把宏达摩托推入洪水。鸡公捡起滚落在地上的头盔，奋力一掷，头盔就像阿庆的脑袋在浪涛里起伏漂荡，迅速往下游出海口奔去……

他们杀人了！这事败露，他们必得为阿庆偿命！三个书生在风雨中索索颤抖。方圆心头晃过一个念头，完蛋了——此生已成罪人，怎么过下去啊？

回到富华楼，老备在楼梯口停住，叮嘱两人：千万别在小蓝面前露了口风！这是肯定的，蓝花花再熟再好，也不能让她知道一星半点阿庆的事情。回到家中，天已擦黑，幸亏蓝花花不在。方圆发现衬衫袖子沾了血，急忙到卫生间搓洗。

蓝花花提着菜回来，进厨房时路过卫生间。方圆急忙转身用背挡住她视线。蓝花花说：你不用洗衣服，留在盆里，等做完饭我来洗。

方圆忙道：不用不用，我洗完了……

三个人耷拉着脑袋坐在客厅里，眼前不停重复惊涛骇浪的镜头。坐一会儿，实在不行了，胸闷气短，难以呼吸。刚弄死一个人啊，怎么坐得住？鸡公对蓝花花说：你不用多做晚饭，自己够吃就行了。我们想到楼下大排档喝酒。

三个人避开蓝花花，出门才长长舒了一口气。老备说：这是我们一辈子的秘密，永远要守住！方圆和鸡公一起点头——必须掩盖罪行，泄露出去要命啊！

他们没去海鲜大排档，周老板太熟，怕说话被他听去。穿过两条马路，进了一家酒店，他们找了个包间坐下。哥儿三个都不说话，一块巨石压得他们喘不上气来。鸡公说这样不行，我们总得活下去呀！来，大口喝酒，醉了也比现在好。

于是猛喝几口白酒，终于有了点醉意。再喝，大家开始激动起来，争相回忆那可怕的瞬间。方圆说：我骂阿庆什么？为什么骂他？

当时脑子里一片空白……鸡公说：不怪你，是那小子先骂人！老备公允地道：阿庆没骂人，他说，早晚要把蓝花花睡了——当然，他是故意挑衅，想刺激方圆，比骂还歹毒！

方圆突然回忆起来，明白自己为何暴跳如雷。他们早有底火，阿庆跟踪蓝花花，就埋下了今天冲突的种子。

喝了一阵酒，他们又回想阿庆是如何落水的。鸡公说，方圆豁出去胳膊受伤，夺过刀来要砍阿庆；他慌忙躲避，脚底一滑掉下石桥。老备却冷静，指出是鸡公当胸推了阿庆一把，他才向后跌倒。鸡公有点急，指天发誓说他推那一把不是关键，老备偷偷使了个绊子，阿庆失去重心才跌入河中。老备也急眼了，我哪里使绊子？我不过用脚尖轻轻勾了一下，他就跌倒了。还是推力起的作用……鸡公又把球踢回给方圆，关键是阿庆要躲避你的砍刀，往后猛一仰身子，我不推他也会跌倒！

方圆端起酒杯，眼睛涌出泪水，两位哥哥，我敬一杯酒！我打心眼里感激你们，说到底都是帮我，你们怕我吃了阿庆的亏。他有武器呢，还抽出来了……

老备纠正道：凶器，那是凶器！

方圆点头，接着往下说：是凶器，我们是自卫！不过呢，这件事情天知地知咱仨知，绝对不能说出去。鸡公声音低沉，说不说出去这辈子都是罪人了！今后咱们就是拴在一根绳上的蚂蚱，谁也不能离开谁……

刘备摘下眼镜，不住地揉眼球，揉着揉着潸然泪下。这个前副科长呻吟道：没想到啊，真是没想到……

别想了，喝酒！鸡公一拍桌子，让大家干杯。三个人喝干了酒，老备又忧愁起来，只怕明天公安局敲门啊，案子一破，那可就不是天知地知咱仨知了！

幸好，没有警察来敲门。阿庆的尸体在一小河汊被发现，他的挎包背带挂在一根树枝上。一包钞票保留完整，这就排除了图财谋杀的可能性。摩托车头盔也被发现，无打斗碰撞痕迹。各方面分析，这更像一场意外事故，阿庆的摩托车不小心驶离石板桥，坠入河里去了。结合他平日的吸毒行为，嗨大了发生意外，不是没有可能。淡水治安条件差，警力不足，很多无头案子没有破，阿庆这么一个小混混也没人太放在心上。案子很快就结了，这还是楼下大排档周老板传出的消息——他跟派出所所长是朋友，所长在他店里喝酒时说起来的。

可是混混们却不肯罢休。那两个陪阿庆来过富华楼的烂仔找上门，非逼他们交代阿庆如何会掉到河里去。幸亏老备拿出收条，描述出一幕和平交易的场景。他们和解了，阿庆拿了钱很高兴，说今后还是做朋友。他去哪里了？不知道，再也没见过他呀……烂仔胡搅蛮缠，显然想敲竹杠。方圆他们不敢纠缠，一人塞给他们一千块钱，打发走了。

刘老备是一个心思很重的人，过了很久，他还放不下。失眠，吃不下饭，眼看就要得抑郁症了。方圆和鸡公宽慰他，说没事了，风头已经过去了，可怎么劝也没用。过八月十五那天，他忽然提出：咱们效仿刘关张，来一个桃园三结义，好吧？

心有灵犀一点通，方圆和鸡公都知道结拜的重大意义！是啊，外部危险解除了，内部还不能让人放心。万一哪天泄露了秘密，坐牢的结局仍然难以避免。一条人命啊，哪能说没就没了呢？所以，捆绑三人的绳子还要收收紧!

　　他们请了一尊关公雕像,又买了香烛,在阳台上摆下几案,隆重磕头拜把子。现在搞这一套有点可笑,但他们却非常严肃,严格按照《三国演义》描写的程序办。刘备果然当上刘备,他年纪最长为老大,名正言顺。鸡公排老二,做了关公,虽然一张猴脸与面如重枣的关云长相差甚远。方圆年纪最小,自然成了黑脸张飞,无论性格长相都不再论了。三人面向苍天,默默祷告,虽不是同年同月同日生,也不一定同年同月同日死,却一定亲如兄弟,打断骨头筋相连!

　　想想真奇妙,一桩重罪使三个人永远捆在一起,比血缘更有力量,比义气更为可靠!善与恶,究竟哪个主宰了世界?

　　无论如何,刘老备的心病好了,终于恢复常态。发生重大事件,仪式感还是必需的。

　　那天,蓝花花炒完菜,陪他们同桌饮酒。她敬酒时问了一句话:你们不是早就做兄弟了吗?为什么还要结拜兄弟?

　　面对她天真的神情,三个男人低头饮酒,不知道怎样回答。单纯的人永远不会懂得生活阴暗面,你该如何解释呢?今天的蓝花花,就像他们刚来淡水时一样,眼睛里只有光明。如今他们却变了,阿庆事件画了一条分界线,兄弟仨的人生从此不一样了!

七

深夜，方圆在二楼走廊徘徊。他把脚步放得很轻很轻，像一只猫。他喜欢在夜间失眠时出来活动，整个世界都沉睡了，唯独他醒着。他感觉到自己生命的存在，偷窥一切失去活力的事物。他的脑袋格外清醒，白天看不清的真相会自动呈现在眼前。

从走廊这头到那头，一共有五十七步，他心里默默地、反复地数着。院子外面的小街有两盏路灯，黑暗中，光晕格外醒目——夜空飘着雪花，犹如一群粉蝶在舞台上翩翩起舞。他走到蓝花花的门前，站住脚，里面寂然无声，她也许沉入了梦乡。

方圆并没有把阿庆的故事讲全。他永远不能透露那桩杀人案，绝对不能！他只把交易、付钱、写收条等细节告诉蓝花花，就像老备当年给湖南仔描述的场面一样。后来阿庆淹死了，怎么跌入洪水的？他们不知道，连死讯都是周老板传来的。

无论过去、现在、将来与蓝花花是怎样的关系，方圆都不会说出真相。她的前夫不是也没说吗？一提就发火，还要打人——是的，鸡公就是蓝花花的前夫，他们夫妻一场，还生了一个儿子。鸡公什么也没说，连离婚的妻子都说他嘴严！

这种事情要烂在肚子里，而且早已烂了。

方圆走到米老爹房门口，侧耳倾听。从老人口中得知他姓米，蓝花花就叫他"米老爹"。哦，这么说来阿庆也姓米，方圆还真不知道哩。老人没有咳嗽，蓝花花可能多虑了，只是偶然听到老人干咳吧？这位"来自星星的爹"，既荒诞又真实，就这么横亘在方圆眼前。不，他生生把天捅了一个窟窿，方圆正害愁怎么补呢！

别听人家讲故事，事实明明白白摆在面前——这老头企图敲诈方圆！真糊涂还是假糊涂？此人到底是不是阿庆的父亲？这些都是难解的问题，各种可能性都有。你随便从乡下找一个老头，给他钱，给他剧本，教他怎么说怎么做，不是很简单的把戏吗？这些都不是关键，他来了，赖在人民饭店不走了，方圆又不敢理直气壮赶走这个爹，才是真正要命的事情！

一想到阿庆，方圆心里就呼嗒呼嗒跳，眼前又浮现他干瘦的身形、苍白的面孔，还有那随浪起伏的人头似的摩托车头盔……仿佛生生抠破一个陈年伤疤，方圆心底又开始流血，重新感到一阵阵锐痛。安稳、散淡的日子结束了，方圆准备迎接一场难以想象的暴风雨！

经过反复分析，方圆得出结论：老头不可能独自找到这里。离开淡水后，方圆去过北京、上海、东北，足迹遍布大半个中国，回到家乡也就是不到十年时间。就算他真是阿庆的爹，就算他知道儿子被害的真相，怎么会找到这座海滨小城，踏进人民饭店呢？显然，老人只是演员，背后藏着一个高超的导演。

这个导演掌握了阿庆被害的秘密，掌握了沉没多年的往事，熟知亚细亚公司所有底细，才可能编出如此锥心的剧本，推出一个入戏极深的明星演员！

谁是导演？他想干什么？

其实，见到老人的一瞬间，方圆脑子里就隐隐浮现答案——结拜兄弟出了问题！刘关张当中有一人拿往事做文章，企图达到某种目的。连蓝花花都不清楚的秘密，外人怎么可能知道？阿庆之死，只有三个人在场啊！

方圆不会自己给自己布局，剩下刘备和鸡公，两个人谁的嫌疑更重？方圆百思不得其解。这么多年过去了，三兄弟在各自的人生路上奔走，都走出大半程了，为什么突然揭开这个老伤疤？目的何在？

方圆伤心伤感，满腔绝望，一次次在黑暗中捶胸顿足：为什么这样逼他？为什么在他背后捅刀？当年的弟兄怎么会变成这样？他被逼入了绝境，他该怎么办啊！

方圆沉住气，没有给他们打电话，没有通报天上掉下个爹这件蹊跷事情。他等着，等他们来电话。既然有人做了扣，必然会出头讲价码，否则干吗？所以谁先与他联系，谁先提阿庆的父亲，谁就是这出闹剧的幕后操盘手！

方圆在黑暗中猫一样行走，脑海不停叠印淡水生活的各种镜头。要弄清今天的迷局，只有回到过去寻找线索。亚细亚公司也有缝隙，这缝隙不知不觉中慢慢扩大。每个人都难免戴一副假面具，在面具下扮演自己才知道的角色……

最初的裂痕出现在一张大班台上。

亚细亚公司兴旺起来，总得有个新模样吧。于是他们买来一张气派非凡的大班台，配一张能旋转的老板椅，客厅就像真正的办公室了。谁坐老板椅，谁占据大班台？这里面有身份隐喻，代表着谁是亚细亚真正的主人。

刘备天然一副干部架势，刚布置好大班台，他就大大方方坐到老板椅上，一边旋转一边擦眼镜。他当惯了老大，谁也不好意思说什么。但是，亚细亚公司法人代表是宋可行，他占有最多的股份。再往前追溯，就连老备方圆入股的资本，也有多半是鸡公炒股为他们赚的。虽然没摆到台面上说，大家都心知肚明：鸡公才是最大的老板，他是老大！方圆半开玩笑半认真地说：鸡公，哦不，宋可行同志是咱们的董事长，刘备同志是咱们的总经理。我呢，方圆同志是办公室主任——这么着，亚细亚公司的班子就齐全了！

大家都挺高兴，方圆的话明确了各自的地位。蓝花花也乖巧，找了两只茶杯，在瓷盖贴上胶布，用圆珠笔写上宋董、刘总，好让两位领导喝茶时不至于拿错杯子。

可是大班台只有一张，谁占据这个位置还是挺重要的。老备坐久了就要上厕所，他刚一离腔，鸡公就坐到老板椅上转圈圈。等老备解手回来，就看见他一本正经趴在大班台上写东西，活像大老板。刘老备只好讪讪一笑，到旁边的沙发挨着方圆坐下。鸡公也要尿尿啊，他一走，老备又坐到旋转椅上。一来一回，轮流坐庄，方圆在旁边看着好笑。

他们俩虽然啥都没说，也不让小小的裂痕继续扩大，但终归为未来分裂埋下火种。随着时间流逝，在公司经营方针、发展方向的重大问题上，董事长和总经理的冲突越来越严重……

但是，阿庆之死仍是强力黏合剂，把结义三兄弟牢牢粘在一起，来不得半点松动。真正威胁到这个秘密的，竟然是发生在鸡公与方圆之间的一场激烈冲突！实在出乎意料啊，方圆要跟鸡公拼命，坐牢送死在所不惜，差点导致玉石俱焚！

导火索就是蓝花花。从头，鸡公就毫不掩饰地向这姑娘献殷勤，这是他的风格。但四个人心里都很清楚，方圆是真正对蓝花花一往情深的，他俩天生一对。方圆会炒菜，总是和蓝花花在厨房里一边说笑一边干活，那洋溢在空气中的爱情的甜蜜气味，连傻瓜也能闻见。方圆诗写得最好，书生气也最重，他觉得总是需要一段时间，才能最后捅破恋爱的那层窗户纸。他希望在甜蜜气味中沉浸得更久一些……

可没想到有一天，鸡公在饭桌上宣布：他要与蓝花花结婚了，婚后搬出富华楼，另租房子住。方圆如遭雷轰，呆若木鸡！看看蓝花花，她低头扒拉碗中饭粒，一声不吭。

方圆单独找鸡公，问怎么回事？他看不出蓝花花正和自己谈恋爱吗？鸡公不认账，说蓝花花一直爱着自己。他反问：你们谈婚论嫁了吗？我可是明媒正娶啊，没听说过蓝花花要跟你结婚！方圆干瞪眼。是啊，他还没向蓝花花挑明呢！还以为好饭不怕晚，可以多享受一些朦胧美呢。哪里想到鸡公捷足先登，让他打掉牙齿往肚里吞……

方圆对蓝花花产生哀怨：你为什么就不能等一等呢？为什么不把鸡公求婚告诉我呢？你不知道闪我这一下，伤得有多深吗？

以后的事情，让方圆更无法忍耐。他俩结婚不久，鸡公就醉酒打新婚妻子。有一天，方圆独自在富华楼，蓝花花来了，坐在厨房里不停地掉眼泪，毛巾都擦湿了一条。无论方圆怎么问，她什么话也不说，就是哭哭哭。临了要走，她低声说了一句：方圆，我对不起你。那天夜里，他钻进我的房间，把生米做成了熟饭，我只好嫁给他……

方圆咬牙切齿，恨不得找鸡公决斗！可是找他也没用啊，那鸡公两手一摊做无辜状，你恨我干吗？蓝花花已经是我老婆了，床上的事情讲得清楚吗？卑鄙之人，采用卑劣手段，跟他讲理是讲不通的。方圆预想到这一切，没有去找鸡公。

可他无论如何咽不下这口气啊！半夜里，方圆辗转反侧，想尽办法报复鸡公。怎样报复才能让这家伙最疼呢？只有一个致命处——阿庆！

方圆要动这张王牌了！他私下找老备说：我想自首，我要向公安局坦白阿庆是怎么死的。老备大惊，什么？你是不是发烧说胡话？

方圆述说心头之恨，说得泣涕涟涟。刘备让他等一等，自己约鸡公谈话。

鸡公很快找来了，跪到面前让方圆揍他：你打吧，狠狠打我一顿！只要能解你心头之恨，打我个半死也行！方圆推开他，沉默无语。鸡公跪行上前，抱住他双腿，你要怎样都行，我把蓝花花让给你也可以……但是，阿庆的事不能碰啊，无论有什么矛盾，无论你受到多大的伤害，都不能打这张牌！那不是报复我一个人啊，我们三个都要进监狱，蓝花花也完了，你明白吗？我知道你闹小孩子脾气，别闹了好吗？别拿我们的身家性命来赌气，好不好哇？……

说实话，方圆本来就没打算自首，把鸡公治到这样也行了。动用一次核武器，使他有了某种满足感。出了这口恶气，还要做兄弟，毕竟还有亚细亚公司嘛！从此，方圆认可了鸡公和蓝花花的婚姻，了结了这段恩怨。

真是微妙得很，手中拿着王炸，谁都想摸一摸，动一动。尤其到了性命攸关的时刻，何不拿出一招制敌的杀器呢？那么，现在阿庆父亲的出现，会不会是鸡公学方圆，也想打这张牌呢？

方圆和鸡公一向有矛盾，就是蓝花花闹离婚，最后离家出走，鸡公也把账记在方圆头上。你始终是我们家的不安定因素，蓝花花心里一直想着你！你跟我，有着夺妻之恨啊！离婚不久，鸡公打来电话严厉指责方圆。

难道为了这事，他大老远找到米老爹报复方圆？可这样的报复又有什么益处，鸡公想达到啥目的呢？

不管怎样，蓝花花到人民饭店做事，鸡公生气是可以理解的。方圆只要收留她，自己就说不清楚，难以解开鸡公心里的死结。那么，米老爹赖在方圆这里，鸡公很可能就是躲在幕后的大导演！

手机振动，方圆急忙下楼。说曹操曹操就到，果然是鸡公跳出来啦！方圆爬上餐桌，躺入被窝写字，两人一来一往通微信——

终于露头了，我正等着你呢！

不做亏心事，不怕鬼敲门。

你还倒打一耙——招吧，你耍什么鬼心眼？

狗屁！你干的好事！

你干的好事！

这家伙居然抬杠来了。方圆扔下手机，睡觉。鸡公一下子软了，龇牙一笑：好吧，我想求你帮一个小忙……

方圆在餐桌摊开四肢，长长松了一口气。鸡公终于露出原形，向他张口了！好，如此一来爹的问题就不难解决了。

忽然，楼上传来一声尖叫，凄厉恐怖！是蓝花花的声音，方圆顾不得与鸡公聊天，撂下手机往楼梯跑去……

八

人民饭店出幺蛾子了！

蓝花花睡得正熟，一个鬼影打开房门，悄悄飘进房间。他爬上蓝花花的大床，身子慢慢凑过去，像狗一样在她脸上嗅来嗅去。最后，他把一张冰冷的脸贴到蓝花花的脸上……

蓝花花睁开眼睛，猛地看清鬼的嘴脸——原来是自称阿庆父亲的痴呆老人，那个米老爹！她撑起身子尖叫，老头飘忽的身影迅速蹿出房间，消失在走廊的黑暗之中。

不清楚老坏蛋想干什么，但他的行动导致一个结果——方圆跑来了，蓝花花一把抱住他，浑身颤抖说不出话来。方圆跑得急，赤脚赤膊，仅仅穿着一条裤衩；蓝花花梦中惊醒，也只穿单薄睡衣。男女肌肤亲密接触，很容易来电。

许久，她才把刚才发生的恐怖一幕断断续续讲出来。你别走，吓死我了！求求你，别走……

方圆把她搂紧。其实，他自己也汗毛耸立，因为他依稀回想起来，在楼下餐桌睡觉时也感觉有什么东西爬到他的面前！方圆失眠睡得晚，睡着了就很沉，所以那一点点印象留不下痕迹。经蓝花花一说，他才猛然记起，看来这楼里真的是有鬼呢！

蓝花花说是米老爹，谁知道呢？睡意蒙眬的，看不清是人是鬼还是动物，方圆甚至想到阿庆的鬼魂！恐怖啊，蓝花花一直紧紧抱着他，方圆实在不忍把她推开。黎明前，黑暗特别深重，他只能将就她在大床躺下，任由电流在肌肤间穿梭。

商海沉浮，江湖游荡，方圆接触过不少女性。虽然一直没有走入婚姻，但他经历的女友还是很多的。蓝花花不停颤抖，传递出强烈的刺激信号。她的胸部很丰满，紧贴着他又很柔软，昔日的感情在肉体中复活，方圆有点把持不住自己了。脑海里飘过青烟一样的念头：她早该是我的，我们早就应该在一起！方圆这样想着，忍不住亲吻蓝花花温热的嘴唇，听见她发出呜咽一般的呻吟……

其实，这并不是他俩第一次睡觉。婚后受了委屈，蓝花花喜欢向方圆倾诉，方圆也乐意倾听。那时候鸡公迷上了外盘期货，在一家香港人开的地下公司炒外汇。因为时差关系，像他这样的中国投资者，只能跟着美国作息表工作，总是夜里出门，天明方归。先是蓝花花来富华楼找方圆，后来方圆也常到他们租住的小屋，彻夜长谈。情绪热烈时就喝一些酒，喝多了人就醉，出轨就变成顺理成章的事情。

方圆难忘第一次解开蓝花花的乳罩，看见她洁白如雪山的乳峰，他激动得把脸埋在双峰之间，几乎窒息。他还清楚记得蓝花花的表情，她双手捂着脸，轻声呢喃：丑死了，丑死了，丑死了……那羞羞的情态，实在让方圆动情！

那时方圆还年轻，第一次接触女人的身体，疯狂程度难以描述。以后见了再多的女人，也难以取代蓝花花留给他的深入骨髓的印象。

最后，还是蓝花花推开方圆。她流泪道：这样下去要出事情的，你走吧，快走吧——方圆走了，尽管心里无比难受。

毕竟，此事不可持续。朋友妻不可欺，方圆和鸡公共同经营一家公司，怎么可以和他老婆保持暧昧的关系呢？方圆听蓝花花的话，渐渐地淡了，远了。再后来，结拜兄弟大分裂，方圆跟着老备走出淡水，亚细亚公司留给他们夫妻俩，一段历史就结束了。

这也算初恋吗？方圆不知道。

天亮了，蓝花花趴在方圆怀里睡熟。看着她洁白的胴体，方圆感慨命运无常——当年苦思而不得，如今却因隔离在人民饭店重圆旧梦！仿佛一切都注定，冥冥中有安排。

想起昨晚与鸡公尚未结束的聊天，方圆欲起身，手机还在楼下呢。身子一动，蓝花花就醒了，丰润的双臂紧紧箍住他，仿佛害怕一松手就会失去他似的。方圆双手枕着后脑勺，眼睛瞪着天花板想心事。

蓝花花伏在他耳边轻声说：别担心，我不会妨碍温妮，不会难为你……方圆道：不是那意思，我在想宋可行。他在背后捣鬼呢，阿庆老爹就是他送到这里来的，我终于弄明白了！

于是，方圆把昨夜鸡公与他通微信的事情告诉蓝花花。米老爹的出现明显是阴谋，方圆一直怀疑有人在要挟自己！嫌疑最大的自然是两位结拜兄弟，他拿不准是老备还是鸡公。现在鸡公跳出来了，毫无疑问他就是主谋！鸡公也挑明让方圆帮忙，说是有一个小小的要求。因为蓝花花喊叫，他只得先把那事搁下了。现在方圆要搞清楚，鸡公小小的要求是什么？是不是他赌光了身家，日子难过，惦记人民饭店这一份肥头头的产业，要来打土豪分田地呢？……

蓝花花忽地坐起，赤裸着身子面对方圆，语气果决地喊：不管什么要求，你马上拒绝他！方圆，我只求你一件事，千万别和你那把兄弟有一丝瓜葛！

方圆搂住她脖颈，让她躺下，暗自诧异她为何如此激动，怎么了？你知道什么内情，清楚鸡公要干啥吗？

蓝花花摇摇头。她平静下来，缓缓讲起与鸡公离婚时受到的伤害。方圆不愿涉足他们两人的婚姻，所以许多细节都不知道——生了儿子以后，蓝花花过了一段平静日子，要不是鸡公不断炒外汇搞期货，把公司赔垮，把小家搞破产，也不至于闹到最后的地步。更难容忍的是，随着宋可行投资步步失败，他变成一个酒鬼，逢酒必醉，醉必发疯，摔摔打打成了家常便饭。蓝花花受尽了摧残，忍无可忍离开了他！鸡公败得毛都落光了，哪肯放弃老婆？他不让蓝花花带走家里一分钱，不让她抱走儿子，威胁她要离婚就净身出户！蓝花花舍不下儿子，又哭又求，宋可行坚决不答应她把儿子带走。最后，蓝花花独自离开淡水，无论如何不能与前夫生活下去了……

我知道他想提什么要求！蓝花花继续说道，现在，他又想把儿子送给我。他要你帮忙求情，在我面前说说好活，让我留下儿子。你可千万别答应他！

原来，鸡公的生活最近发生重大变化，他抓住一次婚姻机会，再次翻过身来，已经鸟枪换炮啦！最落魄时，他到一家房地产中介当业务员，满街揽客卖二手房。大龄女店主看中他，招赘入户做了养老女婿。女店主身家一般，她老爸却有不少房产，还在淡水开起二手房中介连锁店。新婚燕尔，鸡公精神勃发，打算二次创业。但他深谋远虑的老丈人却命他先处理掉前妻的儿子，好让他和女儿生儿育女，继承家产。鸡公在人屋檐下，不得不照办。

宋可行与蓝花花离婚后，把儿子送到乡下老家，由父母代养。他是四川人，当年考入北方名校，与方圆老备做了同学。他一口四川方言，把公鸡叫作"鸡公"，惹得同学们大笑。又因为他头上总有一撮头发耸立，活像鸡冠，才落得"鸡公"这么一个外号。经过痛苦的破产挫折，现在抓住新机遇，他当然乐得把儿子推给前妻。人性自私，鸡公只想重打锣鼓另开张，儿子便成了拖累。

　　前几天他和蓝花花通电话，提出要送儿子过来，满以为蓝花花会一口答应，岂知前妻拒绝了他！事情明摆着，蓝花花也要开始自己的新生活，这时候送来一个半大儿子，岂不给她未来的婚姻添麻烦？

　　方圆明白了，怪不得蓝花花这么恼怒。他眼前浮现蓝花花来人民饭店找他时的情景，那天下雨，她穿一件蓝底碎白花衬衣，湿淋淋紧裹着身体。她的眼神流光溢彩，对方圆充满期待。毕竟曾经有感情，方圆对蓝花花也很动心。可是交谈之后，方圆了解了蓝花花的近况，就有一种东西梗在心头……

　　那时候，方圆与温妮正谈着恋爱，时阴时晴，时远时近，关系尚未确定。温妮倒不是主因，方圆选择蓝花花也行，关键是他难以接受那个孩子。方圆这人有点古怪，对结婚一直怀着某种恐惧，和女人走深了，要谈婚论嫁了，他就会渐渐抽身离去。可能是阿庆的事情在心中留下创伤，他的前女友都告诉他，在睡梦中他经常梦呓，又喊又叫，仿佛与什么人搏斗！方圆听了一身冷汗，生怕自己睡觉说漏了嘴，泄露那桩罪恶。当然，生理的、心理的原因很复杂，但就方圆而言，阿庆肯定是一个重要因素。

　　与温妮谈婚论嫁，主要是方圆想要一个孩子。人到中年就有了传宗接代的意识，他觉得没有孩子，自己好像白来世界走了一遭。

产生这种意识，温妮就进入他的视野。都是老邻居，知根知底，比较安全；温妮又是大龄女青年，属于生儿育女的好对象。尽管这女孩任性自私，身上有许多他不喜欢的东西，但到这把年纪他也看开了，都能忍受。

蓝花花的出现让他心动。论感情，他偏向有历史的女友，更何况她是自己第一个女人！但是蓝花花有儿子，会不会影响方圆生孩子？况且，这是老同学也是他老情敌鸡公的儿子，实在让他难以释怀！方圆当然不能露出这一层意思，就把温妮介绍给蓝花花认识，明确了两人的关系。蓝花花也很聪明，除了温妮，她还能看穿方圆更深的心思。她坦然面对现实，不与温妮竞争，默默退到一边，留在酒店全心全意地工作。

蓝花花也确实需要一份好工作，鸡公败家逼她净身出户，使得她没有财产，也没有依靠。方圆在报酬上十分厚待她，从此生活有了着落。蓝花花心怀感激，暂不存非分之想。但是前夫提出送回儿子，她岂能不恼火？她敏感地想到，如果事情发生变化，这儿子将是她与方圆重续前缘的最大障碍！因此，在这个惊魂之夜之前，她断然拒绝了鸡公的请求。

搞清楚这一切，方圆心中坦然了，如果鸡公就这么点企图，料无大害。

太阳透过窗帘缝隙，照亮整个房间，方圆和蓝花花起床下楼。蓝花花进厨房做早饭，方圆翻看手机。鸡公发来许多条微信，还要求视频，一直到天明也没得到回复。方圆拿着手机来到炉灶旁，看蓝花花打鸡蛋下挂面，还把鸡公的微信念给她听。蓝花花只是一句话：别理他！

方圆却不太放心，说：我总得给他回话呀，不理他老头怎么办？鸡公给我送来个爹，难不成我就接受了？蓝花花说：你想送走现在上头还不答应呢。既来之则安之，等疫情过去，老人没病，我陪你把他送回老家。你那老同学不管捣啥鬼，咱们自己把老人问题解决好，不就行了吗？

方圆道：也是，可这老头闹妖怎么办？蓝花花叹气，这才是眼前最要紧的事，咱俩得动动脑筋，把老头搞定。

厨房里香气满溢。蓝花花捞了一大盆面条，又怕不够，用微波炉热了一只大馒头，让方圆端着托盘离开厨房。老头饭量大得惊人，住久了只怕把方圆吃破产——横竖都是麻烦！

九

　　方圆发觉自己的思维有漏洞，只把注意力集中在追查谁把老头送来，却忽略老头本身的存在。他是谁？他是一个怎样的人？如果他没什么病而是假装糊涂，那他内心藏着什么企图？会用何种手段达到何种目的？……这一系列问题犹如乱麻纠缠，只要不梳理清楚，那便潜藏着重大危险！

　　方圆推门进了老头的房间，把托盘放在桌子上。米老爹像是饿死鬼托生，正瞪大眼睛盯着方圆端来的食物。托盘刚放下，他就抓起馒头大口咀嚼，然后捧起大海碗，咕咚咕咚喝面条汤。汤汁顺着胡须滴在前襟上，他根本不在乎……

　　真是谜一样的人物啊！方圆看着他狼吞虎咽，心中诧异，吃那么多饭都吃哪去了呢？这老人瘦瘦小小，看上去像阿庆一样，老病鬼一个。可阿庆吸毒不吃饭，才瘦成那样子，老人却不一样，食量大如牛，为什么也骨瘦如柴呢？方圆相信饭是能量，吃得多必有能量储存在身上。这老头是如何消化腹中食物的呢？能量是如何转换的呢？

　　从新的视角观察老头，方圆越看越觉得米老爹奇怪。

　　表面看老人温和听话，却不料深夜往蓝花花床上爬，难道是一条老色狼？阿庆的母亲还在世吗？显然不在了，有老伴他也不会出来瞎跑。那么，他的能量都转移到性上去了？倒也不像，平日里挺规矩的一个老人，看不出变态的迹象。况且，米老爹还趁方圆熟睡时往脸上蹭，不见得他是同性恋吧？

另有一种推测：老头知道自己已经患病，想传染给他们。这就更可怕了！老家伙内心多歹毒啊，自己要死了还想拉人垫背？

不过，这一切只是猜测，即便昨夜发生的事情也不是那么清晰、明确。沉睡中，谁能保证分清什么是现实、什么是梦幻？蓝花花说的也是一面之词，方圆连自己的经历都不敢确定。

无论如何，方圆要盘问米老爹，看老人如何解释昨晚的事情。米老爹喝完最后一口面汤，抹抹嘴巴，自觉地把口罩戴好。他眼巴巴望着方圆，神情有点可怜，仿佛知道自己是一个即将被审查的犯人。方圆口气缓和，问他昨晚睡得好吗？半夜醒来干了些什么？去过哪里？老头挺直上身回答：睡觉，尿尿。不管方圆再怎么问，他都重复这几个字：睡觉，尿尿！

方圆不得不进一步挑明，他做了一些诡异的行为，比如用自己的脸贴着别人的脸……老头瞪大眼睛问：谁的脸？谁贴谁的脸？方圆觉得不便说蓝花花，就指指鼻子，说：我！你跑到楼下来，把脸贴在我的脸上。老人摇头，矢口否认：不是我，我没有！

这事情不大好办，老人说什么都不承认，谈话就很难继续。方圆绕了个弯子：不是你又会是谁，你说说，还有谁能做这样的动作？不料，老人机智反击：鬼，是鬼！方圆笑了，这世上没有鬼，咱们别迷信好不好？老人固执地道：有鬼，就有鬼！方圆试探着问：谁是鬼？你吗？老头的回答使方圆大吃一惊：不是我，是阿庆，阿庆是鬼！

奇了怪了，这老头是故意这么说吧？难道他知道儿子已经死了？他反倒试探方圆？方圆满心疑惑，欲进一步摸清老人状况。他指着自己问：你说我？我是阿庆？我是鬼？老头哈哈大笑，对了，你就是鬼，自己把脸贴在自己脸上！

方圆想确定老人清醒还是糊涂，加重语气问：你看仔细了，我是阿庆吗？我到底是谁？老人故弄玄虚，摇头晃脑唱起来：你是谁？我是谁？谁他妈的又是谁？……

再往下说，老头就越来越糊涂，方圆只能作罢。他端着托盘回到厨房，蓝花花接手，洗碗洗盘洗筷子，真是侍候爹呀！方圆告诉她，老头装疯卖傻，不承认自己干过什么事。蓝花花瞪起眼睛，他撒谎，我和他脸对脸看得清楚，他就是那个鬼！

方圆忧心忡忡，怎么办呢？蓝花花出个主意，你在他的房门装上挂锁，把老头锁在房间里，夜里他就出不来了！这是个好主意，锁住老头最安全。方圆找出工具箱，又到仓库里好一阵翻腾，恰好有搭链挂锁等物。他把东西装成一包，提着快步走上二楼。

出乎意料，米老爹得知方圆要装锁，立刻火冒三丈！开始他还笑呵呵的，看方圆往门框上拧螺丝，主动上前问要不要帮忙。方圆说：三两下就好了，你在沙发歇着吧。及至装好搭扣，老头看清楚这是要上挂锁，顿时喊起来：我不要锁，不许上锁！一边喊一边用手猛拽刚装好的铁搭扣。

方圆说：这是为了你的安全，晚上锁门有什么不好？老人又喊又叫又跺脚，不要锁，我就不许锁！方圆板起脸，人民饭店有规矩，隔离期间必须锁门！蓝花花也上来了，好言劝说：米老爹你看，街道领导把外面也锁上了，都一样的。

方圆又在门扇上装锁鼻儿。老头眼珠骨碌碌转，忽然从工具箱抓起一把榔头，要把方圆刚拧上螺丝的锁鼻砸下来！方圆夺榔头，老头不肯撒手。较量中，方圆吃惊地发现，老头力气竟然很大，一股干巴劲，手腕坚硬如铁！正值壮年的方圆费了九牛二虎之力，才把榔头夺下来。他只好妥协，好，我依你，暂时就不装锁吧。

他把工具箱关好，暗自盘算：等夜里老头睡了，再把门上的锁鼻儿装好，直接锁死。同时，方圆对这个自称是爹的老汉有了更深一层的认识：他发起火来暴烈蛮横，真像阿庆！而且，老头力量很大，那么多饭他不是白吃的！

老人的心情转眼好了，满脸笑容可掬。

正在此时，温妮要求视频，手机叮当不已。平时，方圆与温妮每天保持通一次微信，互相问候，闲聊几句。与蓝花花重温旧梦，方圆有点儿心虚。打开视频，方圆说几句就想草草结束，借口老爹正在吃饭，待会儿下楼聊吧。没想到温妮来了兴趣，非要看看那神秘的爹长得啥模样。方圆拗不过她，就对米老爹说：我女朋友想见见你，跟你打个招呼。

老头拿过手机，兴奋得眼睛都亮了，竟用英文打招呼：Hello，Hello！温妮问他好，正想说几句客套话，老头却使了一招撒手锏：你是我儿媳妇吗？不对呀，怎么换了人啦？呃，蓝花花哪去了？蓝花花，你过来！

蓝花花见方圆与温妮视频，识相地离开老头房间。温妮一听蓝花花在，岂肯罢休？她对老头笑得甜蜜蜜：你把手机给蓝花花，我要向姐姐请安。老头追到走廊，把手机硬塞给蓝花花。看着蓝花花尴尬应付，方圆紧张地缩在一角，米老爹笑得像小孩子一样灿烂。

方圆实在搞不懂，这老人是真傻还是假傻！他将方圆的一军那么准确，那么巧妙，貌似开玩笑却直击他的要害！他对温妮解释，那天街道主任来，恰好遇见蓝花花，认为她也应该一起隔离。温妮冷笑，那你上次为啥撒谎，不敢承认蓝花花也在饭店？别解释了，越描越黑，我不信你的鬼话！说完，视频就断了。

说起方圆与温妮的关系，也是一段曲折故事。多年前他们同住一个老四合院，方圆家住北正房，温妮家住东厢房。那时候邻居关系密切，都一个院子的，跨过门槛就是一家。包饺子煮面条，做一口好吃的就互相送。方圆觉得最可怕的就是院内厕所，几家公用，又无冲水设备，只有淘粪工人隔天清理，因此臊臭无比。当地人习惯把这种厕所叫作"茅房"。

方圆对温妮最初的记忆与茅房有关。有一天，小小的温妮一不当心把脚踏入茅坑，回到家她用纸、手绢仔仔细细地擦鞋，企图掩盖这一失误。她爸离婚出走，妈妈在福利院做清洁工，平日忙得不见影，温妮就独自在家。小姑娘把鞋的表面收拾干净，以为看不出来就完事了，蹦蹦跳跳到北正房找大哥哥玩。哪知道臭味是擦不掉的，方圆被一股臭气熏晕了头。后来妈妈发现了温妮的小秘密，笑着把她衣服脱掉，在铝盆里洗了一个澡……

方圆一辈子忘不了温妮这桩糗事，有趣又可笑。这表明温妮性格的一个侧面——有点二，缺心眼，本地人的说法就是少页肝。这段往事温妮绝不让方圆提起，稍有暗示她就恼怒无比，要抡拳捶他。

长大以后，四合院拆迁，他们搬到城市两端不同的小区，距离远了，来往少了。直到方圆盖起人民饭店，温妮又出现在面前。此时她已经读大学四年级，出落成亭亭玉立的大姑娘。她要求在方圆的饭店打工，暑假里勤工俭学，好攒钱换一部手机。母女俩仍是相依为命，日子过得不宽裕。方圆满足了她的愿望，两人又热络起来。温妮像童年时一样，一口一个"大哥哥"叫着，使方圆深感温馨。

温妮性格直率，真把方圆当作自家人，啥事都对他说。她和医学院一个刚毕业的研究生谈恋爱，时好时恼，分分合合，连接吻、上床的细节都告诉方圆，还要他拿主意，断是非。

大学毕业后，温妮找了几份工作都不满意。她母亲已经退休，工资菲薄，指靠不上。她找不到工作，就到方圆这里过渡一下，坐在吧台上收收银，做一段临时工。有了合适的地方，她就走了。但是温妮与人处不好关系，眼界又高，这公司那公司干了不少家，可不久便拜拜，不是她炒人家就是人家炒她。

与男朋友关系也极不稳定。人家是个优秀医生，很快得到提拔重用，还要出国留学深造。温妮对男友很是佩服，可她的小性子不饶人，啥事非得让着她。医生也是要强的，两人针尖对麦芒，动不动就散伙。过两天又好了，好作一个头。

温妮妈妈在福利院见多了孤苦老人，一再提醒她别重蹈自己的覆辙，男人跑了孤单一生。最后住进福利院，那你晚年就惨了。其实，老妈是看中了方圆，知根知底人可靠。尤其是他买地、盖房子、开饭店，支起一份像样的产业，使她对女儿的未来放心。在母亲影响下，温妮渐渐把方圆放在心中。他总是让着她，这点令她比较满意。只是有赵医生比着，温妮老拿不定主意，一颗心忽上忽下。

直到去年春天赵医生去美国留学，两人彻底分手，温妮才把心思定在方圆身上。工作也不再找了，她等着过门当老板娘哩……

现在，方圆几乎被抓现行，他们的关系又有点悬。方圆回想过去，对未来惴惴不安。蓝花花怎么办？温妮怎么办？他也不知道。只能长叹一声：听天由命吧！

宋可行直接打电话找到方圆。这回他顾不得绕弯子，说了几句话几乎哭起来。方圆跑到院子里，和他细聊。鸡公自称陷入绝境，进退维谷，要方圆无论如何拉他一把！

方圆冷笑，别虚张声势，你下了一步好棋，把个炸药包塞在我的手里，现在正等着看笑话吧？鸡公打鸣一样在手机里嚷起来：别扯了，我听不懂你在说什么！告诉你吧，我正带着儿子开车往你这边赶，半道被人家关起来了！方圆问为什么？鸡公喊道：隔离！

他住在一个小镇旅馆里，汽车电池也被人卸了，门口还有人看守。说是隔离，宋可行怀疑老板雇用黑社会，强行羁绊过路旅客。不把他们骨头榨干了，恐怕是不会让他们离开旅馆的！

这会儿方圆信了鸡公的话。看来，老头未必是鸡公做的手脚，他没有时间，也没有心思搞一桩大阴谋。

那么，谁又是新的嫌疑人呢？

十

宋可行站在玻璃窗前，神情呆滞，仿佛掉在一片黑沼泽里。他知道窗外有一条大河，白天可以看见结冰的河面，还有长着丛丛芦苇的河滩。冬季苇叶干枯，在寒风中索索发抖，摇曳着洁白的芦花。现在什么也看不见了，他扬起头，只能望到夜空中隐约闪现的几颗稀疏大星。

他没有对方圆撒谎，他确实陷入可怕的处境！

离开淡水时，店长助理小冷借给他一辆桑塔纳旧车，准备远行。鸡公现任老婆是大兴房产的店长，助理自然想巴结她的老公。小伙子麻溜地给桑塔纳加满油，开到鸡公面前。这个自愿留守二手房中介店、放弃春节休假的店长助理，是一个湖北青年，万万没想到后面病毒的事情！小冷一心好好表现，今年有望提职加薪，到一家新开的连锁店当店长。鸡公也不能未卜先知，当时有车有油，诸事顺利，乐得他直拍小伙子肩膀。

他要回四川老家接儿子，然后北上滨海小城，找方圆和蓝花花。他的如意算盘打得很好：开枪的不要，悄悄进庄，来个先斩后奏！他知道蓝花花不让自己反悔，不肯接受儿子，但他相信把兄弟方圆面慈心软，不至于硬把他父子俩推到冰天雪地。人民饭店暖暖和和，有吃有住，可以过一个圆满的春节。他相信只要住下了，和方圆、蓝花花啥事都能谈妥，没有解决不了的问题。

一路上鸡公还在猜测，他俩现在什么关系？好上了吗？今后会结婚成家吗？……他挥挥手，且不去多管，对儿子有利就行！

鸡公开车疾驶，顺利进入绵阳。他在老家小住两日，告别父母，带着儿子继续北进。不料，风头忽然大变，这辆桑塔纳，路过高速公路收费站时遭到越来越严厉的盘问！

昨夜在大河镇宿下，鸡公图的就是穷乡僻壤比较安全，哪知这家挂着"大河宾馆"招牌的小破酒店，竟拿出县里的一份文件，宣布他们父子被隔离了！与鸡公同样遭遇的还有十来位旅客，被关在各自的房间，愁眉苦脸，唉声叹气。

带着儿子在这个靠河的房间住下，鸡公心中明白，至少这半个多月他哪里也去不成了。服务员敲敲门，就把一托盘米饭菜汤放在门口。鸡公开门，见不到人影。儿子喝了两口汤，说咸死人啦，呛得他咳嗽！鸡公要找老板理论，那可是一天一百块钱的伙食费啊，怎能只喝咸汤？

到了大堂，就看见两个粗汉，金刚怒目，神情威严，直赶他立马回房间。无奈，鸡公只能给总服务台打电话，要求炖个鸡、蒸条鱼。小姐亲切回答：没问题，伙食费加到一天三百就行。为了儿子，天价鸡天价鱼也得吃。鸡公长叹一声放下电话。这酒店是私人老板开的，宰你没的商量！

儿子睡熟了，一条小腿伸出被窝，鸡公把他翻一个身，被子盖严。入住房间时，孩子还问：爸爸，我们为什么待在这里？妈妈不要我了吗？鸡公说：不关妈妈的事，你别瞎想。儿子低声嘀咕：我听见奶奶跟爷爷说，妈妈不想要我过去，不肯让我在大海边上学……鸡公心中一阵酸楚，人生混到这种地步，可悲可叹！

宋可行聪明过人，谁都不否认这一点。从小学、中学到大学他一路顺风，虽称不上学霸，却也是过关斩将，读书轻松得像玩儿一样。除了学业，他的聪明还表现在下棋打牌上，什么游戏一学就会，一会就精，表现出一种博弈的天分。正因为这点天分，他最早接触股票，也在中国股市掘到第一桶金。从此巴菲特、索罗斯不离他的口，投资博弈成了他最大爱好。方圆、刘备都是他的粉丝，说是兄弟平等，实际上唯他马首是瞻！

前程似锦啊，却不料在淡水栽了大跟头！失败的征兆最先体现在一种赛马游戏上。这其实是一种最简单的赌博，客人买了筹码在机器屏幕前下注，选择的马匹比赛，一旦夺冠，便有筹码掉出来再继续玩。那赛马的音乐也使人兴奋，鸡公只要坐下，头顶一撮鸡冠便竖立起来，一赌就是大半夜……

当然，他对赌博没兴趣，这玩意太低级，侮辱智商。很快，他就找到配得上自己智商的赌博工具——期货。第二个失败征兆是遇到一名女子，姓谁名谁他已经忘记了，但她的出现就很不吉利。那天鸡公乘一辆中巴去深圳，中途有两个小伙子玩牌，让旅客押注一张红桃老 K，押对了就赢钱。他明明看清那张老 K 的位置，押上钱却错了！几把下来，他输光身边的钞票，连深圳也去不成了。鸡公后座有一眼睛细长的女子，频频暗示，劝他住手。两个青年赢了钱，下车扬长而去。细眼女子告诉鸡公：那是骗子，专在中巴上骗钱！我想告诉你吧，又怕遭报复，真急死人了！

上了一回小当，权当吃了一个苍蝇，鸡公很快就把这事忘了。

然而有一天，鸡公在富华楼下又遇到她。两人见面自然亲切，鸡公热情地请她到亚细亚公司喝一杯茶。那女子正找各种公司发展客户，当即拿出宣传资料放在大班台上，大讲外汇投资原理。原来她是一家香港公司的业务员，四处拉客户炒外汇呢。那是一种保证金交易，你只要投资一万块，就能做一百万的生意！价格上涨一元，投资者即可获利一百元，反之则亏损一百元……这可太棒了！鸡公翻弄着资料，眼前出现一条金光大道。他立刻跟着那个细眼小姐走，去香港人的炒汇公司开户。

除了外汇，这公司什么商品都做。黄金、原油、大豆、小麦、咖啡、可可、生猪、牛腩……随着数字在电脑荧屏上跳跃，整个世界在鸡公眼前展现！原来除了股票，还有那么多商品可以炒作。鸡公坚信，万物涨跌有序，有规律可循。既然他能在股票市场上挖到第一桶金，又能跑到淡水房地产市场发展壮大，为什么不能在外汇期货的广阔天地大显身手呢？电脑荧屏就是一个世界窗口，正如阿里巴巴和四十大盗的宝库，喊一声"芝麻开门"，财富的大门就会在他面前轰然打开！

起步顺利，出手就赢。鸡公在美国公布失业率的一个晚上，半小时就赚了一万港币！早晨，他把刘备、方圆叫起来，还带着蓝花花，一起到淡水最有名的香港酒店吃西式早餐。喝着牛奶麦片，闻着咖啡芬芳，鸡公宣布：蓝花花从此不必再做饭，亚细亚公司全体员工天天来这里吃大餐！

刘备开始还有些疑惑，这就进入共产主义了？鸡公领着同志们到公司亲自演示，看他敲敲电脑下单，玩游戏似的赢得成千上万港币，包括蓝花花在内，人人都服了！老备回家长拖拖躺在沙发上，手掌在空中比画一个个方块。方圆问他想什么，他说照此发展，往回运钱将会成为大麻烦！你看，这么一方大约有十沓钞票，一万元左右吧？我们要准备许多麻袋呢！方圆真的上街买麻袋去了……

不久，刘备比画的方块和方圆准备的麻袋就成了笑话——鸡公开始不停地输钱，赔钱速度令人瞠目，就像赢钱一样不可思议！方圆记得在日元暴涨的那个夜晚，眼看鸡公把刚卖掉一座小楼的钱赔得干干净净！老备吓得两条长腿像面条似的发软，方圆扶着他才爬上富华楼的楼梯。

从此，大哥刘备总是念叨：不能干，不能干，再也不能干了……二哥鸡公却埋头苦干，在大班台摊开图纸，画着各种的曲线波浪。他坚信怎么输就能怎么赢回来，目前的挫折只是火候不到。

这就是大分裂的开始。后来，刘备和鸡公天天吵架，亚细亚公司摇摇欲坠了！方圆保持中立，鸡公刘备两边劝。其实，他和蓝花花已经有了一段情，脑子也乱成一锅粥，分不清东西南北了。最终，他还是选择站在刘备那边，在一个暴雨倾泻、满街汪洋的夜晚，两个人终于悄悄登上火车，永远离开了淡水……

结拜兄弟的不辞而别，对鸡公这个精神领袖是一个巨大打击！毕竟老备代表着谨慎和理性，难道他宣告鸡公的末日已经来临？确实，从此以后鸡公一溃千里，一败再败。草洋大厦，土湖大厦，石灰窑大厦，小楼一栋栋卖掉，钱送进地下炒汇公司，转眼间灰飞烟灭！鸡公心里清楚，蓝花花离开他的根本原因不是方圆，而是无止境地败家。她完全丧失希望，丈夫成了一个不可救药的赌鬼！

打死会拳的，淹死会水的。鸡公在输光一切之后，终于明白这句民谚的深刻内涵。这个擅长博弈、聪明过人的领头羊，最终一无所有。

为了让蓝花花接受儿子，鸡公改了儿子的名字，跟娘姓，取名蓝天。不送走儿子不行啊，宋可行的店长妻子已经怀孕，每天重申不许前窝孩子踏进她这个家门！老丈人在医院里走后门，给女儿做B超，确定怀的也是一个儿子——鸡公有俩儿子啦！不过，老头提前讲好了，孩子跟娘姓，因为挣下家产的姥爷姓田，孩子也要姓田。他还花大钱找人算命，给未出世的外孙起了一个吉利好名——田野。鸡公叹息：蓝天田野，天高地广，就是没有他姓宋的份！

有啥好说呢？除了哀叹，只剩无奈。一次次打击磨掉了鸡公的棱角，就像头顶那一撮桀骜不驯的头发，不知何时已经平复——鸡冠没了！连"鸡公"这绰号也名不符实了。人到中年，苍老就像一片阴影，伴随着失败从心底蔓延开来……

现在的难题，就在于能不能把儿子送走。鸡公不知道方圆是何态度，可听出他话里有话，似乎指责鸡公做了对不住他的事情。什么事呢？他想来想去，也只有当年抢先对蓝花花下手，伤害了方圆的感情。可这都翻篇了，谁没伤害过谁呢？经历过淡水的大风大浪，不至于为这点故事耿耿于怀吧？也许另有误会，不把疙瘩解开，恐怕会影响儿子的归宿。鸡公心中不安，怎么办呢？

他在床上辗转反侧，胡乱猜测，恰巧前妻发来了一条短信，解开了他心中的谜团——有件事情应该告诉你，阿庆的父亲找到方圆，现在我们三人正在人民饭店隔离。

鸡公一惊，翻身坐起，呆若木鸡。什么？阿庆老爹找上门了？大祸从天降啊！怪不得方圆冷笑不止，指桑骂槐，原来是把账记在鸡公身上，以为他把老头当棋子送上门将军来了……

真是荒谬啊！宋可行一直觉得自己的惨败，是遭到报应，承受天罚。阿庆之死就是灾难根源，他有罪，所以逃不掉！怎么可能把这种事情当棋下呢？太可怕了，蓝花花的信息不啻宣告阿庆复活！这冤家阴魂再现，又该带来怎样的惩罚呢？

十

　　方圆在设计人民饭店时盖了一间锅炉房,给小楼独立供暖气供热水。锅炉房后边隔出一小间,用水泥砌个池子,再贴上瓷砖,就是一个小小的澡堂。方圆喜欢泡热水澡,把身子泡得大虾似的通红,无比舒坦。外面大雪飘飘,滴水成冰,这种享受就格外珍贵了。

　　夜晚,方圆躺在热水中许久,脑子里想着各种问题。隔离好几天了,应该让蓝花花、米老爹都洗个澡,明天可以让他们轮流来小澡堂。

　　变化无穷的生活被框在格子里,怎么想都是一件古怪而奇妙的事情。方圆浮想联翩,宋可行此刻正在一间客房里,急得抓耳挠腮、捶胸顿足。老备呢?不知漂泊何方……

　　鸡公一直在和他通微信,怕影响儿子睡觉,只能写字交流。方圆知道他还没聊够,说洗完澡继续聊。方圆起身,冲洗干净水池;又打开炉门加煤,压住明火,然后离开锅炉房。

　　趁着一身热气,他来到院子里。厚厚的积雪在月光下反射出一片银色,感觉空间忽然扩大了,光线也更亮了。虎子在狗棚子里呜咽叫唤,方圆没理它。深夜的雪景很美呢,深吸一口气,彻心彻肺的凉爽。他仰望明月,在积雪中走几步,脚下发出咯吱咯吱的响声,方圆一阵心旷神怡。

他踩着雪走进餐厅，跺跺脚，回身把门关严。原先做睡铺的餐桌保持原样，方圆把它当办公桌，看电脑通微信，独立方便。他点燃一支烟，打开手机，宋可行果然留下一段长长的文字。他很紧张，阿庆老爹的出现，似乎对他威胁更大！鸡公现在靠丈人家生活，仰人鼻息，地位低下，搞出事情来他比谁都难以承受！如果方圆打发米老爹来淡水，鸡公可就惨了——亲生儿子尚未送走，又莫名其妙冒出个爹！那凶悍的店长老婆，不用棍子把他赶上大街才怪呢。

鸡公求方圆千万稳住，别让老人乱跑。阿庆之死他们三个谁也脱不了干系，从这个意义上来说，老头强认方圆做儿子，那么鸡公、老备都是他儿子，这个爹也就是他们共同的爹！鸡公晓得其中利害关系，央求方圆切不可放出祸水，破坏他好不容易建立起的新生活。

方圆相信鸡公说的是真心话，他泥菩萨过江自身难保，不至于耍小聪明坑害方圆。但是鸡公也同意，老头的出现肯定有阴谋，而且捣鬼者不出他们兄弟三人！鸡公一口咬定刘备，出事后给他发微信，总是只回两句：正在隔离，不便说话。好像是自动回复，打个幌子，躲避所有人哩！他在干啥？分明心中有鬼！

鸡公宣泄积攒已久的怨恨，说刘备真是刘备啊，表面义气敦厚，实际上最最狡猾、最最奸诈！亚细亚公司的分裂就是他造成的，可以说垮在他的手上！他城府深，手腕高，才一步步发达起来。瞧瞧吧，现在我们谁能与他相比？自己当光明投资公司的董事长，他老婆雪莱是CEO，手中掌握好几个高科技公司，个人资产早就过多少亿了！凭什么只有他飞上了天，炒股票他还是跟我学的呢……

方圆觉得鸡公情绪大于理性，嫉妒的成分太重。要说老备挖出阿庆的父亲，并以此来搞阴谋，可能性似乎不大。老备混得高大上，如日中天，怎么会用下三滥手段跟昔日弟兄找麻烦？不见得想敲几两银子花花吧？方圆让鸡公少安毋躁，真相总会浮出水面。赶快休息吧，儿子醒了你就没法睡了！

方圆放下手机，眼前浮现刘备消瘦的脸颊，还有那副总是滑向鼻尖的眼镜。非常之人有非常之道，老备的心思很难捉摸。鸡公对他的评价，某些方面还是很有道理的。他若整出个爹来，目的不会是银子，但肯定高深难测了。方圆给他发个微信试试，果然，很快收到公式化的应答：正在隔离，不便说话。

方圆深吸一口气，是有点奇怪啊！

鸡公又来聊天，这回他谈的是蓝花花，你知道吗？她不要儿子，主要是为了你！她想嫁给你，为你生孩子，又怕你嫌我们的儿子碍事。其实她很想自己的亲骨肉，我们都知道她善良。虎毒还不食子呢！所以兄弟啊，你就说一句话吧，帮我也帮她渡过这个难关……

方圆没再回话，发了一个含义模糊的表情，退出微信。

方圆心情很复杂，和蓝花花的事情只能走一步看一步，温妮那边还没完呢。他每天给她发微信，说得天花乱坠，温妮只是不理他。谈论别人的孩子轮不到自己插嘴，方圆决定不表态。

吧台上方的挂钟敲响十二下，行动时间到了。方圆到仓库找了一个废旧塑料桶，又提着工具箱，来到米老爹的房间。夜深人静，正好装锁鼻儿。没人干扰了，方圆三下两下就完活。

蓝花花似乎有洁癖，每天在卫生防护方面下很大的功夫。无论沾染过什么，她马上就打肥皂洗手，擦酒精消毒，折腾半天。隔着老人老远也要戴口罩，给老人打扫房间还要披一件薄薄的塑料雨衣。最可笑的是她又穿上了高筒水靴，本来买一双是防备雨天的，现在在屋内她也终日穿着。这让方圆想起初次见蓝花花，他们在富华楼下海鲜大排档喝酒，服务员蓝花花就是穿一双略微嫌大的雨靴，橐橐地走路。她也许喜欢雨靴，也许深藏着某种自我保护意识。

小城的形势越来越紧张，这个年过得都记不清初几了。蓝花花一再催促方圆把米老爹送走，要他向街道领导申明这老头不是自己的父亲。她不明白方圆心思，因为她不知道阿庆死亡的真相。

与方圆重续旧好，蓝花花的忧虑愈发加重。她仿佛害怕抓不住幸福，让希望从指缝间溜走了……

宽慰她是没有用的，必须把老头锁在房间里。方圆轻手轻脚走进屋，把塑料桶放好。这是给老人解手用的，厕所在走廊对面，锁了门他去不了。方圆屏息倾听，老人打着小呼噜，仿佛一口接一口地吹气。

方圆抽身出屋，拿出挂锁，轻轻按死。他舒了一口气，走进蓝花花房间。蓝花花还没睡，刚躺下就伸过温热的臂膀搂住他。死灰复燃，旧梦重温，两个人激情似火，一番云雨直至筋疲力尽。蓝花花偎在他怀里，貌似扯闲话探询她最关切的事情——

温妮回话了吗？

没有，方圆低声回答，视频之后再没动静。

正说着，手机响动，打开一看恰巧是温妮的微信。方圆以坦诚做掩饰，把手机递给蓝花花看，上面没头没脑一句骂人话：快去死吧你！方圆苦笑，这孩子不太懂事。蓝花花一声叹息，她还是爱你的。

方圆在黑暗中睁大眼睛，久久沉默着。他想起鸡公的话，心里对蓝花花深感怜悯。她今年三十六了吧？如果结婚还来得及生孩子。其实方圆心软，可以不计较那孩子的到来。两个小孩一块儿养也行，还有伴儿。蓝花花仿佛听见方圆的心声，搂得他更紧。但是一想到温妮，方圆又什么话也说不出口了……

迷迷糊糊刚入睡，突然响起震天的砰砰声——老头在砸门！

方圆双手撑着身子，兀地坐起来。蓝花花拽他胳膊，要他躺下，别理他！咱睡咱的……哪里睡得着啊？方圆很紧张，硬挺着赤裸的上身，侧耳倾听。

这是一场较量。老头疯狂地敲门，恨不得把门板砸碎！方圆不信他能坚持多久，就是不理睬。渐渐地，疯狂劲儿消散了，敲门声变得低沉，但是执着、顽强，一下一下有节奏地持续着。约莫过了一个时辰，老人实在累坏了，仿佛胳膊都举不动了，敲门声越来越微弱……

就在方圆觉得胜利在望，身体也开始放松时，老人忽然来了力气——门如战鼓擂得又重又响，又一波高潮到来！老饭力啊，吃得多就是有潜力。那砸碎门板的疯狂劲仿佛洪水，再一次翻卷而来！

方圆跳在地下，赤身裸体地站着。蓝花花拽不住他，伸手抓也抓不到。方圆也要疯狂了！他眼前一组镜头纷杂涌现：阿庆来富华楼敲诈要钱；他骑着摩托车跟踪蓝花花；他到工地恐吓施工队，用砍刀乱剁脚手架……一直到最后，石板桥上的搏斗，洪水卷走了阿庆瘦小的身影！

那是阿庆在敲门啊，他阴魂不散，继续跟他斗呢！方圆恨不得冲进隔壁房间，双手掐住老头的脖子，掐死他！

饭店小楼有一股邪气，让人失控，中毒似的丧失理性。所有事物都开始变形。方圆仿佛陷入魔幻世界，拼命挣扎，力图抓住真实，找回本性。

当年杀死阿庆，也是这样冲动，这样疯狂吧？同样的情景再一次发生了……忽然，方圆清醒过来，缓缓在床边坐下。

魔鬼又来了，他必须锁住心中的魔鬼！

十二

雪后的朝阳格外灿烂，胭脂红色尽染街道上洁白的积雪。

老头仍在敲门，机械的声响犹如钝刀砍人脑壳。方圆看一下手机，他已经整整敲了五个小时！情况明摆着，这老头不会罢手。方圆只要敢锁门，他就会永远敲下去！

真是骑虎难下了，给他开锁吧，从此以后休想管住他。坚持较量下去吧，他这样日日夜夜地敲门，谁的神经都要崩溃！现在方圆服了，这老头不愧是阿庆的爹，先前没暴露，还以为他是个温和的老人呢。怎么办？既不能掐死他，又不能由着他，方圆真是没辙了……

蓝花花很有主见，关键时刻为他献上一计：找领导！方圆说，不可能啊，街道郑主任、居委会侯大妈躲都来不及，谁肯出头管老人？蓝花花眼波忽闪，微微一笑：领导锁住饭店大门，怕的是什么？就是怕病毒，和咱锁门是一样的心思！我们打报告，就说老人需要住医院抢救，谁敢不来？

方圆心头一亮，对呀，撒个弥天大谎，先把领导们诓来再说！他们总会有法子治住老头。他又迟疑道：不过，领导一来，西洋景不就戳穿了吗？蓝花花说：没关系，他们把老头拉到医院检查，一天两天回不来的。咱们呢，只要老头走出人民饭店，就把大门从里面锁死，再有，你可要咬定啦，他根本就不是你爹，痴呆老人瞎说哩……

方圆以拳击掌，对！现在形势已经大不一样，只有把事情闹大，咱们见招拆招，才能把老头送走！

方圆拿起手机，立即拨通侯大妈电话。可是没想到侯大妈病了，已经住进了医院！方圆向侯大妈老伴要了郑主任的电话号码，直接向郑主任呼救。郑主任身体还算健康，只是忙得焦头烂额，声音疲惫而无奈。这些基层干部，可被累惨了！

方圆把网上看到的临床症状，统统安在老头身上。最后结论：老人家不行了，别让他死在我的饭店！还有，你想法要一辆救护车，直接赶快开到人民饭店门口。千万救救他！

郑主任一迭声答应：好的好的。估计他也吓坏了。

方圆高兴得搂住蓝花花亲一口，这下好了，总算能把瘟神送走了！

敲门声不知啥时停止了。他们万万没料到，老人也会想出反击的绝招！他似乎心有灵犀，晓得方圆他们要做什么、怎么做？屋里一点动静也没有了，方圆贴着门缝倾听，一无所获。他哪里知道，老头正趴在窗前观察街上动静呢！

俄顷，郑主任的丰田车开道，后面跟着一辆救护车，呜哇呜哇叫着在人民饭店门口停下。老人翻身跨越窗台，踩住凸起的水泥窄条，一只手在空中挥舞，扯着嗓子尖叫！郑主任正带两名工作人员下车，一抬头，吓得面如土色……

大爷大爷，你这是怎么了？赶快回去！

老头真是个好演员，戏精哩！他半悬着身子，抡起一条胳膊开始哭诉：我儿不养我了，把我锁在屋里，想饿死我呢！我也不活了，你们闪开，让我往下跳！别砸着你们，别溅血到你们身上……

方圆、蓝花花听着声音不对，赶紧开门，没承想看见这样一幕。实在是太危险啦，他脚踩的水泥凸起还积着雪呢！方圆立马认尿，探出上身搂住老汉，一迭声说：我错了，我错了，咱进家来说好不好？

老人善于敲诈，尖着嗓子喊：你认不认我这个爹？

认，认！方圆紧紧抱住他，努力往回拽。

老人却向后挣扎着身体，加剧危险性，那你叫我爹！当着大家伙儿的面叫！

方圆冷汗都冒出来了，浑身颤抖不已，爹，爹！

老头说：不行，你要大声喊。直逼得方圆拖长声调，声音洪亮响彻整条马路，爹——爹——

郑主任开了大门锁，一干人马腾腾腾走上楼梯。老头很有派头地仰靠在沙发上，乜斜眼睛看着随救护车而来的医生护士。叫啥救护车呢？错了！应该叫殡仪馆来一辆拉死人的车，直接把我送进炉子里烧了得了。

郑主任板着脸问方圆：怎么回事？嗯？虐待老人那是不行的，上法庭判你有罪，后悔也来不及了！你闻闻，老爹身上味儿那么重，你也不给他洗洗澡。像话吗？

蓝花花试图解释，其实，他就是一个过路吃饭的普通客人，那天下午还是我接待的……

郑主任瞪起眼睛，你是谁？一个服务员这时候还敢多嘴？你没听见方老板刚才怎么叫爹吗？

方圆赶忙接过话茬：别怪她，主任。是我太紧张了，老人病重，我怕担不起责任啊，爹就爹吧！只要你们把他接到医院去，让我叫啥都行……

自称为爹的老汉站起来，身手敏捷地做了一个太极拳动作——单腿独立，双臂后展，这叫白鹤亮翅！他的眼睛烁烁闪光，谁说我有病？啊？我身体棒着呢！你们不信？大夫，来，给我量体温，量血压，还有啥？抽血也行……

关键时刻老人一点儿也不糊涂。糊涂的倒是方圆，这是怎么了？眼睛一眨老母鸡变鸭，老头确实棒着呢！医生护士一番忙碌，搬出额温枪、血压计，简单一检测啥都正常。

郑主任背着手在房间里转圈，严厉训斥方圆：你这个同志，平时通情达理，政治觉悟也算可以，关键时刻怎么尽给街道添乱？老人病了吗？事实证明，他虽然上了一些年纪，可比你我的健康状况还要良好！我也看出来了，你自始至终不肯认这个爹——怎么，良心叫狗吃了吗？亲生父亲也不认了吗？要不然，难道还有其他隐情？

后面的话着实把方圆吓得不轻。他点头哈腰，不断检讨，总算哄得郑主任下楼。老头追着喊：不许他锁门！郑主任重复道：不许锁门。老头又喊：我想吃什么就吃什么！主任稍作修改：加强营养！方圆小声地把领导的指示重复一遍。到这时还有啥可说的？

大门又锁上了，救护车、丰田车都开走了，送瘟神的计划也彻底破产了！当然，不能说一无所获，郑主任送温暖，丰田车的后备厢里装着十多棵大白菜呢，工作人员帮忙搬进饭店。米面鱼肉都有，最需要的蔬菜总算得到了补充……方圆打心底承认，抗击病毒还真多亏了这些社区干部！

夜晚再次降临。方圆与蓝花花躺在床上，真像泄了气的皮球，浑身一丝劲儿也没有。他当众保证不锁老头的门，躺下前只好把自己的房门锁死。蓝花花宽慰他，不要紧，咱们把插销插好了，老头进不来就安全。月光泻满整个房间，他们连窗帘也没顾得拉就睡着了。昨晚让老头折腾一宿，实在筋疲力尽。以后的日子怎么过？管他呢，睡好觉回过神来再说吧！

老头却没睡，精力充沛确实惊人！他彻底解放了，楼上楼下四处搜寻，仓库被他翻个遍。他做的第一件事情就是找到工具箱，用螺丝刀、老虎钳、锤子把方圆装的铁搭扣、锁鼻儿统统拆除！完了，还把关键工具藏匿在鬼也找不到的地方。哼，看你以后再怎么锁！

最后，老头把房门开了关、关了开，确定自己能进出自由了，满意地拍拍手，才算罢休。

躺了一会儿，他又起来了。自由可贵，多多享受，大过年的还不热闹热闹？老头把所有的灯打开，楼上楼下灯火辉煌。他来到厨房，忽然觉得饿了，打开冰箱找出各种吃食，亲自动手做了一顿丰盛的宵夜。吧台有酒，他拧开一瓶小二锅头，喝得有滋有味……

吃饱了玩够了，从里到外都爽了，老头总算有了困意，睡觉前他还做了一件不可思议的事情——冰箱里有好多带鱼，他抡起菜刀剁下带鱼的脑袋，一条又一条，全都剁了放在锅里。他没煮没烧，就那么把面目狰狞、龇牙咧嘴的带鱼头放在锅里。他想象着，明天蓝花花做饭一掀锅盖，准被这些丑陋的鱼头吓得尖叫起来！

老头挺讲究，还打扫厨房。拖地，把没脑袋的带鱼重新塞入冰格，灶台擦得干干净净。然后他背着手，一路坏笑回到二楼自己的房间。

第二天起床，方圆、蓝花花看见了老头的杰作。面对一锅死眼圆睁的带鱼头，蓝花花没有尖叫，两个人却欲哭无泪。方圆明白了，人民饭店不仅来了个爹，从此以后还有了真正的主人！方圆真想逃出去，扔下饭店啥都不管了。可是他逃不掉，现在方圆和蓝花花成了真正的囚徒！

　　一切都失真了，荒诞不经的氛围使方圆发疯！小楼妖雾弥漫，他甚至出现幻听现象，隐隐约约听见尖细的笑声从屋顶传来，难辨是人是鬼……

　　方圆伸手去抓最后一根稻草——大哥刘备！他再也不能装样，貌似稳坐钓鱼台，等待刘备主动上钩。不行了，他实在沉不住气了！无论老备憋着什么坏，藏着什么阴招，他准备全盘接受。

　　来吧，你的目的达到了，想怎么着就怎么着吧！方圆已经陷入绝境，精神马上就要崩溃，老备折磨他达到极限！我知道你想要什么，你惦记那点东西已经很久了，统统拿去吧！

　　方圆把胸臆间沸腾的情绪发泄在给刘备的微信上。他没有明说阿庆父亲突然出现的事情，这是不言而喻的，刘备清楚自己做了什么！他用一种朦胧诗的形式尽情地宣泄心中的痛苦和愤懑。我知道是你，不用伪装也不用躲藏。就算我被整死了，一条冤魂在冬季的旷野游荡，我也会像病毒一样，找到你，侵入你，纠缠你！兄弟怎么会做到这份上？太绝了，太可怕了，什么样的冤仇才能如此整人啊！刘老备，你不把妖怪收回瓶里，最后被吞噬的肯定是我们兄弟三人，谁也跑不了！……

　　方圆坐在餐桌拼起的办公桌前，写啊写啊，一条接一条地发微信。他仿佛在一条沉船上，不停发出 SOS 的呼救信号。他貌似疯狂，实则希望以此打动刘备的恻隐之心，结束这场恶作剧。他希望老哥摘下冷漠的面具，瞥小弟一眼，哪怕是最后的一眼！

可是，他注定要失望。刘备的回复依然是冷冰冰的两行字——

正在隔离，不便说话。

方圆仿佛跌进了冰窖里，从头到脚瞬间冻住。

十三

方圆与刘备打交道更长久，更深入。比起鸡公，老备在方圆生命中留下的印记更加难以磨灭。

他永远不会忘记淡水那个暴风雨之夜。刘备帮他收拾行李，在他耳畔不停催促：快点！快点！他们要去惠州乘火车，逃离淡水。一道闪电射透玻璃窗，照出刘老备青白的脸。方圆心中有一丝恐惧，感觉这位大哥已经变形，三分像人七分像鬼呢！

出逃计划是刘备在当天下午才向方圆和盘托出的。他们在一间咖啡屋碰头，刘备打开密码箱，亮出一箱子钞票！他刚刚做完一笔交易，卖掉了靠淡澳大道的价值颇高的一块土地。这是亚细亚公司最重要的资产，原计划盖一座真正的大楼，名字都起好了——希望大厦。然而，鸡公炒外汇输掉太多的钱，现金流断了！卖地是不得已之举，既要让已经封顶的四座小楼完工，又要送钱到地下炒汇公司补仓。卖掉这块好地，亚细亚公司的希望就彻底泡汤了……

我们必须走，鸡公把亚细亚公司带上了绝路！老备一脸决绝的表情，方圆很少看到他性格的这一侧面。再跟他混下去，我们不仅血本无归，还会陷入不可知的灾难！

方圆同意刘备的判断，对于病入膏肓的鸡公他也早已绝望。但是，刘备的出逃计划却让他心存异议——这么做太绝情了吧？就这么一走了之，还把卖地款全部卷走？

刘备强调，计划的核心就是眼前这箱钞票。放过这次机会，他们将两手空空离开淡水，先前的投资全部打水漂！老备冷静分析道：这是合理的，我仔细计算过，这笔钱相当于我们来到淡水，投入亚细亚公司的本金。这两年的利润我们一分钱也不要，只求保本。鸡公要是肯收手，把剩下的小楼卖掉，还是有利润的——那是我们留给他的利润！可是，我判断他刹不住车，谁也拽不住他这辆疯狂的战车！那就没办法了，自作孽不可活。我们只求自保难道有错吗？

方圆叹了一口气，你说得对，只是，我想起他帮我们炒股，带我们来淡水盖房子，心里不落忍啊。就这样偷偷跑了，有点不仗义……我们就不能等一夜，跟他谈谈清楚？起码告个别吧？

刘备合上密码箱，脸色冰冷，见了面我们更走不了啦！你太天真，鸡公不会让我们走的，他一定千方百计绊住我们的腿。就算走，也绝不会让我们拿走箱子里的钱。你别忘记，他是输红了眼的赌徒！

其实，方圆真正想告别的是蓝花花。他从没向刘备透露自己与蓝花花的恋情。虽然已经切割干净，可方圆一想到要离开淡水，而且以这样的方式出走，今生恐怕再也不能与蓝花花相见，惆怅一阵比一阵强烈，恨不得立即赶到他们单独居住的出租屋，抱紧蓝花花作最后的吻别……

刘备仿佛看穿方圆的心思，一再叮嘱道：千万不可告诉蓝花花，她去找鸡公麻烦就大了！

收拾完行李，两个人离开富华楼。刘备去找出租车，方圆守着行李等待。恰好，湖南老板小廖从电话亭中走出，正准备锁上店门回家。方圆一个箭步蹿进去，扔给小廖一张钞票，迅速拨打电话。铃声一遍又一遍地响，急死了方圆！蓝花花终于接电话，方圆声音颤抖地告诉她，他和刘备要走了，马上就去惠州坐火车！这一走不知啥时能回来，只怕一辈子也见不着她了……

方圆眼泪流下来，蓝花花急急地说什么，他也听不清楚了。最后，他号啕大哭，不顾小廖诧异的目光，贴着墙根缓缓蹲下，任眼泪滂沱打湿胸襟。

蓝花花和鸡公到底是夫妻，如此重大的事情她不可能不告诉丈夫。鸡公的行动也是果断惊人，拦住一个摩托佬载着他一路狂奔，直赶火车站！天仍在下雨，鸡公真的淋成一只落汤鸡。

刘备、方圆在候车室坐着，鸡公的电话打来了。他先软后硬，要求兄弟们别走，实在要走也得见面把话讲清楚——否则，后果自负！方圆有点害怕，火车尚有半小时到站，鸡公的摩托车及时赶来，真有些难以收场。

刘备却十分沉着，与鸡公通话表达分手的决心。他坦陈自己拿走了卖地的钱，但亲兄弟明算账，这些钱只是他和方圆投入的本金。如果宋可行卖掉在建的小楼，及时兑现利润，他所得到的钱将是他们数倍！分手的原因也早就清楚，炒外汇期货是一道分水岭，兄弟们到此缘分已尽，理应各奔东西……

鸡公在电话里吼起来：你这是犯罪，你盗走了亚细亚公司的资金！你信不信，我马上报警——上了火车你们也会遭到通缉！

刘备冷笑，打出一张王牌，你敢报警吗？你忘记我们结拜兄弟时的誓言了吗？你想背叛誓言吗？我就算卷走公司资金，这罪过有杀人害命严重吗？兄弟啊，我们是拴在一根绳上的蚂蚱，谁也不能忘记阿庆!

王炸果然有效,老备喊出"阿庆"这个名字,鸡公就挂上了电话。方圆隔着车窗,看火车徐徐驶离站台,鸡公的身影始终没有出现……

从此,三兄弟的人生道路就像不同方向的铁轨,再也不能交集。

方圆跟着刘备继续前行。下一个焦点人物是李雪莱。刘备笑老婆的姓太俗,李,天下之大姓,遍地都是小李子。雪莱翻他一眼,我爸起的名好啊,雪莱,多美!方圆打趣:你们夫妻俩,一个取东方皇帝的名,一个取西方大诗人的名。干吗呀?世界都被你家瓜分了!

雪莱不是文科生,毕业于财大,分配到人民银行工作。她和刘备是哈尔滨老乡,小学时就同学,可算青梅竹马。三兄弟当中就他俩下海前已经结婚。鸡公炒股票发财,率领兄弟们南下,给雪莱很大的启发与刺激。她主动要求调到证券公司,很快就当上了办公室主任。她的性格与形象,都属于光彩照人的类型,走哪热闹到哪,交结了许多炒股大鳄。其中一个东北老乡,股票做得又大又稳,令雪莱刮目相看。离开淡水,刘备、方圆经雪莱搭桥,直接加盟那个大亨的投资公司,做起一级半市场来……

所谓一级半,是指那些已经发行、尚未上市的股票,它们在地方交易所的柜台买卖。有的企业出息好了,或被大公司收购,或直接登上 A 股主板,有点像小三上位。当然也有风险,素质差的股票千年媳妇也熬不成婆,上不了市,便无声无息如死了一般。

总体来说,这种投资方式远胜于在二级市场盯着报价屏幕炒作。刘备早就在这方面下功夫,研究投资理论,研读各种公司报表。他私下对方圆说:鸡公张口闭口巴菲特,却不知巴老的精髓只有一条——价值投资。购买有价值的公司股票，等于入股做合伙人，只要选对公司就没有失败的风险。可惜鸡公追涨杀跌，企图在价格波动中搜刮利润，注定是死路一条！

现在，方圆跟刘备四处奔波，到各地寻找有价值的公司。虽然股票尚未上市，但若选准了一本万利。从淡水带回来的一箱子钞票成了种子，很快生出一片茁壮的幼苗。当时在中国，股票上市是最稀缺的资源，一旦登上二级市场，他们收购的地方股票就能获得十几倍，甚至几十倍的利润！方圆第一次收获大桶的金，几乎不相信自己的眼睛——这是真的吗？怎么可能这样赚钱？

老备得意扬扬地说：我就喜欢形而上的生意！在淡水盖房子，属于形而下的生意。老话说，好汉子不赚有数的钱，指的就是股票投资这类奇迹！

方圆发现了自己的差距。他就喜欢形而下的生意，看得见摸得着，做起来心里踏实。而对所谓形而上的生意，无论是刘备的价值投资，还是鸡公的炒作投机，他总是懵懵懂懂，捅不破那一层窗户纸。他跟着刘备东奔西跑，深入一家一家企业考察，干得十分卖力气，却始终不得要领。刘备发现好股票，两只小眼在镜片后发光，手掌直拍大腿，好货呀，真是好东西，前途无量啊！

方圆却从来没有这种兴奋，小心翼翼，如履薄冰。公司的财务报表好似天书，方圆看一会儿就头晕，再看，就趴在桌上睡着了。比起淡水盖房子，他觉得这项工作更难、更累。说到底，他心里藏着诗，金融领域活跃的生命与他的世界格格不入。方圆对刘备夫妇心存感激，不是他们的提携，他根本入不了门。但方圆也渐渐明白，自己不是干这一行的材料。

刘备如鱼得水，野心也不断膨胀。跟着东北老乡干了两年，他就决定独立。经过艰难的谈判，双方和平分手。刘备带着方圆来到北京，注册了一家投资公司。公司起名为"光明"，广告语也是现成的：光明投资，投资光明！他们在一座商住两用公寓租下一套房子，挂牌开张。保安悄悄告诉方圆，这楼里净是骗子公司。方圆明白，敢情他们住进了北京的富华楼。

业务开展很顺利。刘备的长处是善于交往人，很快在投资圈里赢得好口碑。他对方圆也很厚待，记得亚细亚的教训，他干脆在办公室并排置放两张大班台。台上还放着两块总裁牌子，无名无姓，无正无副。他笑道：在光明投资公司，咱俩是一字并肩王！

方圆却不好意思，不久便悄悄把总裁牌子藏到抽屉里。随着公司发展壮大，各种人才不断被刘备引入，方圆越来越无足轻重，也越来越不自在。他们之间没有合作关系，只存在依附关系。渐渐地，方圆萌生了退意……

转折点还是发生在雪莱的到来。这位巾帼英雄毅然辞职，投奔光明投资公司，夫妻双双在投资界搏杀。老备天生做皇帝的料，加上副科长的一段经历，善于在官场周旋，结交对公司极为重要的政经关系。雪莱则与各色各样的公司打交道，长袖善舞，做得风生水起。方圆完全成为多余的人，公司上下没人冲他讲话。日子越来越难熬。

终于有一天，刘备向方圆张口了，光明投资要做大做强，股权激励机制必须改革！你看，你嫂子来了，作用不在我之下，却没有一点股份，恐怕说不过去吧？你这一字并肩王占了公司百分之五十的股份，是不是应该转让一些给她？

方圆长舒一口气，顿时轻松起来，把我的股份都转让给她！早想对你说呢，我准备走了，回老家开一个饭店……

他把心里积压已久的想法告诉老备，自己渴望过另一种生活。方圆通情达理、爽快公正的态度，使得刘老备感动万分。他当场表态：你保留董事身份，永远是光明投资的创始股东！方圆也提出一个要求：虚职没意思，我想保留百分之十的股份。毕竟和你共同创业，将来光明投资出了大成就，也算记得我的一份功劳。

最后商定，方圆在光明投资公司占百分之十的股份，仍然是董事，但投票权委托给刘备实施。转让给雪莱的股份，按照当时的行情作价，方圆分到一大笔钱。这时已经不能用麻袋、密码箱装钱了，直接从银行划款到方圆的滨海小城账户。

离开北京时，方圆有一种解放了的感觉！终于回家了，终于可以按自己的意愿生活了！于是，就有了人民饭店……

照说，方圆和刘备不会有间隙，他们的分手很愉快。但随着光明投资公司成为一颗冉冉升起的明星，在投资界名声响亮，如日中天，方圆发现老备越来越惦记他保留的那些股权了！

每年召开董事会，这位大哥都打来电话，向方圆报一个天价，问他打不打算卖出那份没上市的股票。方圆说自己不等钱花，那点股权就放着留作纪念吧。第二年老备又来问，价格不断上升，方圆依然拒绝。渐渐地，方圆发现刘备心中积攒着不快，更急于收回那一根老鼠尾巴！方圆也不高兴了，老鼠尾巴你也不肯放过，干吗呢？于是执意不卖。两个人虽然表面热络，实际已心生芥蒂。

等到阿庆老爹出现，方圆虽不愿意往坏处想，事情的轮廓却越来越清晰——他和鸡公没有利益冲突。除了蓝花花那孩子，鸡公也不过想让他帮忙说话。刘备则不同，光明投资今非昔比，皇帝的睡榻旁岂能容下别人酣睡？对于一向尊敬的老哥，方圆不愿意直视真相。可如今到了紧要关头，他不得不睁开眼睛看刘备了！

只是，方圆想不明白，刘备为什么以隔离作借口，啥话也不对自己说呢？这样隐身能解决问题吗？讨回股权你总得开腔言明吧？更令方圆疑惑的是：隔离怎么就不方便说话呢？

迷雾重重啊，方圆脑袋都快爆炸了！他需要帮手，唯一能帮他的只有结义兄弟，当年的老二关公——鸡公。

十四

大河宾馆有一条规定，隔离人员每天可以出门两次，上午下午各半小时。不许一窝蜂出来，每次只能放出同一房间的旅客，以房间号为序，依次去宾馆大院走走。

轮到鸡公带领儿子走下台阶，小孩总要欢呼、尖叫，一路奔跑到大院门口。鸡公跟过去，就有一个戴红袖章的老头挡住去路，不可越出大门一步。门外，是一条省级公路，荒凉的田野一望无际。这期间交通疏落，半天也不见车辆通过。公路旁边粗大的白杨树早已落叶，干枯的树枝指向灰蒙蒙天空。鸡公搞不清这地方属于安徽、河南还是山东，总之是北方一个毫不起眼的小镇。大门不让出，只好转回来，在汽车停放处兜圈子。走过那辆桑塔纳，鸡公总要愤愤地踢一脚轮胎。

小孩子看见太阳也稀罕无比，捏起小拳头作望远镜，仰望天空。看够了，他又拽着鸡公胳膊央求：爸爸，给我讲小萝卜头的故事吧。鸡公就有一搭无一搭地开讲，那是一本红色经典小说的片段：一个小孩出生在监狱，革命难友都叫他"小萝卜头"。由于营养不良，他的脑袋特别大，眼睛也特别亮，看见一只蝴蝶飞进牢房，他伸手想抓住它，跟它一起飞向蓝天……

鸡公嘴上给儿子讲着，心思却不放在故事上。他和方圆长时间聊天，终于弄明白阿庆父亲背后藏着的种种谜团——果然有大事呢，事关大名鼎鼎的光明投资公司股权，那还了得？

在鸡公眼里事情都明摆着，刘老备正等着方圆主动奉还那百分之十的股权呢。听话，老头怎么来怎么走；不听话，你就养着这位爹吧！哪天老头清醒过来，抖搂出阿庆之死，方圆只怕饭店也开不成了……

但是，鸡公更敏锐地发觉，光明投资公司恐怕有重大变故！刘备的神隐，恰巧暴露他正陷于一场危机之中！

方圆想不明白，刘备、雪莱开的是夫妻店，怎么会有危机呢？

鸡公就发挥作用了，向方圆提供一个出乎意料的消息来源——苦菜花你还记得吧？蔡小明，咱班上那个女同学。对，就是追老备总也追不上的那个！她也在北京投资圈混，跟刘备走得很近。最近她到大亚湾做房地产生意，和鸡公恢复了联系。鸡公尽地主之谊，请苦菜花吃了一次饭，酒席间聊起刘备夫妇。她带来一个惊人的消息：这对模范夫妻、精英夫妻正在闹离婚呢！

鸡公又激动地攻击刘备，说他最是伪君子。光明投资主要靠雪莱的人脉，可以说刘备靠着老婆起家。发达了，喜新厌旧了，刘备不断地冒出绯闻！你想不到吧？看他道貌岸然的，一有钱就变得满肚子男盗女娼！据说，他老婆雇了私家侦探，整天跟踪侦查。那也没用啊，刘老备出入高级会所，什么天堂人间，什么御驾金玉，花在美女身上的钱海了去了……

方圆听到消息很震惊，刘备也堕落了？这世界真是靠不住啊！鸡公哼一声：他从来不是好东西！蓝花花告诉我，住在富华楼那段日子，老备吃饭时偷偷在桌子底下摸她的大腿……

方圆不想听，不说这些了，依你看，刘备现在在哪里？在家？在医院？在北京？还是在国外？

他们视频半天，探讨种种可能性，始终不得要领。

出门时间到了，鸡公领着儿子回到房间。他把手机扔给孩子玩游戏，自己倚着窗台，面对大河发愣。与方圆聊天，使得鸡公心情阴郁难受。好像有一群蚂蚁在胸间奔跑，又痒又麻，又疼又乱，那滋味实在难以形容！真正刺激鸡公的，不是刘备离婚、刘备神隐，而是方圆告诉他，与刘备分手后的最终结果——原来方圆还保留着董事身份，还有投票权，更重要的是，他有光明投资百分之十的股份！

光明投资公司现在经常出现在报端。今天投资新能源汽车，明天投资生物科技，后天又杀入芯片领域……同样搞投资出身的鸡公，如今仰望刘备大哥的公司犹如仰望天国！方圆居然也分得一杯羹，他懂什么？股权的含金量他至今还懵懵懂懂！只有鸡公啊，他两手空空，陷在淡水泥坑里拔不出腿来。要知道当初他是领头羊，是老师，是师傅——没有他宋可行，刘备哪晓得股票？方圆这书呆子哪里赚得到钱？现在呢，哪个不比他混得强？

羡慕啊，嫉妒啊，那些在胸间乱窜乱啃的蚂蚁，原来都是嫉妒！鸡公脸色苍白，努力平静，却无法抑制那群蚂蚁的骚扰……

鸡公的野心从来没有泯灭，他正卧薪尝胆，等待时机。谁也不知道，在失败的过程中，他已找到制胜的方法，成功的捷径！他就像一个被打落山谷的武林奇才，在岩缝中找到一部武功秘籍，苦心演练，只等出谷那一天！

价格变动有规律，与大海潮涨潮落一样。你只要掌握它，就能捕到鱼！均线的金叉银叉，道氏点的排列，数浪……他总结出一套完备方法，胜率之高十分惊人！钱赔光了，他就做模拟单，某年某月某日在某个价位买进，又在某个价位卖出，完全跟真的一样！这么多年来，这么多行情，无论外汇、商品、股票，他都记录在本子上。已经记满十几个笔记本了，走到哪里他必带着电脑和本子……

结果怎么样呢？你可以翻开鸡公的笔记本看看——以他发明的方法去搏杀、去验证，竟然赢得了金山银山！他取得的成功，连他自己都不敢相信！当然，暂时都还在纸面上。但他确信，只要给他一笔钱，依靠这独门秘技，赶上刘备夫妇不在话下，可以很快杀上财富的巅峰！

我有核武器啊！鸡公独自仰天长啸。

可惜，得到资金很难，过去的失败使他难以取得信任。没有资本，就没有翻身的机会。与其说鸡公嫉妒老备，不如说他更嫉妒方圆——差距太大嫉妒不上嘛。方圆凭什么当董事？凭什么有百分之十的股权？如果鸡公能够和方圆调换一下位置，让他具备方圆同样的条件，他立马就能呼啸而起，把笔记本上的一切变为现实！

儿子玩了一会儿游戏，趴在床上睡着了。鸡公疼爱地抚摸他粉嫩的小脸蛋。这孩子像妈妈，明亮的大眼睛，一笑唇边浮现两个浅浅的酒窝，真聪明，真漂亮！他不舍得放弃儿子啊，可为了投资梦，他不得不听老婆的指示，把儿子送给蓝花花。卧薪尝胆，指的就是在老婆、丈人面前委曲求全。等到掌握财权那一天，手中有了一大笔资本，鸡公就可以大展身手了！他要报一箭之仇，把输掉的钱全部赢回来！

鸡公不喜欢现任妻子阿萍。她是普通的广东女人，长得又矮又黑又丑，估计她肚子里的田野也很难比得过蓝天。可是有啥办法呢？必须通过漫长的等待，才能继承老丈人名下诸多房产，还有中介连锁店。有了这样一笔资产，就相当于率领一支大军，鸡公才有机会实现心中的理想啊！只是等待太久了，头发都要熬白了，苦啊，苦啊！老丈人鬼精，不会轻易把兵权交给他。这不，非把前妻所生的儿子赶走，就是要先解决财产继承权问题……

往事不堪回首，鸡公败得最惨的时候连饭也吃不上。他不是不能打工，而是离不开那家炒汇公司，他想哪里跌倒哪里爬起来。永远难忘公司的盒饭！开始，他作为客户，每顿饭总能领到一只颇为丰盛的饭盒。钱输光了，再去领盒饭便受人白眼。他跟老板商量，自己由客户转为经纪人吧，也去满大街跑着寻找客户。但客户哪里那么好找？即便找到一个，最多两个月也就赔钱爆仓、拍屁股走人了。为了那盒饭，为了能趴在电脑前看行情，他甚至主动擦地、抹桌子，干起清洁工的活儿。即便如此，那奸诈的香港老板还是把他赶走了，理由还挺充分：你在这里形象不好。你是老客户，输到这样惨，别人谁还敢来？

离开地下炒汇公司那栋写字楼，鸡公泪洒绝地——这真是他人生的绝地啊！

阿萍虽说长相不济，却是鸡公命运的一个转折点。他与阿萍认识，是卖掉最后一栋房子，原来起名"草洋大厦"，后来就叫它"九层塔"——真的，他在占地八十平方米的宅基地上，居然盖到了九层楼！在淡水也是数一数二的奇观哩！盖到这样高，又没有电梯，谁爬得上去啊？楼市最旺时，有一个香港人出价六十万。他说：你别往上盖了，就五层楼吧，我给你一样的钱。鸡公不听，下令施工队继续往上盖。就牛×，就盖第一高楼！到时候我卖给你一百万！楼封顶了，淡水楼市也垮了，遍地碉堡楼根本卖不出去。

后来，鸡公炒外汇输红了眼，到处搞钱补仓。鸡公遇到阿萍，说你给个价我就卖。阿萍仰望九层楼，看得眼晕，试探着问：二十万怎么样？鸡公连价也不还，拍她一下手背，二十万就二十万，立马签合同！钱一到账，他就送到地下炒汇公司，多混了一个来月吧，又输得精光……

鸡公被赶出炒汇公司，只好打工。也算有缘，路过阿萍的大兴房产时，他灵机一动，觉得自己能说会道，做中介大约还行。推开店门进去，鸡公看见买他九层楼的客家姑娘，正给店员们开会呢！阿萍收留了他，他也很快成为一个出色的房产经纪。

淡水人民把外来者叫作"北佬"，阿萍喜欢鸡公这个北佬。老丈人也是慧眼识珠，独养女儿招这么个女婿到家，家族产业也有了传承发展的前景。婚礼很快举办，新郎鸡公心头却隐藏着难言的痛苦。失去了江山，自然也失去了美人，他现在还有什么可挑挑拣拣的？

晚上九点半，华尔街上班啦！鸡公打开电脑，点击看盘软件。把窗户打开，让阳光进来！花花绿绿的世界呈现在鸡公眼前，他顿时忘记一切烦恼，张开双臂热烈地拥抱虚拟生活——

屏幕上各种数字或红或绿，闪闪烁烁，他头脑里反映出一连串互相连接又各自独立的情景：美元指数大涨，以欧元为首的货币急剧下跌。商品期货也跟着走弱，大豆、小麦、铜、可可……一片墨绿，惨不忍睹！黄金异动，逆市走强，肯定是受了中东战事的影响。注意生猪啊！非洲猪瘟横行，中国猪肉暴涨，有买盘偷偷吸纳五月的生猪期货哩……

旅馆房间虽小，奈何鸡公的心胸博大！隔离？却隔不住鸡公的凌云壮志啊！

　　深夜，鸡公困了。他在儿子身边躺下，仿佛一个吸毒者过瘾后浑身瘫软。他很快进入梦乡，梦见自己变成方圆。鸡公可不像三弟那么谦卑，大摇大摆走进光明投资公司，在方圆曾经坐过的一字并肩王大班台坐下。总裁牌子哪里去了？秘书快摆好！他敲敲电脑，命令交易员下单——买入黄金！做空农产品！欧元嘛，再看一看吧，如果跌得太急、跌得太低，先买进一百手抢反弹……

　　男孩蓝天起来尿尿，打开台灯，发现父亲在睡梦中笑得无比灿烂。

十五

温妮确实是一个奇葩女子。通过视频，她发现蓝花花与方圆在一起，骂了几天娘，突然来了个一百八十度大转变，主动找方圆说话！令方圆深感意外的是，温妮没有来兴师问罪，倒像是投案自首，坦白交代自己的不忠——

我出轨了！她的话语像竹筒倒豆子一样干脆。方圆一惊，什么出轨？怎么会是你出轨？温妮也不避讳：赵医生跟我死灰复燃了……

原来，赵医生从加拿大回来了！温妮推迟结婚不仅因为疫情，更主要是她的初恋恋人又出现在眼前！他们俩的关系一直古怪蹊跷，分手时间一久，再见面就会擦出火花。可是真好了，天天腻在一起，三天两头准吵架！想当年，赵医生自己有一套小公寓，温妮和他好时两人住在一起，一吵架温妮就拖着行李箱离开公寓。过段日子和解了，她又拖着小箱回去住。来来回回，公寓的邻居都传作笑谈。

温妮老妈找人算过命，说她闺女和赵医生都属金，两块金子在一起就硬碰硬，叮叮当，叮叮当，冲突不断！温妮很受母亲影响，虽然老人一张口她就顶撞，但那些话听进耳朵、走入心里。温妮深入观察赵医生，觉得他确实不是自己理想的终身伴侣。那就理性一些呗，方圆也算不错的选择，虽说年纪大了些，却啥事都让着她。

可是与赵医生一旦分手，温妮又免不了想念，而且离得越远，小赵在她眼里就越是变成一朵花！人家在加拿大拿到了绿卡，研究生毕业，再考出医生执照，那就厉害了！外国的执业医师工资高得不得了啊！异国风光，别样情调，温妮见到神采奕奕的赵医生，不禁怦然心动。

更神奇的是，病毒竟给他们创造了感情升温的条件。两家住在同一个小区、同一层楼房，双方在阳台会面很方便。虽然有一段距离，却也不算太远，凭栏眺望还看得清对方眉眼。赵医生回国探亲过年，也在家隔离。出不了门，没事情做，小赵就终日和温妮微信聊天。聊着聊着就视频，视频不过瘾就上阳台挥手致意。天是冷的，心是热的，只要不下雪，他们就拿着手机在阳台上聊天。距离恰好，吵不成架，一来二去感情又恢复如初。

赵医生准备等疫情结束，就结婚把温妮办去多伦多。这样，温妮有了新的人生选择，就不得不向未婚夫坦白了。

方圆心里很复杂，他有点割舍不下温妮，蓝花花的出现打乱了既定的生活轨道，心里一下子还不能完全适应。但是，温妮几乎撞破了他和蓝花花的秘密，给他带来极大的压力。方圆不想欺骗温妮，但又不敢向她坦白，那还不活活吃了他？温妮出轨在先，投案自首，倒帮方圆摆脱了两难境地。毕竟还没结婚，两人都有重新选择的余地。这也许就是天意吧？这个邻居小妹妹，任性泼辣、率真可爱，在方圆心中刻下深深的印记，却终究无缘走到一起。于是，方圆豁达大度地向温妮送去祝福，自己也悄悄放下了担子。

蓝花花一直关注温妮的动静，一颗心忐忑不安。等方圆宣布这一消息，并把手机递给她看，蓝花花忽然捂着脸抽泣起来。她太激动了！这正是她梦寐以求的结果！她口中喃喃：对不起，对不起……我一定对你好，好一辈子！

方圆很感动，掰过她脑袋，擦干她眼泪，越看越觉得蓝花花才是自己的妻子。

方圆要领蓝花花去一个好地方。他搬一把梯子到走廊尽头，顶开天花板，便爬到人民饭店的屋顶。他把蓝花花拽上大平台，眼前豁然开朗——

小城风光尽收眼底。雪后晴天，太阳映照洁白的世界，树梢上、红瓦屋顶上，积雪泛出耀眼光亮。远处海湾一片湛蓝，跳跃的色彩让冰雪世界陡然改观，仿佛一幅天才的画作展现在眼前！几只白鸥从海边飞来，啾啾鸣叫，掠过他们的头顶。蓝花花倚靠着方圆肩膀，感觉此刻是人生最美好的瞬间！

你老笑我穿雨靴，知道我为什么喜欢雨靴吗？方圆看着蓝花花红润的面颊，微微摇头，是啊，他很想知道那是为什么。

蓝花花讲起童年。苗寨的生活十分贫困，下雨天满街泥泞，除了赤脚穿啥鞋子都不行。她有一位在外做官的姑奶奶，回老家探亲时带来许多礼物，其中有一双粉红色的小雨靴，蓝花花穿着正合适。这位显贵长辈就把雨靴送给了她。女孩心里高兴啊，就盼着下雨天！她穿着粉红色雨靴满街跑，踏着积水溅起串串水花。她觉得童年美好的记忆都聚集在这双小雨靴上，做梦都是甜的。

可惜不久父亲生病，住院治疗欠下一屁股债。还不上钱就拿东西顶，蓝花花的粉红小雨靴也顶给一位表妹。从此再逢雨天，她只能看小表妹穿着那双雨靴在雨中奔跑，自己在屋檐下黯然神伤……

方圆心疼蓝花花，想说什么安慰她，一时又找不到合适的话语，只能紧紧搂住她。蓝花花仰面望着他，泪光闪亮的眼睛饱含深情，你知道吗？今天，就是我重新得到粉红雨靴的日子，我一辈子也忘不了……她真的很激动，身子都微微颤抖。

屋顶上有一蘑菇形状的小凉亭，与淡水九层楼平台上的凉亭一模一样。方圆怀念淡水岁月，才在建饭店时加了这么个建筑。他内心希望躲进堡垒，把人民饭店与九层楼勾连起来。

方圆在凉亭坐下，说：你唱歌吧，唱支苗寨山歌！

蓝花花迎着太阳往前走两步，放开喉咙唱山歌。街上有几个骑自行车的青年志愿者，听见歌声停车仰望，都以为哪位歌唱家隔离太闷了，练声亮嗓呢！方圆怔怔站着，思绪一下子回到过去——三兄弟庆祝亚细亚公司成立，在富华楼下那家大排档喝酒，初见蓝花花的情景重现眼前！还是那美妙的歌声，还是那清澈如山溪的嗓音，岁月倒流，往事如新啊！他喉咙哽咽，热泪涌上眼眶……

方圆的激动不仅仅因为爱，也因为悄悄逝去的青春。蓦然回首，这一切都那么遥远了，方圆真感觉自己老了。他退出金融领域，盖起脚下这座饭店，就是企图退避到一个安静的地方。他对喧嚣的世界有些恐惧，内心越来越追求安宁，仿佛要找一道缝隙躲起来。是的，方圆和鸡公老备都不一样，似乎成熟得更早，也更快地衰老。

昨天和鸡公对话，方圆见他依然雄心万丈，企图东山再起，内心暗自诧异。这位老兄甚至翻开笔记本，让他通过视频浏览，方圆赶紧推说看不清楚，躲避那无穷无尽的公式、天花乱坠的诀窍。方圆惊讶鸡公惨败如此，竟然还充满激情；赔光了钞票，却奇迹般地保留着青春！他却不行，生命力显得格外脆弱，多愁善感的心时常无病呻吟。但仔细想想，方圆觉得自己的心理确实有病，那呻吟也许来自灵魂！

父母早逝，可能是他脆弱的一个原因。方圆父亲是小城某局一个副局长，小有权势，因此全家住着四合院的五间北正房。方圆十岁那年，父亲接受县城官员邀请，去参加一个山区举办的樱桃节。摘樱桃，饮美酒，乐极生悲，回来时出车祸，与妻子双双殒命高速公路。

噩耗传来，方圆人傻了，天崩地裂，生活再不复从前！姥姥住进北正房，抚养他长大。姥姥说他胆小，夜里时有惊厥现象。方圆总觉得害怕，仿佛有不可知的危险分分钟向他逼来！他恋旧，好静。对温妮的爱情，也许与童年所住的四合院有深刻关联。方圆喜欢烹饪，从小研究各种菜谱，希望自己未来做个厨师或者开一间小饭店。这样的理想格局都太小，不是男子汉大丈夫的抱负。方圆觉得自己是一个没能耐的人，一辈子不会有大出息……

内心的阴影，也并非方圆今天性格的全部成因。读大学时他就意气风发，诗才横溢，博得同学们一致赞扬。下海经商，奔赴淡水，他也与鸡公老备一样激情飞扬，要做一番追赶李嘉诚的大事业！也许是兄弟分家，雨夜出逃，还有生意场上的尔虞我诈，使方圆的心越来越冷，调子越来越灰。虽然跟着刘备赚钱很容易，他却觉得一切事情都没意义。

灰色的眼睛，灰色的心，方圆周围的事物蒙上了一层浓重灰色。他知道这是病态，却无法摆脱。渐渐地，他有了生理上的病症，心脏常常会一阵刺痛，心痛欲碎啊！他怀疑自己有心脏病，去各种医院做各种检查，得出的结论却是他长着一颗坚强的心！医生说，这是某种官能症，疼痛的根源在神经系统。真是具有讽刺意味，据说诗人爱得此类疾病，方圆诗未写成，却招来了诗人的病！

方圆喜欢自我反省，会不会是在生意场上奔走竞争，不经意间损害了灵魂？方圆觉得自己存在大问题——没有信仰！这可能是所有病痛的根源。

少儿时期，他原本最听老师的话，把这个主义那个主义全装进脑子里。方圆自以为信仰坚定，足以成为革命事业的接班人。可是长大以后，特别是上了大学，他把老师灌输的东西又全部送回去。读书多了，便看出过去的老师水平的确有限。西方的文学、美学，如洪水冲击，粉碎了他所有的既定理念。新鲜事物为他注入灵性，一双明澈的眼睛让他重新观察世界。可是下海的经历，又使他怀疑大学里所学到的一切，各种哲学流派在现实面前，似乎都不堪一击！

回到海滨小城，方圆有了一片自己的天地，心静下来。他觉得真正的信仰不能在世俗中寻找，于是，他把目光投向宗教。他走进基督教堂，唱诗班美妙的歌声使他深受感动，热泪不可抑制地涌出眼眶。方圆甚至听从牧师召唤，在听众席站起来，决意接受基督教。可临到受洗他又犹豫了，觉得自己一颗心并不那么虔诚，做一名正式教徒恐怕不够资格。他又转向山野，与一家寺庙的长老谈得十分投机。方圆在庙里吃斋念佛，住了很长一段时间。也是到了受戒做居士的前夕，他偷偷逃出寺庙，再也无颜去见老和尚。道观就更不用说了，方圆只是转了转，捐了点香火钱便离去……

他奇怪，自己的心真是刚硬，好像外面用特殊材料做了保护罩，信仰就是无法找到钻入的缝隙。当方圆发现自己不可救药，痛苦日胜一日，就下意识地写字。他写的似乎是格言，又像是某种咒语——不信之苦，灵魂之痛！他就这样一遍一遍地写，写完了搓成纸团扔掉，浪费纸张无数。

从屋顶下来，方圆到锅炉房添煤。望着炉膛中跳跃的红黄相间的火苗，他独自沉思冥想。忽然，厨房后门传来老头的呼叫：阿庆！阿庆！你出来……

方圆握着铁锹出门，只见老头扶着门框，眼睛畏惧地望着狗棚子方向。方圆问：什么事？我怕狗，你帮我看着点。老人见到所谓的儿子，胆子也壮了，连蹦带跳穿过院子冲入锅炉房，一把抱住方圆，儿啊，我想洗澡！

方圆赶快往后退，推了老人。是该洗澡了，他身上臭味熏人，郑主任肯定要批评方圆。方圆打开锅炉后面的小门，放水冲洗浴缸。

为锁门之事大发作以后，老人又回到过去的状态，温和、讨好，还有几分怯懦。他搞不清老人的真面貌——暴跳如雷的疯子，还是眼前这个恳求洗澡的弱弱的老头？不管怎样，应该让老人享受一下泡在热水里洗涤身子的乐趣了……放满水，准备好香皂毛巾，方圆扶老人进了浴缸，随手带上门，自己又回到锅炉前。

望着熊熊的炉火，一个形象从方圆心底浮现：阿庆！他赶紧铲了两锹煤，将火苗压死。过了一会儿，火苗又蹿起来，阿庆的形象更加清晰，一双手挥舞招摇，仿佛要走出炉膛。方圆后退两步，呆呆滞立，陷入深深的恐惧……

方圆不敢正视、力图压制的正是阿庆死亡真相！但怎么压制得住呢？他需要救赎！其实，方圆明白自己变化的根源，所有的疼痛都来自那座石板桥，还有随着洪水漂流而去的头盔……

十六

老头要方圆搓背。他在浴池里"阿庆""阿庆"地叫，方圆听着有点儿毛骨悚然。

他推门进去喝止老头：别吆喝，我来了。老人用手努力摸着后背，不好意思地笑道：我够不着啊，老了，胳膊硬了。

方圆始终怀疑老人装傻。可当他叫着"阿庆"之时，目光流露出父亲的慈爱，确实不是装得出来的！方圆还发现，一旦老人稍微清醒，认出方圆不是儿子，他就表现出敌意，显露脾气暴躁的一面！老头反反复复，变幻莫测，使方圆也陷入迷惑。这究竟是怎么样的一个人呢？他很想走入老人的内心，看看他到底是谁……

方圆用搓澡巾蘸着热水给老人搓背，灰垢一条一条落在池子里。老人松弛的皮肤，嶙峋的脊骨，显示生命正悄悄地流失，就像一片秋后枯萎的树叶。方圆脑海掠过父亲的影子，他还从未给父亲搓过背呢！时间久远，父母的形象已在方圆心中模糊，留下的只是影子……

热水泡红老人的肌肤，使他舒服得哼哼出声。他儿呀儿呀叫着，又开始回忆往事，你就喜欢水啊，阿庆，一放学就跑到学校后面的水库去。你摸遍了库底所有的泥巴，库坝上每一块石头你都踩过！

最有意思的是，你在水库底下找到一截树桩。那是一棵老槐树，修水库时民工把树冠锯去了，树根却留在水里。你找到它乐坏啦，踩上去，呼啦一下站起来，身体露出水面一大截！你高兴得喊哪叫哇，比小伙伴高出那么多，吓人一跳哩！

方圆眼前浮现老人描述的场景：一个少年忽然从水中站起，高高耸立，甩着晶莹的水珠仰天大笑——那就是阿庆啊！方圆低头看手，自己这双手最终夺走了少年的生命……

你淹死了又活过来，活过来又淹死，我救过你好几次呢！我早就说了，你是一条鱼，鱼精转世，你这辈子不会死在水里。刀砍也罢，火烧也罢，你就是不会死在水里！

方圆慢慢搓着老人的脊背，暗自一声叹息。老人哪里知道，阿庆恰恰死在水里！人的命运谁敢预测呢？做父母的一心牵挂，却大多不知道儿子最后的结局……

方圆深深同情老人，忏悔之心油然而生。一个念头闪过脑际：能不能代替阿庆，为老人养老送终？

老人又讲，阿庆曾有一个哥哥，长得虎头虎脑，小名"大虎"，比他可爱多了。五岁时半夜起来尿尿，一头栽倒在床下，就那么死了！老头急忙叫来村上的赤脚医生，又打针，又做人工呼吸，却救不了这条小小的生命。镇上卫生院长也来了，用手电筒照照男孩的瞳孔，宣布他早已死亡！据院长推测，阿庆的哥哥可能患有先天性心脏病。妈妈哭得天昏地暗，抱着死孩子不肯撒手，隔了一天都无法入殓。从此以后她神情痴呆，人就不太正常……阿庆出世妈妈才还过魂来，把他当成宝，含在嘴里怕化了，捧在手里怕碎了，恨不得把天上星星摘下来送给小儿子！

方圆心脏一阵绞痛，老毛病又犯了。很难想象，这不是真正的心痛，而是神经官能症。老人失去两个儿子，晚年无依无靠，生活没有着落啊！方圆要赎罪，就从老人开始。好好养着他，毛病再多也原谅他，要比阿庆活着照顾得更好！方圆这么想着，就有些激动，似乎看见了一条道路。更奇特的是，他精神渐渐放松，心痛竟好了！

　　如果老头洗澡就此结束，以后的日子可能大为改观。然而，树老根多人老话多，阿庆父亲讲出更多的往事，牵扯到出乎意料的情况，一下子把方圆推到绝望的境地——

　　这就把孩子惯坏了！你妈把你惯坏了……老人坐在水池边上，降低过高的体温。他下意识地绞着毛巾，一遍又一遍，你从小不学好啊，偷鸡摸狗，啥坏事都敢干！到集市上偷东西，被摊贩逮着，送进派出所。我到派出所交罚款，才把你领回来。大一些了，你竟出息成狗屠夫！深更半夜你出去捉狗，不光本村的，还有三邻五村的狗都被你弄死了。狗肉你不敢拿回家炖煮，就在野外生火烤了，和狐朋狗友喝酒，喝得大醉滚到草垛里睡觉！最不该你还偷看女厕所，被人逮住揍个半死！丢人啊……

　　斑斑劣迹虽然使方圆吃惊，却与阿庆的形象对上了号。冰冻三尺非一日之寒，阿庆在淡水的所作所为，也是有根源可循的。

　　老头把布满汗珠的脸凑到方圆眼前，语调低沉，欲言又止，我打你，还记得吗？打得太狠啦，你记仇吧？所以你逃走了，你不认我了……我知道，那都是你恨我呀！

　　接下来的叙述，更叫方圆瞠目——我把你吊在树上打！一吊半天，棍子都打断了，屁股都打烂了。有一回我把你按在水缸里，真想呛死你！眼看你没气了，把你脑袋拎起来，缓缓地又活了。真是淹不死你啊！我还把你关在地窖里，饿了你三天不给饭吃！你妈把你背出来，气都快没了……

方圆瞪着老头无语，天下竟有这样狠毒的父亲！

莫怪我，我想救你。人有罪，就要罚！不罚，罪更深，就把你的生命也吞吃掉了！

方圆心头一凛，老头讲的罪与罚，使他想起陀思妥耶夫斯基的小说。坐在浴池边的老头，语出惊人，神情诡秘！方圆不禁浮想联翩：这个爹，莫非是上帝派来惩罚自己的使者？

可惜呀，我没能救得了你，病毒还是在你身上长成了气候！我最知道这种病毒的厉害。心里的病毒是隔不住的，我就被它害了一辈子！是我把病毒传给了你，都怪我啊……

话题转移到老头身上，方圆抓紧机会问道：你也有病毒？这么说，你也犯过罪？

老人不谈罪，只讲病，是呀，身上带着病毒不能乱跑，所以我住院了！你妈带着你来看我，隔着玻璃窗说话，不能走进我的房间哩……

你到底得了什么病？方圆语气急切，他感觉接近了老头的真相。

那病的名字太长了，还是外国名字，我记不住啊。反正住在医院很长时间。我说过嘛，有病就得治，有罪就得罚！

老人又把病与罪混为一谈。方圆更难按捺好奇，努力向前追寻。他询问老人医院生活的细节：打针吗？吃药吗？老人摇头，记不得打针吃药的事情，就是吃不饱，老是饿肚子……

这就更奇怪了，还让病人饿肚子，哪有这样的医院？方圆揪住线索，步步追问：你住在医院里干啥呢？整天躺在床上？老头笑，哪有这等好事？干活！我们修一条公路，好长好长，每天抬土搬石头，天黑了才排队回去！

方圆越听越不对头，这哪是住院治病，分明是劳改嘛！他想了想又问：见了医生你怎么称呼？

老头眼睛一亮，呼地在浴缸里站起来，高声喊道：报告政府！我在洗澡！

什么？政府？方圆感到新奇，好像听人说过，犯人称呼监狱干部为"政府"。

对呀，我们病人啥事都得报告政府，除了放屁……

方圆忽然明白了，老人不是住院，而是被关在监狱里，劳动改造！老头不是得病，而是犯罪！怪不得他老是说把病传给了儿子，原来他清楚阿庆为非作歹呢。方圆倒抽一口冷气，这位天上掉下来的爹背景真不简单，还是一个刑满释放分子呢！

要想知道老头犯了什么罪，却是万难。无论方圆怎么询问、怎么启发，他说的都是不着边际的话。并且，越是深入这个话题，老人脑子越是糊涂，仿佛自动保护，关掉记忆的闸门！方圆只得罢休，为老人擦干身体，扶他出浴缸。

真是与狼共舞啊！这老头究竟做过什么，犯了啥罪入狱？杀人吗？现在方圆不仅奇怪，更是紧张、恐惧。如果老头是个重罪犯，他和蓝花花的安全就可能受到威胁！

夜里，方圆把阿庆父亲的事情讲给蓝花花听，两人躺在床上辗转反侧睡不着觉。方圆在黑暗中瞪大眼睛，说：我本来觉得老头怪可怜，实在没人来领他，就想和你商量，咱俩养他老吧！可是这么着就不敢了，谁知道他还会做出什么事情？都说罪犯本性难改啊！

蓝花花宽慰他：别难为自己了。你们三兄弟都和阿庆打过交道，这个爹人人有份！要我说，你也别费心查谁把老头送来了，等疫情过去，你就把老头送到刘备家。他家大业大，养得起！

方圆一想，对呀，自己不敢把老头推出门，刘备还敢推吗？他心里没有鬼吗？他的公司和财产，不知比我的大多少倍呢！天塌下来有高个子顶着，凭什么让我方圆一个人担惊受怕？

他坐起来给刘备发短信。要想一个办法，每天写日记，把这里发生的一切详细报告刘备。方圆觉得这想法好，发挥文学功能，每件事、每个细节都要描写，让他感同身受，和自己一样受折磨！

蓝花花说得对，不必再调查谁搞来的老头。只要那天在石板桥上动过手的，人人有份！方圆要正式宣告：这个爹，三兄弟轮流养！等疫情一结束，他马上奔北京，给刘备送爹去！

刘备的回复照旧，一副以不变应万变的姿态：正在隔离，不便说话。

老备啊老备，我叫你神隐！等你有了这样一位爹，像我一样沾在手上甩不脱，看你还沉不沉得住气！

十七

刘备不跟方圆搭腔，雪莱倒发来一条微信。这使方圆感到意外，他很少和嫂子直接联系，有事只和当哥的打交道。现在雪莱突然找他，不知是何缘故？打开微信，内容更使他吃惊，屏幕上跳出一行字：刘备失踪多日，是否在你处？望速回复。

方圆真晕了。什么？刘备失踪了？问题比较严重，他那公式化的应答更显得可疑！于是，方圆简练回复雪莱，说自己一直在寻找刘备，却没能与他对上话。他把刘备那两行文字截屏发给雪莱，瞧，得到的总是这样一条信息……

雪莱的微信又发来：方便接电话吗？等一会儿我打给你。

方圆睡不成觉了，穿起衣服到楼下餐厅抽烟。他想起鸡公的判断：光明投资恐怕有麻烦，刘备也陷入不可测的危机！方圆的神经被老头折磨得过分敏感，遇事就冒水泡似的涌出一连串问题：刘备失去人身自由了？被绑架了？被关在什么地方？是不是遭到了毒手？或者，基金爆雷他跑路了……方圆摇头苦笑，怎么尽瞎想？雪莱还怀疑老备在自己这边呢，要不怎么会来找他？

雪莱可能被啥事耽搁了，很久没来电话。方圆到吧台打开一瓶酒，自饮自斟，沉浸于对往事的回忆……

方圆对雪莱的印象一向不错，这位精明、漂亮的嫂夫人善于为人处世，还颇具大家风范，令方圆佩服。在北京创办光明投资公司，常常忙得顾不上吃饭，刘备就领方圆回家，吃雪莱包的东北水饺。那饺子香啊，白菜肉丁，韭菜鸡蛋，是方圆吃过的最好的饺子！雪莱还热情洋溢，拿出酒瓶一个劲儿劝方圆喝，经常使他喝过了量。方圆觉得嫂子比刘备更亲切！处理业务能力也强，雪莱学财会出身，刘备投资决策最需要妻子的意见。遇到风浪，刘备雪莱齐心协力，没有过不去的火焰山！在方圆看来，刘备能在三兄弟当中脱颖而出，雪莱嫂子是关键因素。

方圆印象最深刻的是她处理鸡公那件事情。有一天，鸡公忽然来北京，找到光明投资公司门上。他带着一高一矮两个保镖，咋咋呼呼，兴奋异常！发达了，你们发达了……鸡公一边嚷嚷一边挨个屋子参观。来到董事长办公室，他看见两张并排的大班台，各置一块总裁牌子，连声感叹：真兄弟呀，平起平坐当老板，连正的副的都不分！

刘备笑道：在淡水，你和我轮流坐庄；到北京，我和方圆是一字并肩王！

鸡公转向方圆，让我坐一坐，可以吧？没等方圆回话，他就一屁股坐在老板椅上，滴溜溜转了一个圈。他真不拿自己当外人！

那时雪莱已辞职来到北京，当公司办公室主任。中午就安排在全聚德吃烤鸭，雪莱主任给三兄弟轮流敬酒。酒至半酣，鸡公说出此行目的——他要借钱！他伸出一个巴掌：五十万，五十万就够了。

刘备仿佛吃到苍蝇，脸当时就拉得老长。方圆也生气，这是干吗？讹诈吗？鸡公遇到冷场也恼了，咣当一口喝掉一杯二锅头，脸涨得通红！我来借钱是有理由的，当初你们从淡水偷跑，也借了亚细亚公司一箱子钱吧？那是一颗种子，你们带到北京播种发展。现在种子长成参天大树了，我来借点钱也不算过分吧？

刘备扶扶眼镜，脸色铁青，这是两回事。我们拿钱走人是分家，没有向你借过钱！

鸡公扯直了嗓门，有这样分家的吗？我追到火车站，正打算报案呢，亚细亚公司资金被盗……

雪莱擎起酒杯拦截话头，过去的事情让它过去吧，来，咱们为往事干杯！更为未来干杯！

鸡公盯着刘备，这钱，借还是不借？

刘备斩钉截铁，不借！

那我可就要提一个人了——阿庆。鸡公话里有话，一脸玄妙表情，当时我追到火车站，你在电话里一讲阿庆，我就撒手了！你准备怎么办？我提起阿庆了，你还不肯撒手？

雪莱果断拍板，这五十万我们借了！钱算多大的事，兄弟情谊最重要！来，鸡公兄弟，和嫂子干了这杯酒吧！

鸡公连干三杯，跷起大拇指，嫂子行，巾帼英雄！

方圆眼看鸡公从财务部拿了张五十万元支票，昂首阔步离开光明投资公司。刘备气得不去送他，方圆和雪莱陪他走下石台阶。

临分手，鸡公眼睛忽然涌出泪花，低声说道：实话告诉你们，前面那两个家伙不是我保镖，是黑社会！我欠下了高利贷，今天还不上钱，就会被他们砍掉两条腿，送给你们兄弟一人一条！炒期货要了我的命，这是最后一次麻烦你们……

方圆望着他远去的背影，感慨万分。阿庆之死把他们紧紧绑在一起，谁也摆脱不了谁！说是结义兄弟，可每逢大事、每次遇到解不开的死结，他们都会情不自禁地动用阿庆这张王牌！这辈子谁也避不开阿庆了，这个瘾君子以奇特的方式在三兄弟之间永生！

方圆追赶鸡公，又把他领回公司。生死关头，还不伸手拉兄弟一把，良心过不去啊。况且，还潜藏着难以预料的风险！方圆将自己的想法告诉刘备，他摇摇头，又耸耸肩，同意收留鸡公。这样，三兄弟又在光明投资公司聚会，共事一段时间。然而裂缝太深，鸡公又不争气，不久便散伙了……

方圆喝完杯中白酒，长叹一声，隔了那么多年，又冒出一个阿庆老爹，哪天是个头啊！

手机铃响，雪莱的电话来了。她抱歉说，刚送走一个客户，让方圆久等了！方圆忙问刘备失踪是怎么回事？雪莱从头说起，又是一桩离奇的案子——

上个月刘备去纽约，庆祝他们投资的一家新能源汽车公司在纳斯达克上市。敲锣了，剪彩了，一派喜气洋洋。可是刘备这一走，人就再没回来。先是说处理业务，又说要会朋友，一直拖到过年才订好回国机票。刘备应该五天前到北京，可公司派车去接他，却没有接着。他所乘的航班按时落地，旅客也都出了机场候机厅，司机到处查询也找不到刘备的踪迹。

雪莱亲自到机场，查明刘备领了登机牌、按时登机，应该肯定他已经回到北京。雪莱打电话没人接，发微信也是回复这么两句：正在隔离，不便说话。难道真的住医院了？雪莱让公司行政部门查遍北京所有医院，没有刘备丝毫信息。是不是离开北京去了外地？查机场、查高铁，能动用的关系都动用了，雪莱怎么做也得不到刘备半点消息。一个大活人，就这么失踪了，就这么人间蒸发了，实在不可思议！

方圆说刘备没到海滨小城来，他也有事找他，却联系不上他。下一步该怎么办呢？只要能尽力，方圆愿意为嫂子做任何事情！雪莱说：已经找了公安方面的朋友，通过特殊渠道在全国寻找刘备，但是恐怕来不及了。公司有一桩重大事情，必须老备亲自出面……

接下来，雪莱就详细诉说了公司一些情况。随着光明投资公司不断发展，这些年引进各路有实力的股东，股权进一步分散，局面也就越来越复杂。不像当年方圆在公司，他和刘备两口子关系那么单纯，董事会里有人拉帮结伙，刘备、雪莱经常遇到挑战。所以，只有夫妻股份紧密结合，才能保证控制局面。

最近雪莱做主引入一个战略投资者，对公司的发展前景十分重要。原定于春节前召开董事会，敲定欧卡基金入股光明投资公司的事宜，但刘备不回来，就没法在董事会投票。雪莱非常焦急，生怕几个股东反对，让张总张大胡子瞧出破绽，退出战略合作。这一步棋，同时影响到年度董事会改选，一旦受挫恐怕刘备的董事长位子产生动摇……总之，情况很复杂很严峻，急需刘备赶快回来，及时在董事会上露面！

方圆想起了刘备的绯闻，很想问问传言是否属实，他会不会在某个女人身边？但方圆不愿意如此冒昧，去触痛嫂子的神经。雪莱似乎有心灵感应，主动谈起这个话题——

方圆，你是好人，好兄弟，有些情况我也得如实告诉你。你这个大哥，可不是你们做同学、在淡水打天下那个样子了，他完全变了！我们的婚姻关系，也遭到根本性破坏！男人有钱就变坏，他出轨、出入高级会所、吃鸡鬼混，这些我都能容忍。毕竟我们有儿子，有光明投资公司，我们是一个利益共同体！可是他现在要打碎这个家，和另一个女人联手破坏光明投资公司，这是我万万不能允许的！

这个女人不是外人，恰恰是光明投资公司的会计，长得不漂亮也不算年轻，也是公司创业时期的老员工。方圆应该认识，就是小秦秦金茹，现在是老秦了！不明白刘备中了什么邪，偏偏看上了她。此前，刘备和一个三流女影星鬼混，雪莱暗中布下眼线，清楚他的一举一动，也还算放心。可是和秦会计勾搭上了，他竟和影星分手，越来越像一起过日子的样子！这个刘备，公然宣称一辈子不会离开小秦……

他们讨论了离婚。雪莱要求他留下股权，给他一笔巨款，随便他怎么挥霍。可是刘备不答应，坚持持有自己的股份，也不肯从董事局主席的位子退下来！雪莱清楚，那个女会计志在高远，是想着通过刘备在光明投资占据一席之地。这女人在事情败露后，就被雪莱亲自炒掉了，所以一直怀恨在心。如果她和刘备结婚，一定会回到公司，重新登堂入室，报那一箭之仇！女人心，毒如蝎，不达到目的誓不罢休！

于是，雪莱就坚持不肯离婚，不肯分割股权。事情就这样一直僵持着，谁也找不到出路……

方圆急切地问：那女人住在哪里？刘备会不会藏在她家？

雪莱说：不可能！她当然想到了，第一时间就亲自上女会计家寻找刘备。可那女人一脸惊诧，听说刘备失踪比她更着急！现在，秦会计也四处奔走，想方设法帮雪莱打听刘备的下落……

那么，我哥会不会……方圆迟疑着把想说的话又咽回去。

刘备死了？雪莱把他想说的话坚定地说出口，不会！你这个大哥我最了解，他谨慎得很，精得很！所有潜在的危险，他心里都有数，老远就会闻到死亡味道。我的判断，他是找了个隐蔽地方，躲起来了！

所以，你就来找我了。方圆明白了雪莱的心思，人民饭店确实是一个躲藏的好地方！不过嫂子你放心，这事我帮你不帮他。刘备要想躲到我这里，我立马押送他回家！

雪莱表示诚挚的感谢，挂了电话。方圆在黑暗中久久伫立，这世界真是万花筒，拿在手里转着看，越看越糊涂。

但是有一点可以肯定——阿庆老爹不是刘备送来的！

十八

鸡公同意方圆的判断，刘备现在顾不得跟他们玩小把戏、鬼花样。雪莱也给鸡公打了电话，询问刘备是否躲到淡水去了。鸡公答应帮忙，动用老丈人的人脉在淡水掘地三尺，只要刘备人来了，就算变成一只雁也要拔下它的毛来！

方圆与鸡公一联系，兄弟俩就共度不眠之夜。鸡公提出一个问题：刘备的手机在谁手里？是不是有人假冒他的口吻，发出那千篇一律的信息？方圆噢了一声，有道理，那你怀疑谁呢？鸡公说：就是咱们这位冰雪聪明的嫂子！

鸡公详细询问了雪莱的全部的叙述内容，方圆也如实转告他。鸡公发现，雪莱对自己和方圆是有区别的，比如那个女会计，她告诉了方圆却对鸡公保密。看来借钱的事留下坏印象，雪莱不信任他。当初因为偷偷炒期货，鸡公被刘备炒鱿鱼，也是雪莱在背后使劲……

鸡公心中郁郁不乐，对嫂子的判断也格外刻薄。雪莱拿着刘备的手机，那条重复的信息是她布下的迷魂阵，给人感觉刘备故意神隐。其实，这样刻意的掩盖恰恰说明，雪莱可能已经剥夺了刘备的人身自由！也许，刘备被她关押在某处秘密囚笼里！这是可能的，鸡公甚至过激地假设：刘备已经被谋杀，尸骨也已被销毁！犯罪嫌疑人只能是雪莱，这桩谋杀案的起因，正是光明投资公司的一场政变！离婚导致股权之争，对巨额财产的贪婪导致谋杀亲夫，这样的悲剧历史上还少见吗？这对精英夫妻啊，一旦尔虞我诈，手段更高，下手更狠！

方圆听得毛骨悚然。虽然鸡公想象夸张、近乎荒诞，却也切中事情的要害——刘备夫妇婚变，董事会投票，股权之争，这一切与刘备失踪存在着微妙的、不可分割的联系！刘备身处险境，也不是没有可能，当然，一口咬定嫌疑人就是雪莱也太过分了。

不过无论如何，方圆内心更倾向于雪莱的判断——刘备找了个绝密地方躲了起来！刘备苦啊，一身难言之隐！他既要躲避战略投资者的引入投票，又要躲避董事长改选的争夺之战，更要躲避妻子情人关于股权的拼死争夺……复杂尖锐的矛盾，已把刘备折磨得筋疲力尽，他想暂时逃离旋涡，躲得越远越好！

方圆与鸡公小有争论，也就各持己见吧。鸡公又问了一个敏感问题：你有没有把阿庆老爹找上门来的事情告诉雪莱？她如何反应？方圆说，他原计划疫情一结束，就把老头送到北京，也在微信对刘备讲过。可是嫂子一说老备失踪，他竟没顾得提起这一段。人家乱得和一锅粥似的，他不好意思落井下石。再说了，阿庆之死是三兄弟的秘密，别把女人牵扯进来……

鸡公沉吟许久，似乎在思考什么。最终，他赞成方圆这样处理。

方圆与鸡公通微信，又讲又写又发表情包，忙了好长一段时间。跟鸡公拜拜了，他放下手机又端起酒杯。刘备失踪毕竟是大事情，方圆的脑子受了刺激竟然一点儿睡意也没有。

方圆坐在吧台内部，长条桌上有一台电脑，外面看不见他。独自喝了许久，忽听见楼梯发出轻微的响声，方圆瞪大眼睛仔细看，黑暗中一个鬼影蹑手蹑脚下楼来。不用说，又是那老头！自从拆了门锁，他可自由了，这栋小楼想上哪就上哪，想什么时候活动就什么时候活动，谁也管不了他。

　　方圆屏住呼吸，看老头想干什么。他在黑影里手摸着墙壁、脚探着地面，行走自如，比瞎子灵敏多了。他与吧台擦边而过，沿走廊走进厨房。只听见锅碗瓢盆一阵响动，大概又在找什么东西吃。这老头古怪，有时喜欢灯火通明，角角落落每一盏灯都打开；有时却又喜欢黑灯瞎火，不开电灯，仿佛有意练瞎子功夫。

　　沉寂了一会儿，大约吃饱了，他又转移阵地，摸到仓库里去了。乒乒砰砰，不知道他翻弄啥东西。实在不得眼亮，他打开电灯，一道雪亮的光投向走廊，晃人眼睛。接着，方圆又听见仓库里咣咣地响，老头在砸什么东西！方圆沉住气，一直熬到老头折腾够了，摸上楼梯睡觉，他才推开吧台小门，悄悄出来。

　　方圆检验老头留下的踪迹，发现他喝了两袋牛奶，啃了一个凉馒头。似乎想炒什么菜吃，他在锅子里倒上了油，却又把煤气关了。由他去吧，方圆摇摇头，离开厨房。

　　打开仓库门，灯光照亮不大的房间，方圆眼前一片凌乱。老头好像在寻找工具箱，但他忘了自己把工具箱藏在哪里，盆盆罐罐被他好一个搬弄，最后还是没找到。老头拿了一把菜刀做他想做的事情——

　　屋内原有一小窗，由于做了库房，方圆用一张五合板把小窗钉死了。老头一通忙活，居然是想把窗户撬开！他用菜刀把钉在五合板上的木条砍断，终因工具不凑手，撬开顶上的木条后只得罢休。方圆望着遭到破坏的封闭窗户，百思不得其解——老头想干什么？撬开五合板、打开窗户就是大街，莫非他想逃走？

方圆不由小小地一阵激动：他真要逃走就好了，偌大的麻烦一下子扔到小窗外面去了！可是，方圆又替老头担心起来，这么冷的天，他到外边怎么生活？往哪逃？老人脑子稀里糊涂，万一走丢了怎么办……

方圆也搞不懂自己究竟怎么了，满脑子净替老人担忧。不行，不能让老头冒这样的风险！不管方圆怀疑老头的糊涂是真是假，他毕竟年纪大了，危及生命的意外随时都可能发生。方圆不允许新的不幸出现在自己眼前，否则，他将更内疚、更自责！

方圆找到工具箱，又翻出几根结实木料，把封窗的五合板钉得严严实实。他反复试验，确定老头无法再撬开窗户，才放心关灯离去。

不知怎么回事，自从给老人洗澡之后，方圆心理上发生了微妙的变化。一种莫名其妙的亲切感，日益牢固地在他心底扎根。可能是赎罪，可能是忏悔，他总想对老人好一点，多关心一点。

当然，说忏悔也不尽然，方圆对老人存有一份好奇，并且越来越强烈。他希望了解老人的一切：他的人生怎样度过？他究竟为什么入狱？在他身上发生过多少故事？还有阿庆，他们父子间有着怎样的遗传特征、怎样的血脉联系？……总之，老人从一个抽象符号，逐渐变为一个有血有肉的人。他不仅是天上掉下来的爹，还是融入方圆生活的现实的老人。

方圆悄悄观察老人的生活细节。他平时待在房间里，喜欢做一些无目的的小事情。比方说，他用店里积存的废报纸做手工，叠飞机、叠元宝、叠船、叠枪……最主要的是做衣服，老头大大小小做了无数纸衣服，逼真，惟妙惟肖，老头的手艺还真不错！方圆问他：做那么多衣服干吗，给谁穿？他把大衣服堆在一起，小衣服堆在一起，告诉方圆：这是大虎的，这是阿庆的……

方圆又问：飞机、船、枪，还有元宝呢？老人迅速地分作两摊，笑着指指方圆，你们俩分开玩，别打架哦！方圆鼻子一酸，这老人心心念念永远是两个儿子……

方圆还发现，老人包里有一个日记本，时常翻出来，在本子上写写画画。他仿佛是创作什么东西，还保密哩！方圆进屋他赶紧把本子藏起来，还警惕地看着方圆。左问右问，老头就是不肯说。写什么呢？是不是日记？老人摇摇头，手指窗外：看看，一只鸟飞过去啦！

终于有一天，他向方圆坦白了。老头的话令方圆吃惊：我在写回忆录，将来我要出版！听说，现在花两个钱就能出书。张老师，孙老师，他们都出版了自己的回忆录。方圆产生浓厚的兴趣，有了回忆录，老人一生的经历全都明明白白了！可是无论方圆怎么乞求，老人就是不肯拿出笔记本，说是怕人偷走哩。

出太阳了，冬日的阳光格外金贵，舒筋活血，还能补钙。方圆搬了两把椅子到院子里晒太阳，老头牵着他的手，小心翼翼走过狗棚子，像小孩一样胆怯。方圆领他到东墙根黑松树下，安置椅子坐好。旁边是一辆买菜用的皮卡车，正好挡住大狗威猛的脑袋，让老人安心。

阳光透过微微抖动的松针，洒在地下一片花影。方圆和老头眯缝眼睛，沐浴在花太阳里，十分舒适。雪开始融化，水珠成串地从屋檐垂吊下来，滴答有声，仿佛春雨。方圆告诉老人，这里原是一片白沙滩，成片的黑松林镇守海滨，锁住风沙。后来城市开发，黑松林逐渐砍光了，十分可惜。院子里的两棵黑松有幸遗留，方圆当成宝贝呢。瞧它们多漂亮！树干皱裂，枝杈遒劲，好像国画里长出来似的……

聊着天，方圆让老人讲过往经历，从只言片语中搜寻信息。老人的形象在他眼中逐渐丰满起来。

老人出身农村，对于饥饿有深刻印象。小时候为口吃的，什么事都敢做——天上飞的、地上走的、河中游的，只要能入口，他都想法搞来吃！即使如此，有几次还险些饿死。他记得五岁那年，在大道边他饿得爬不起来了，幸亏一个赶集卖羊奶的老汉，让他叼住奶羊乳头吸了几口奶，才缓过劲来，摇摇晃晃走回家。

他是农村有出息的孩子，拼命学习。在油灯下读书，他困得睡过去，头发都被灯火烧着了！他考取了师范，终于吃上了国家粮。那时农村公办教师很少，他在各个山村轮流转，许多村子都有他教过的学生。后来，老人的工作固定在乡镇完小，一步步升任校长……

你工作这么好，这么优秀，为啥进了监狱呢？究竟出了什么事？

方圆忍不住询问犯罪情节，老人闭上嘴，不肯说了。他仰起脸，逐个数黑松枝上干枯的松球。

方圆又换个话题：你长得那么瘦，监狱里犯人都欺负你吧？

老人突地回过头，两眼放光：谁敢！他把两只干枯的拳头伸到方圆鼻尖底下，晃晃——你敢和我掰手腕吗？来，试一试。

方圆还真想试。两人蹲在椅子边掰手腕，一次两次三次，方圆都输了。他还真的不是老头对手，年轻也不行！老人手腕上那股干巴劲儿，令方圆吃惊。

十个老头九个吹。老人愈发来劲，说在监狱里有个大胖子想欺负他，被他按倒在地，骑在身上一顿好揍！其他犯人在旁边鼓掌加油，称他是武松打虎……最后，胖子的朋友一拥而上，几个人同时按住他胳膊，才把他制服。他们把他塞进一只麻袋里，也是好一顿揍……

方圆意味深长地问：你这么有劲的手，是不是杀过人啊？

老人把脸凑上前，诡秘地一笑，儿啊，我正想问你呢！这些年你在外面混，坏事肯定干了不少。老实告诉我，你有没有杀过人？

方圆心头一动，鬼使神差地承认：杀过！

怎么杀的？用刀，还是用拳？老头步步紧逼。

不是用刀，也不是用拳，我把他……方圆差点说出把阿庆推落水的一幕，蓦地惊醒，赶紧捂住嘴把话咽回去。

老头追问：看看，话都吐出半截了，还不对爹讲真话？说，你是怎么杀的人？

老头好厉害！方圆调整情绪，淡淡一笑，矢口否认：说着玩呢，我哪有胆杀人？

你有，你杀过！老头睁圆眼睛，咬住不放，你是我儿，什么事情瞒得过老子？我不用看见，就知道你会做什么，怎么做！

你是说，我像你？你杀过人，我也一定会杀？方圆顺着老人的话语，诱他透露秘密，你是因为人命案子进监狱的吧？

老人呵呵一笑，来个急转弯：好儿子，咱们怎么能干那种坏事呢？我没杀，你也没杀，咱俩都是好人！嘿嘿，咱连鸡也不敢杀哩……

方圆心里发怵，额头微微出汗。直觉告诉他，这老头可不是简单人物！谁要说他是杀人犯，方圆相信。

　　老头站起来，抱着黑松缓缓蹲下。他又贴着树干伸直腰，好像要爬到树上去。他这样反复做着，似乎要掩饰内心的激动！刚才他肯定想说什么，又像方圆一样，把真话咽回肚子里去了。一刹那，方圆感觉老人藏着很深的理智，永远不会糊涂到什么都说。

　　那么，他就是潜伏在方圆身边的危险，不知何时会突然爆发！

十九

蓝花花知道方圆喜欢蝴蝶兰，人民饭店正常营业时，每个窗台上都放一盆蝴蝶兰。花色各异，缤纷多彩，有白色的、粉色的、蓝色的，还有紫色的……那蝴蝶展翅的花形，引来许多顾客赞叹的目光。

现在，蓝花花把一盆盆蝴蝶兰搬到她和方圆的房间，让这些美丽的蝴蝶在他们新房里飞翔！是的，蓝花花把这间布置简单的屋子看作新房，她与方圆美满的婚姻生活将从这里开始！

蓝花花一直后悔在淡水时没有坚定拒绝鸡公。当时她还是姑娘，遇到这种事情非常慌乱。方圆没有公开求爱，这是一个重要原因。可后来审视自己，蓝花花承认，她也因鸡公当时前途看好，是三个人的头儿，才答应嫁给他。女人总喜欢最强的男人，这也无可非议。不料鸡公后来一落千丈，竟是三兄弟中最孬的一个！这也是命吧？

蓝花花倒不光因为鸡公输尽了钱财，才决心离开他，更主要是他整个人已经变态！整夜整夜地看电脑，把一颗心拴在美国华尔街上，跟着跳跃的数字忽上忽下。他甚至连性生活都放弃了，简直变成了一个植物人！输了钱心情不好，借酒浇愁，鸡公又变成了酒鬼。蓝花花说他几句，他竟要动手打人。赌鬼加酒鬼，谁能受得了？她为自己的选择后悔不已，一心想弥补过失……

机会终于来了。她来海滨小城找到方圆，阿庆老爹又突然出现在饭店里。隔离了，老头闹妖了——这一切都成为转机，使蓝花花得以走近梦中情人。这一切莫不是天意？蓝花花给蝴蝶兰喷水，望着油绿肥厚的叶片，妖娆的枝条，美丽的花朵，心头涌起阵阵喜悦。这一回，她会牢牢抓住方圆，再也不肯撒手！

但是，老头的存在既带来机会，也给蓝花花带来烦恼。昨天夜里他竟然撬窗，方圆回来一讲，蓝花花就觉得非常不安！这老头身上有一股疯狂劲儿，什么事情都干得出来。一旦失去控制，带来意想不到的威胁，蓝花花新生活的美梦就可能破碎！她年纪一天天大起来，实在冒不起险啦……

想个什么办法把他控制住呢？上次锁门，他好一个闹腾，结果没锁成。能不能找到一个类似的办法，把老头困在房间里呢？蓝花花想了一夜，天亮时听见狗叫，灵光一闪，终于有了主意——把虎子放出来，松开它的锁链。夜里，让虎子在餐厅自由活动，那老头还敢下楼梯吗？他怕狗怕得要命，有这么一条威猛大狗看住他，顶一百把挂锁啊！

方圆刚睡醒，蓝花花就迫不及待地把这条妙计说出来。方圆拍拍她的头，笑道：你这小脑瓜怎么有那么多点子？一会儿上锁，一会儿放狗，真是老头的克星啊！蓝花花摇着方圆的胳膊：这主意行不行，你快说嘛！行的话，今天就解放虎子……

方圆却没她这么热切，迟疑一会儿，反问蓝花花：要是虎子真把老头咬伤了，上哪儿去打狂犬病防疫针？眼下这形势你也知道，医院管不了这些事！

虎子长得像狼狗，其实是草狗。样子很凶，一点也没用！它不会咬人的……

方圆还是摇头。蓝花花很失望，方圆对待老头，显然与她不一条心。她知道方圆同情老头，而且试图走入老头内心，对他多一些了解，但是他有些走火入魔了！方圆人太好，好到傻，对眼前的危机全然不顾——老头在小楼里逛来逛去，捣蛋破坏且不说，如果他身上带着病毒，这样怎么了得？悠悠万事，唯此为大，还不赶快弄走？

形势越来越紧张，网上凶险消息接连不断，人人自危啊！蓝花花尽管小心防护，还是害怕出意外。万一被老头传染，有个三长两短，她什么美梦都将玩完！女人把婚姻爱情看得比天大，蓝花花已经胜利在望，更害怕鸡飞蛋打了！

她把这些顾虑讲给方圆听，他总是不太在乎：老头结实着呢，比你我还健康！方圆把掰手腕输给老头的事情，又对蓝花花讲了一遍。恰巧，郑主任打来电话询问老头情况，助了蓝花花一臂之力——

他叮嘱方圆万万不可大意！老头来路不明，所以上边盯得很紧。侯大妈住院了，和他有过接触。我感觉你爹很危险……

方圆说：可是我和蓝花花还有老人，我们三个都很健康！没理由咬定我爹，啊不，他真不是我爹——你不能认定老头就是传染源吧？

郑主任说你别老跟我犟嘴，我这是代表组织关心你们！明天我让晓红送一批药过来，连花清瘟、板蓝根、大青叶，你们大碗大碗给我喝，中药总有一些预防功能。老办法，你还是放个篮子下来，晓红装好药，你往楼上吊！

郑主任一心扑在工作上，虽然老是教训方圆，可你不得不承认这是一位好干部。没有这些人顶在一线，病毒真不知会如何肆虐呢。

挂了电话，蓝花花就在一旁瞪眼睛：听见了吧，你怎么一点也不长心眼？方圆说：好了好了，明天就开始吃连花清瘟胶囊……

方圆也要请蓝花花帮忙。他说起老头写回忆录的事情，蓝花花觉得可笑，又不是老干部，写什么回忆录？方圆却很认真，他写的东西很有价值！方圆要蓝花花收拾房间时，想法把老头的日记本偷出来。只要读完他的回忆录，方圆对他的过去就完全了解了！

蓝花花有点不高兴：我要放狗，你不哼不哈。现在倒想让我偷老头的日记本，干吗？逼我做贼啊？方圆半开玩笑：不是贼，偷书不算偷！蓝花花撒娇拿把：反正我不去，除非你夜里把虎子放出来！让狗看住老头，别叫他搞破坏，偷本子的事我还能考虑考虑。

方圆妥协了，两人做个交换，蓝花花帮他偷日记本，方圆夜里放虎子进餐厅……

蓝花花每天上午为老人打扫卫生。她戴一顶白帽子、口罩、太阳镜、胶皮手套，还有那双大水靴，防护装备一样也不能少。她拖地、抹桌子、扫床铺、叠被子，很快把屋子打扫干净。

她不睬老头。老头讪讪地搭腔，她就凶他：起来，别在沙发坐着，没看见我要擦茶几吗？一转身又说：上一边去，我要扫床！再不就支使他：你长不长眼势？帮我搭把手，抬圆桌！

老头唯唯诺诺，让他怎样就怎样。蓝花花看见枕边放着半旧的笔记本，偷是不必的，她拿起来朝老头扬扬：这个，我拿回去看看！没想到老头不依，伸手来抢：不行，我写回忆录保密！蓝花花个子高，把日记本擎在半空中：保什么密？你又不是领导人。我想看，那是瞧得起你！

说完，蓝花花就要出门。老头像狼一样扑上来，抱住蓝花花的胳膊，拼命抢日记本！蓝花花吃了一惊，老家伙果然有劲，日记本轻而易举就被他夺走了！蓝花花气道：好，算你狠，明天我不给你收拾屋子了。

按照君子协定，方圆没看到回忆录就不必放狗了。可是，当晚发生的一件事情，使蓝花花的愿望提前实现了！

深夜醒来，方圆给刘备发微信。睡不着了，和老哥聊一会儿天。他仍像前两天一样，给老备讲阿庆老爹的故事。他说了和老头掰手腕、老头在监狱打架，还有俩人关于杀人话题的试探，等等。他希望刘备不管躲在哪个角落里，看了微信和他一样，能够感受阿庆老爹这个人，以及他过去的神秘生活……

方圆忽然听到外面有动静，准是老头又在搞活动。他起身下床，穿好衣服走出屋子。窗外透进光线照见老头的身影，他像一只偷油老鼠，鬼鬼祟祟地钻进自己房间，咔嗒一声把门锁上！方圆纳闷：老头慌里慌张的，也许做了什么坏事吧？

他下了楼梯，来到厨房，猛地吃了一惊！闹妖了——煤气大开，腾起一片蓝色烈焰，黑暗中像鬼火透出凶凛之气！

方圆急忙把煤气关死。打开电灯看看，炒锅蒸锅摆放整齐，锅碗瓢盆什么也没动。老头没烧东西吃啊，为什么开煤气？搞不懂他哪根神经搭错了……

出了厨房再检查仓库，方圆一开灯就明白怎么回事了——老头找到工具箱，把窗户起开了！木条、五合板被他大卸八块，碎片扔得满地都是。好像鬼子进村了，一番烧杀掳掠，留下遍地狼藉！

荒诞感再一次笼罩方圆，小楼妖雾又翻卷弥漫。方圆在现象背后，总能看见虚幻而又沉重的东西。他仿佛长着第三只眼，时时瞥向形而上的神秘……

老头要干吗？真要跑？可外面的窗子纹丝不动，老头既没打碎玻璃，也没拔开插销，没有出逃的迹象。他起窗、碎板、砍木条，动作透出一股狠劲、疯狂劲，看得出他十分愤怒！再联想煤气大开，蓝火一片，方圆顿时明白了，这是老头的警告——如果谁再敢封窗，他就可能把这小楼烧了！或者，放一屋子煤气毒死你！来点火星炸死你！

方圆禁不住打了一个寒战。老头确实凶恶！只要违背他意志，他拼了老命，也要像掰手腕一样给你掰过来。他有一条底线，可能与自由有关——只要锁门，只要封窗，只要让他的行动受到限制，他就会表现出疯狂！这可能与他蹲监狱的经历有关，实在是被关怕了……

无论如何，这老头有点不正常。神经方面有没有毛病？如果有，他的危险性又增添一分！

方圆没再犹豫，到狗棚子解开铁锁链，让虎子跟他走进餐厅。大狗乐坏了，又舔又扑，亲热得不知如何是好。方圆知道虎子恋主，今后夜里睡觉，它准会到房间门口趴着。那老头一开门，就会被虎子健硕的身体绊一跟头，不吓得魂飞魄散才怪哩！方圆想得解气过瘾，不由笑出声来。

有微信进来。方圆一看，竟是温妮！他坐在餐桌旁点上一支香烟，猜想温妮这会儿找他干吗，心中难免忐忑。

刚开始聊了几句家常话，互道问候。一转眼温妮就露出本相，噼噼啪啪数落方圆的不是。方圆一点也不关心她，也不问问她与赵医生近况如何，进展怎样……

方圆就势询问：是啊，我正惦记你们呢，赵医生对你还好吧？

温妮大大赞扬赵医生一番。方圆心想这就好，没事比什么都强。可温妮发来一串流泪的表情包，说自己越想越对不起方圆，背叛方圆可能是最大的错误！她良心受折磨，老是回想方圆的好处，怪自己不仁不义，早晚受报应！

方圆开始紧张了。这是干什么？按以往的经验，温妮又要跟他闹，少不了掰扯一番！他急忙安抚她，劝她不必如此。她和赵医生恢复感情，是一件好事嘛！两人般配，郎才女貌，共赴国外，开创新世界，一切一切都非常美好……

温妮恼了，啥意思？你是不是早就想摆脱我了？奇了怪了，你怎么不吃醋啊？怎么不痛苦啊？恨不得把我推到大洋彼岸，越快越好，对不对？

方圆有口难辩。好在有经验，他赶快转弯顺着她话说：千万别误会！他说自己如何想念温妮，如何悲伤难抑，如何心灰意懒……

温妮似乎有点满足，及时吃到一根棒棒糖。她说：好了，快睡吧。你可要给我记住，咱俩人虽然散伙，心还在一起，你永远不许忘记我！

方圆一串是是是，对着手机连连点头。这女人，真要命！他知道温妮还有些留恋自己，她耍赖、胡闹，其实是爱恋的表现方式。不过，方圆还是很担心，他和蓝花花刚走向稳定，最怕温妮杀一个回马枪！这个邻居小妹妹，从小跟着他玩，也被他惯坏了，任性任意，呼风唤雨，方圆实在拿她没有办法。

回到房间躺下，蓝花花醒了，问他有什么心事。方圆说：你怎么知道我有心事，房间灯都没开呢。蓝花花搂住他脖颈，我一接触你身体，就知道你有没有心事，告诉我，怎么了？

前段日子，只要温妮发来微信，方圆都给蓝花花看。那时两人关系顺利发展，他愿意让蓝花花知道温妮的所有信息。今天，他原本也想坦率说出真情，却不知为何心头发慌。他把手机压到枕头底下，生怕蓝花花看见温妮的微信。

没啥事，他嘴里含糊地道，老头又闯祸，把仓库的小窗起开了……方圆感觉到蓝花花身体一紧，赶紧说：没事了，我把虎子放进来了，这会儿正趴在老头门口呢！放心睡吧，天下太平。

二十

鸡公成功笼络了火枪队长。

他是管理隔离人员的负责人，儿子蓝天和他混熟了，叫他"火枪队长"。这位农民兄弟总是拎着一杆猎枪，他皱着浓眉认真地纠正男孩：这是猎枪，不是火枪！蓝天因为看过连环画《三个火枪手》，一口咬定他就是火枪队长。

火枪能打鸟吧？蓝天问这问那。火枪队长说当然可以，每到秋天，他就到大河边的芦苇丛里打野兔、打野鸡野鸭。能打准吗？野鸡会飞啊！火枪队长耐心解释，这枪打霰弹，轰出筐箩大一面子铁砂，它飞不出去！蓝天缠着他放一枪看看，火枪队长喜欢蓝天，真的在院子里打了一枪。男孩惊得一跳老高……

鸡公看儿子憋得可怜，想办法让他出去玩玩。见火枪队长与蓝天亲热，鸡公觉得有机可乘，便用手机给火枪队长发红包。钱数不大，百八十的，让他买点烟酒。你辛苦了，整天这么陪着我们，实在过意不去啊！鸡公嘴上这么说着，眼睛注视火枪队长的表情。农民天性淳朴，得了人家的好处，一脸感激神情。

鸡公又低声央求：能不能让小孩到河边玩玩，不用很长时间，转一圈就行了。火枪队长略一犹豫，便答应下来。他跟戴红袖章的老头打个招呼，鸡公就能领着儿子出大门了。

转到宾馆后面，父子俩走向宽阔的河滩。蓝天高兴坏了，小心翼翼踩着河冰，往大河中央走去。鸡公喊他回来，小孩不听。正是隆冬季节，冰结得很厚，蓝天发觉没问题，高兴地在河面上溜起冰来。当爸的见孩子没啥危险，便由他尽兴去了……

这是一笔不错的交易。给火枪队长一点小钱，他们爷俩就有机会享受来河边游玩的自由。更重要的是，交往火枪队长这么一个朋友，万一遇到麻烦事，可以求他帮忙。鸡公熬了多年的苦日子，社会经验还是长了不少。

鸡公折一根干枯的芦苇，随意晃动着，眺望大河上游无垠的田野。天空多云，但太阳很旺，时而劈开云块，洒下大片金光。北风劲吹，带来透骨透肉的寒意，鸡公把大衣领子竖起来，手也插进口袋里。他想让儿子放下棉帽耳朵，但他玩得兴致勃勃，叫几声也听不见，只得作罢。他目光散漫地望着前方，脑子翻腾无数念头，仿佛大海荡起千万朵浪花……

鸡公有心事啊。与方圆对话之后，他反复琢磨一件事情——

方圆本来怀疑刘老备想讨回那百分之十的股权，暗中使人找到阿庆父亲，偷偷送到方圆的饭店，给他压力，逼他就范。所以方圆决定反击，计划疫情结束后把老头送到北京，直面刘备，做一个了结。当雪莱主动找到方圆，寻找失踪的老备，方圆终于相信老头不是刘备送来的，也就放弃了原来的计划。

鸡公仔细问他，有没有跟嫂子说起阿庆父亲的事情？这问题是有深意的，因为鸡公脑子里闪过一个念头：方圆的计划其实是一步好棋。用他们在大学宿舍下围棋的术语说，这是一招妙手！方圆没对雪莱说，他怕人家正在危难时刻，再提这事雪上加霜。鸡公当时把晃动的念头强压下去，也没多说什么……

放下手机，他就一直思考：这一招妙手，究竟妙在哪里呢？

阿庆之死，是三兄弟一生的悬念。尤其对刘备这样功成名就的人来说，这是一把达摩克利斯之剑——万一老头清醒过来，或者幕后指使者采取行动，把阿庆遇害的事情捅到公安局，对于光明投资公司来说，不啻灭顶之灾！

当然，刘备罪不至死，甚至可能运用法律手段脱罪。比如案子追诉期已过，或者搞一个过失杀人轻罪，又或者刘备雪莱运动通天关系、花大把银子摆平……虽然有种种办法可以逃避牢狱之灾，但对他们的公司声誉、对他们的投资事业将造成无法估算的损失！这样的代价刘备负得起吗？难。鸡公判定光明投资公司正处于危机之中，经不起任何意外的打击。天上掉下的老爹，可能成为压垮刘备的最后一根稻草！

同样一个老头，对鸡公而言就没有这样大的威胁。他已经落魄如此，就算事情暴露，他鸡公又能失去什么？失去多少？这就是"赤脚的不怕穿鞋的"的道理。说白了，老头带来的冲击，对三兄弟而言，根据不同的经济条件，不同的社会地位，打击力度并不是相等的！

好了，鸡公所谓的妙手，妙就妙在这里——

他认为，方圆仍然应该把老头送上北京，以此为筹码与老备做一笔交易。你愿意接受这位爹吗？如果不愿意，我可以替你养着。但是，你要给我足够的补偿！你不能再讨我那百分之十的股权，并且，你还要赠送我百分之一股份！你应该考虑，请我重回光明投资公司，恢复我原来的地位。我要参加董事会，恢复投票权；把董事长办公室那张大班台并排放好，放上总裁牌子，我还要当一字并肩王……刘备一定会接受这些条件的，除了阿庆老爹带来的危险，他的妻子还是敌人，他正需要兄弟帮忙啊！

鸡公越想越激动，不由把自己代入方圆的角色。啊，那样就好了！所有的梦想一下子实现了——给我成立一个部门，给我一笔资金，我研究的独门绝技可以全部炫出来！我会让你们所有的人吃惊，人类投资竟能达到如此高度！投资界将升起一颗璀璨巨星！那时候，宋可行这个大名，或者绰号"鸡公"，一定会压过刘备、雪莱，甚至压过巴菲特、索罗斯！是的，鸡公卧薪尝胆，等的就是这样的机会。他不用从头再来，不用重起炉灶，只要在大哥刘备的公司里插上一条腿，一生的抱负就得以展现了！

然而，他不是方圆，他是鸡公。现实摆在眼前，他在刘备夫妇的王国里插不进这条腿！方圆条件真好，作为公司创始人，作为现任董事、曾经的一字并肩王，竟然一点作为也没有。他真是傻呀！鸡公真是嫉妒他呀！怎么能和方圆换一个身份，换一个位置呢？怎么能让他享有方圆具备的一切条件呢？

鸡公灵感闪动，思绪汹涌。有了，虽然换不了身份位置，但他可以把方圆手里的王牌拿过来——对！现在的王牌就是阿庆老爹，接过老人就接过了王牌！

鸡公断定，如果老头跟着自己过日子，与刘备谈判的将是他而不是方圆。他可以开条件——我养爹，保证不出任何问题，你不会有任何麻烦。你呢，让我当董事，给我设一个国际期货投资部！你给我一笔资金，可以算作股权，利润分成，投资决策由我来掌握。你试一试就明白了，我是光明投资公司新的盈利增长点，我是一匹黑马!

不同意?那么我就把爹送过来,你养着吧。方圆承受过的种种麻烦,你自己担着吧!你可要想清楚哦,阿庆一条人命还挂在那里,老头报了官,你怎么抹也难抹平!你面临过的所有投资风险,都不如阿庆的命案严重!嫂子离婚争股权,正缺这么一个把柄呢……

我认为,你完全不必冒险。你付出小小一点代价,也帮兄弟圆一回梦!老头我就养着,养一辈子。你放心吧,我可以把他带到四川大山里,与我爹妈同住。我雇上两个保姆,好好为他们养老送终。当然,老头即便清醒过来,即便有人指使他干什么,要报案,走出我家乡的崇山峻岭,也不是一件容易事情……

还有一个问题,抬出老头的幕后主使者。这也不难解决,无论他是谁,无论他拿老头有什么目的,最终都要和我鸡公谈判!我把老头藏在深山老林,不就切断他们之间的联系了吗?他上哪里去找人?我走一步看一步,见招拆招,肯定有办法对付!反正我是赤脚的,我怕谁?为自己、为兄弟们,值得搏一把!

爸爸,爸爸!小儿蓝天不知何时跑到身边,摇着鸡公的手,连声叫唤。

鸡公回过神来。他摸摸儿子冻得通红的小脸蛋,看看一轮西沉的红日,猛地惊醒,早该回去了……

夜里,鸡公与方圆通微信。他很谨慎,事先把要说的话想清楚,反复打腹稿。接老头的事情不能引起方圆警惕,不可打草惊蛇,因此,他准备拿蓝天说事。鸡公不正托方圆帮忙,说服蓝花花接受孩子吗?他打算用儿子换老头,也帮方圆减轻负担,这样才合理。

他们语音聊天,鸡公有意询问老头近况,引得方圆大吐苦水。

他把昨夜老头打开煤气、撬掉封窗五合板的事情诉说一遍。方圆摇头叹息，侍候一个脑子有病、性格乖戾的老人，实在麻烦啊！

鸡公趁势提出：照理说，这事不应该你一个人担当。等疫情过去，我把蓝天送来，就让老头跟我走吧！

方圆意外惊喜，你肯接受这只烫手山芋？

鸡公一声叹息，人都自私啊，我也有求于你。你帮我做通蓝花花思想工作，让她接受蓝天。我要在新丈人面前立足，实在不容易！

方圆不解，你送走了儿子，却又接回一个老爹，那老婆、丈人不更得蹦高了？

鸡公就把送老人回四川，与自己父母一起养老的计划说了一遍。方圆听了连声称赞，这个好，照顾一堆老人，就当开个微型养老院吧！你肯这样做，经济方面我们三兄弟一起负担。鸡公假装大气，别提钱，我虽然虎落平阳，多养一个老人吃饭，还是养得起的……

方圆虽然高兴，但鸡公感觉到他有些心不在焉。果然，还未聊尽兴，他就要求结束通话，说有一件要事处理，朋友正不断邀他视频呢！

鸡公双手枕头，躺倒床上仔细思索：方圆会不会看出破绽？他主动接受老爹是不是太突然了？为什么方圆急着离线？所谓视频是真是假？……

无论如何，妙手使出来了！接下来好戏连场，就看自己如何运作了。鸡公相信，他将步步走向转运、翻身的终局！至于方圆，鸡公深知他那颗单纯的心，看不透复杂计谋，应该没啥问题。关键是与刘老备博弈，恐怕还要费大工夫……

华尔街上班了！美国交易所开盘了！鸡公拿出笔记本，对照电脑屏幕闪动的行情，计算着自己模拟投资的战果。

　　哟，又赚了不少！道琼斯指数暴涨，他买进的五月期货，一举获得百分之三十的赢利！黄金、铜、日元、可可……每个品种都有斩获，一片丰收景象啊！鸡公按着计算机，一边算一边记，脸上泛出幸福的红晕。

二十一

鸡公实在多虑了，邀请方圆视频的是温妮。方圆一边给鸡公打字，手机一边叮叮咚咚响个不停，温妮摆出了一副不接听就誓不罢休的架势。方圆只得告别鸡公，打开视频直面这位刁蛮小妹。

温妮上次与方圆通话，多了一份心思。有一件事情她要问清楚：蓝花花现在跟他究竟怎么了？温妮说话直率：我出轨第一时间就向你坦白，你是不是也应该以诚相待啊？方圆应道：那是那是。温妮刺刀见红，好，你说说吧，到底有没有和蓝花花上床？别摇头，别脸红，你们在一起隔离，要说清白鬼才相信呢！

方圆真的脸红了，好在视频看不清楚。温妮上来就定性，他还真不好否认。难道把脸一抹当面撒谎？难道死不承认他和蓝花花的关系？方圆做不出来，也没必要。事到如今，他应该告诉温妮，自己与蓝花花开始交往了，而跟温妮缘分已尽！于是，他就尽量婉转地说出了这一层意思……

温妮还没听完就哭了，哭得大泪滂沱！方圆劝她理智一些，当断则断，各奔前程。不料，温妮擦干眼泪，朝他发狠，别闹片儿汤！你就跟我交代，什么时候勾搭上的？你真心爱蓝花花吗？你爱她超过了我吗？你一定要给我讲清楚！

方圆脑袋涨得老大，提醒她说：咱俩不是已经分手了吗？我的事和你没关系……

谁说没关系？我还就不服！从小到大，你没有欺负过我，现在竟敢把我甩了？你一直让着我，从来没有这么狠心过，为什么变得如此残酷？我不相信，我就不信……

她一边数落，一边哭得稀里哗啦。方圆怕惊动楼上的蓝花花，赶紧溜出餐厅后门。

进了锅炉房，钻入小澡堂，方圆坐在浴缸边上与温妮视频。他耐心劝导：你讲点道理好不好？你跟赵医生好了，你们要去加拿大生活，为什么不能让我跟蓝花花在一起？在你之前好多年，我们俩就有感情，彼此了解，脾气对路，你应该祝福我们才是……

温妮善于胡搅蛮缠，听到不顺耳的词句，她立即抓住不放：什么？你们早就有感情了？还脾气对路呢，就我的脾气坏是不是？难怪呀，你早就对我心怀不满，才把蓝花花招到人民饭店！我被那女人算计了，自己离婚，还跑来挖我的墙脚！

方圆不知说什么好。根据温妮的一贯作风，这样吵下去将会没完没了。他决定不再纠缠，冷冷说道：你爱怎么想就想去吧，我可要睡觉了。

不行，我不让你睡！

温妮，你不是孩子了，做事要考虑到方方面面！赵医生那边怎么办？你和我闹，他知道了会怎么想？昨天的故事已经翻篇，我们都要面向未来！我劝你冷静一些。我先挂了。

温妮尖叫：你跟别的女人好，我受不了，我会发疯的！……

方圆果断结束视频，长长舒了一口气。真麻烦，温妮这一招最让他头疼，怎么防也防不住啊！

他从浴缸边上站起来，发现小澡堂门开着，蓝花花正站在门外呢。他一惊，你怎么起来了？

蓝花花幽怨地回了一句：我就知道你有心事！

方圆难免狼狈，借着给锅炉添煤，避开蓝花花的目光。他喃喃道：我和温妮历史久远，感情成分复杂。除了谈过恋爱，她还把我当成叔叔哩……你别见怪，我会处理好的。

蓝花花凝视炉膛里跳跃的火焰，语气沉重地说：我倒不见怪，以前你们怎么着都行。我只是担心，她现在想干什么？

方圆宽慰道：没事，她还能干什么？闹一闹，出口气就完了。

这时候，大狗虎子也钻进锅炉房。方圆趁势拉起蓝花花的手，这家伙也跟来了，可别让老头跑出房间捣乱。咱们回去吧，有话回屋里说……

刚走到餐厅，果然看见老头倚在楼梯栏杆上。他神志清醒，一脸严肃，竖起一根食指点着方圆说：你，马上到我屋里来一趟，我有话跟你说！

方圆正焦头烂额呢，哪顾得跟他啰唆？便板着脸道：今晚我困了，有事明天再说。

老人还想争讲，看见虎子嗖嗖往楼梯跑，吓得赶紧退回二楼。跑进房间，他咔嗒锁上门，再也不敢露头。

方圆和蓝花花坐在床沿。他搂住她的肩膀，企图安慰她。蓝花花却一闪身，长长叹一口气，温妮究竟要怎样？她不是已经有赵医生了吗？为什么又来找你？方圆，我心里害怕，真的害怕！我老觉得现在的生活不真实，我这人没福气，幸福不会来敲我的门……

方圆很难过。要抹去过去留下的阴影，不是一件容易的事。他努力安慰蓝花花：你放心，有我在，就不会让你经受从前的折磨！你肯定会幸福的……

方圆话音未落，温妮及时打脸，手机又叮叮当当地响起来！方圆脸白了，继而转红，愤怒的火焰从胸膛直蹿脑门。他拒绝视频，留下文字：不要再来骚扰我，你我的关系已经结束！

温妮有语音微信进来，方圆不接。蓝花花拿过手机，打开一听，温妮的语气坚定、声音冷静：我不是胡闹。我已经决定了，要来人民饭店找你！

这一下方圆惊呆了，什么？她要来饭店找我？方圆一把夺过手机，急切地对温妮说：我们正在隔离！前门居委会锁了，后门派出所封了，你怎么进来？温妮，别再疯了，算我求你！

温妮再无回音。方圆要求视频，她也不理睬。

这一夜，方圆和蓝花花翻来覆去无法入眠。碰到这样一个女人，活见鬼了，真倒霉了！谁能有办法对付呢？方圆想不明白，她这样闹，赵医生怎么会容忍？莫非他俩又吵架了？又分手了？不是没有这种可能，前科都在那儿摆着呢！但是，温妮如此任性，难道要赖方圆一辈子？

蓝花花躺在床边靠墙的一侧，暗暗抽泣。方圆无言地抱住她抖动的肩膀，用心安慰她，让她平息下来。可是蓝花花无法平静，温妮要来了！她就像一头闯进瓷器店的母象，不由分说地将蓝花花精心编织的美梦，一脚踩个稀巴烂！蓝花花一直抽泣到天明。

早晨，方圆走过老头的房间。房门微开，突然伸出一条胳膊，将他一把拽进屋子。房间里一股酸臭味，床铺凌乱，地面肮脏。床头柜上摆着一台年代久远的十四英寸彩电，是方圆从仓库里找出来给老人解闷的。电视还开着，没有声音，画面净是雪花点。

老头拉方圆在沙发坐下。他目光清亮，思路清晰，说话完全像个健康人，我要和你谈谈狗的问题！他还打一点官腔呢。

方圆好笑，还问题，有什么就直说呗。

你用狗作为武器，镇压我，虐待我。我要抗议！老头挥动干瘦而有力的拳头，你必须把狗拴起来，拴在院子里，跟过去一样！

方圆说：哟，难得你今天脑子清楚，可以跟你讲道理了。你说过，有罪就罚，有错就打。你把楼下仓库封窗的板子拆了，我该不该管？我是这座楼的主人，我不打你，只是派一条狗看住你，就怕你继续搞破坏！难道不可以吗？

老头哈哈一笑，你傻呀！这座楼让人家前后封死了，你就不打算给自己留一条后路吗？

方圆有点惊讶，这老头深谋远虑呢！留后路干吗？太平日子，你怎么总想逃跑？

老头诡秘地凑近他，这座楼起火怎么办？你能跑得了吗？我把封窗板子起开，就是防着大灾难！接着，他又绘声绘色地描述——万一火烧起来了，浓烟滚滚，火星乱迸，连路也看不清啦！你拉着我，砸碎玻璃窗，人往街上一跳，不就得救了吗？

方圆见他两眼放光，神情亢奋，与往日大不一样。他暗自思忖，这时候试探一下，也许会得到意外效果，你说，我拽着你一块儿跑，为什么？我逃命要紧，管一个老头干啥？除非我是你儿子……

老头不屑地撇嘴，龟儿子！你不配，我的儿子早死了！

方圆一惊，谁说的？那我是谁？你不是口口声声叫我"阿庆"吗?

老头凑到方圆跟前,仔细瞅着他的脸,有人告诉我,阿庆被坏人害死了!你是谁?不会是害死我儿子的坏人吧?

方圆后脊梁一阵寒凉,忙说:我是你儿子的朋友,所以才收留你!你怎么说出这样的话?是不是把你送来的人告诉你的?对我讲一句实话吧,谁领你来的?怎么找到我的?

问到紧要处,老人不回答了。他把目光停留在床头柜的电视上,走过去抚摸屏幕。下面的行为就古怪了,老头拿起一张报纸将屏幕覆盖,他一转身,报纸就掉在地下。他又弯腰捡起报纸,再遮住屏幕。这么重复几次,方圆明白了,老头是想把电视机关掉,却找不到开关。他忘记开关电视的程序了!

方圆走上前,关闭电视。老头像孩子一样高兴,好了好了,总算把它关死了!

方圆再一次面对老问题:这老头真糊涂还是假糊涂?他连电视也不会关了,还用报纸遮起来,分明不晓事理啊!可是,刚才那些话又句句如剑,直刺方圆的要害。他什么都知道又什么也不知道,那才可怕哩,那才厉害得很哩!

继续斗下去。方圆看见枕头边上的日记本,假装伸手去拿。老头敏捷地抢到手。方圆笑着问:不是要谈狗的问题吗?我和你做个交易吧,你让我看回忆录,我就把狗拴到棚子里。干不干?

老头犹豫着,把本子递到方圆面前。方圆刚想接,他又嗖地抽回去——不,我不干。方圆试探地问:你不是怕狗吗?我看看笔记本就把狗拴起来,你又少不了什么,为什么不干?难道有什么见不得人的秘密?老头说:秘密就是秘密,见不见得人跟你没关系!

方圆离开房间时，忽听见老头在身后喊：阿庆，你怎么走了？阿庆啊，你吃了那么多狗，狗的灵魂老让我做噩梦，在梦里拼命咬我的腿！所以我怕它们啊，阿庆！把狗拉走，把狗拴牢……

老头又陷入糊涂，或者说又恢复常态。方圆脑中绷紧的弦松弛下来，老人清醒时真让他害怕。方圆愿意拿出任何东西和老人做交易，看看他神秘的笔记本上到底写了些啥！猜不透对手，脚下好像总也踏不着实地。

方圆想起鸡公的承诺，真盼望他赶快把老头接走！以后斗智斗勇，精神负担，就都是鸡公的事了……

二十二

方圆和蓝花花一颗心悬吊着，温妮那边却一直没动静。这有点像相声里说的，另一只靴子老不落地，楼下失眠的人整夜瞪着眼睛等楼板响。这滋味着实难熬！

方圆没闲着，做工作，给温妮写了一条又一条微信。他把饭店小楼描写得危机四伏：老人像鬼一样深夜里四处游荡。他故意使煤气泄漏，随时有中毒或爆炸的危险！老头还会爬到床上，脸贴着脸对你……对了，你的被子全糟蹋了，老头又铺又盖脏死了！你来怎么睡觉？

无论方圆怎么渲染，温妮就是不回话。

时间一分一秒过去，方圆一直等待着爆炸性场面。终于，这个场面出现了，只是以方圆做梦也想不到的方式——

清晨下雪，直到傍晚。棉絮似的雪朵飘飘摇摇，丝毫没有止住的意思。方圆正在二楼走廊漫步，往窗外后街无意间一瞥，吃惊地瞪起眼珠！温妮来了，她正站在围墙上，也不怕上面铺着厚厚的雪，走平衡木一样张开双臂，缓缓地走向两棵黑松。她颈上围着一条红色羊毛围巾，衬着白雪像鲜艳闪耀的火焰……

我的妈呀！方圆喊了一声，飞快下楼，奔出餐厅，你怎么爬到围墙上去了？温妮，你疯了！赶快下来，下雪天危险！

温妮朝着墙根下的方圆，轻轻舞动柔软的胳膊，一脸娇憨的笑容，危险吗？抱我！

不！你回去……你怎么上来的，就怎么回去吧……方圆不知道说什么好，有些语无伦次。

温妮明显是恐吓他，我要往下跳了，你接着我！你不接，我就直接跌到地上，摔死在你面前！

方圆双手作揖，千万别，求求你了！温妮呀，你小时候一脚踩在茅坑里，还记得吗？别再犯过去的错误了，你往这院子里一跳，就等于又跌进粪坑啊！

蓝花花早就走出餐厅，站在方圆身后盯着温妮。大狗虎子也在雪地撒欢，它和温妮熟悉，高兴得直打滚。老头看热闹，在二楼打开窗户，脑袋伸出老远，雪花飘落在脑袋上……

温妮面对一群观众，演技更加发挥。她踩着围墙上松软的积雪，姿态优雅地来回走动，旁观者紧张得心都蹦到嗓子眼上！方圆陡然想起，温妮小时候练过体操，在体育馆玩的就是平衡木！她正得心应手哩，这围墙只是小菜一碟。

蓝花花开腔了：温妮妹妹，我在这儿求你了——生活不是儿戏，我的命现在就在你手里捏着！你路宽，你有青春本钱，不要逼我这苦命的女人好不好？我跪着求你了……

蓝花花真的跪倒在雪地里，冲温妮磕头。方圆心酸，赶忙去扶蓝花花。温妮却从墙外接过一卷铺盖，扑通扔在他们面前。原来她有同伙哩，赵医生送她过来，这会儿正依照她指示，把准备好的铺盖卷往围墙上递呢！

蓝花花推开方圆，咬紧牙关，在雪地长跪不起。温妮又接过一个大包袱扔进院子，然后挥手朝着院墙外边喊：小赵，谢谢你啦，你回吧！告诉我妈，这儿一切都好！

方圆叫苦不迭，扯着嗓子喊：赵医生，你先别走啊，咱俩好好商量！温妮不能在这里……

话音未落，只见温妮双臂如翼展开，仿佛一只大鸟从围墙飞身而下！

方圆什么都顾不得想，本能地箭步上前，伸出两只胳膊。围墙不高，温妮瞄得也准，直接扑入方圆怀中！冲力太大，方圆倒下，两个人滚在黑松旁边的洁白的雪窝里……

等方圆起来，拍拍身上的雪花，转身寻找蓝花花，刚才跪在地上的蓝花花早已不见踪影！

温妮到来产生的第一个大麻烦是——如何睡觉？

蓝花花已经把方圆的卧室当作新房，蝴蝶兰都摆满一地，早就把自己看成女主人了。温妮可不管这一套，吆五喝六地把铺盖卷、大包裹都搬进方圆的房间，被褥衣服堆得满床乱糟糟。蓝花花倚着门框，紧咬下唇，脸色煞白。她瞅着方圆，强压愤懑问道：怎么办？你倒是说话呀！

方圆脖子都憋粗了，就是张不开口。

温妮却抢先开腔：你是问怎么睡觉，对不对？那还用说，咱们姐妹俩睡这间屋呗！他一个大男人，本来就在楼下餐桌打地铺，现在该回哪儿就回哪儿去吧！

方圆知道这事要紧，立即喝止温妮：我是主人，我来安排，这事轮不到你做主！

温妮对他凶惯了，眼皮一翻，劈头盖脸就是一通发作：睡觉的事情很严肃，不能由男人随便做主。有法律嘛——婚姻法！你想跟蓝花花睡？不行。想跟我睡？也不行！你结婚了吗？登记了吗？你就是光棍一条，当然要到楼下打地铺！

方圆被她噎得干瞪眼。但她的话在理，你没法反驳。蓝花花也不好意思强求，只得收拾方圆的被褥，恨得牙缝咝咝吸气，好吧，有温妮妹妹做主，你就自个儿下楼睡餐桌吧！

吃饭又有问题了。方圆炒得一手好菜，平时却是蓝花花下厨。没有客人，杀鸡焉用牛刀？她勤快，也做惯了，家常饭就不让方圆插手。可今天不一样，做晚饭时蓝花花罢工了。她冲方圆道：人多了，总得立个规矩。做饭、炒菜、打扫卫生，也不能都让我一个人干吧？

方圆拍拍胸脯，这事我做得了主，我来炒菜，让你们品尝我的厨艺！

温妮却拦住他，你好福气，有两个女人在这里呢！你是大熊猫，怎么轮得到唯一的男人下厨房？这样吧，我和蓝花花轮流执政，一人一个星期。今天我主厨，姐姐你看怎样？

蓝花花气她事事做主，却又无法反驳，只得话里带刺：妹妹老是抢先，我们又能怎样？大熊猫中看不中用，你也无须多问，动手干就是了！

方圆疑惑：他从来没见温妮动过勺子，如何主厨？但他明白这局面自己还是少说为佳，眼看温妮哼着小曲愉快下厨房。

温妮擅长黑暗料理，端到餐桌上的菜谁也不认识。白菜炒煳了，黑乎乎倒也有一股焦香味，但咸得好像腌过似的，方圆呛得直咳嗽。

萝卜大块如小猪，炖了半天还是生的，咬一口咯吱咯吱响。鸡蛋刚上浆，粘得满嘴糊糊，而且忘记放盐，等于废了一道菜。幸亏馒头是大蒸笼蒸的，蒸一次剩下许多；温妮拿了几个馒头热热，却只热透表皮，内里又冷又硬……

这顿饭吃得好惨！方圆想去另做，蓝花花瞪他一眼，怎么还不能将就着吃饱肚子？只要你不是一辈子吃这样的饭就好！

温妮却摇头晃脑，独自赞叹：好吃好吃。特级差点儿，怎么着也够得上一级厨师的水平！

日子就这么闹哄哄过下去。方圆内心叹息：往后怎么办哪？没料到自己这把年纪了，还要在婚姻上遭受如此折磨、如此考验！

有一个情况挺意外：温妮和老头处得很好。也许都有童心，也许脑子都有病，温妮与老头一见面就十分投缘。她张口就叫人"爹"，方圆把她拽到一旁，你明知他不是我爹，瞎叫什么？

温妮振振有词，你早就没爹了，现在补给你一个爹，还亏吗？你要感谢上帝才是！

老头乐得两眼眯成一条线，温妮叫一声，他就拖长声调哎一声，爷俩一唱一和，好不热闹！蓝花花在背后点拨方圆：她这是在搞统一战线呢！你以为她真傻啊？

温妮的统战显然有效，立马赢得老头支持。也不知真假，他竟错把蓝花花当作保姆。老头支使她干这干那，还悄悄给温妮打小报告：你把这保姆炒掉，换一个吧！她又馋又懒，还对我很凶。你看不见时，她老欺负我……

哪天蓝花花穿一件漂亮点的衣服，老头又瞪着眼警告方圆：儿啊，可别让狐狸精迷着了！你看她穿得花花哨哨，当保姆的用得着

144

这么打扮？明摆着勾引男主人嘛！

他脑子有病，蓝花花较不得真，气得恨不能踹老头两脚！

温妮整天玩手机，还教老头打游戏。方圆好笑，老头连电视机都关不了，也从未摸过手机，你让他怎么玩游戏？温妮有办法，下载一些简单的游戏，打开了让他一个劲儿按就行。老头乐得合不拢嘴，很快成了游戏迷，见天埋头按手机，倒也安静了不少。只是他不会开关手机，时时求着温妮，成天拍她马屁。温妮拿个小把，治得老头服服帖帖。到后来方圆也常求温妮，让她帮忙管理老头。

这一老一少成天胡闹，小楼里增添不少欢声笑语。

温妮犯的最大错误，就是把老头彻底解放了！本来有虎子把门，老头夜里不敢迈出房门一步，安全系数大大提高。蓝花花费尽心思想出高招，就是要彻底封锁老头，免得他惹祸。温妮一来，就把刚建立起来的平衡打破了。

老头悄悄求温妮帮忙，把虎子拴到狗棚子里。温妮不敢触犯众怒，却暗地里给老头支招——你每顿饭省半个馒头给虎子，最好夹点肉，喂熟了它就会认你这个主子。虎子傻，缺心眼，别看它长得凶，很容易被外人收买……

老人得计，从此饭老是不够吃。方圆纳闷，这么大岁数还涨饭量？真叫他吃穷了！虎子的肚子又滚又圆，再也不舔狗食盆。两者之间的联系，方圆始终没摸着头脑。

没过多长时间，方圆、蓝花花吃惊地发现：虎子寸步不离跟在老头后面，仿佛他的贴身保镖！方圆惊问：你喂它吃了什么迷魂药？怎么现在这样亲你？老头笑道：我人好嘛，谁都爱我！他又摸着大狗长长的脊背，故意唆使虎子：咬他！咬他！

虎子喉咙里果真发出低吼，似乎要朝真正的主人下手。方圆气坏了，疫情一过，赶快把虎子卖给西关的狗肉馆。这东西，天生一个狗汉奸！

蓝花花阴阳怪气地说：哪有天生的汉奸？都是洗脑洗的，被坏人教坏了，才培养成狗汉奸……

老头自由了，夜里又到处乱逛。方圆睡觉不得安宁，蒙眬中，餐桌周围鬼影幢幢。大狗也跟着他行动，跑上跑下，弄出满屋子动静。

方圆也不能总盯着老头，只能反复叮嘱他：不要乱翻东西，不要搞破坏！可老头就爱翻腾，居然在仓库里翻出一箱鞭炮。这原是方圆打算过春节，和温妮俩结婚放的。疫情一闹，早把这东西忘了。

老头觅到宝贝，搬到院子里，准备闯一场大祸。这次闯祸他还有了同伙——温妮和狗。这天深夜，方圆梦见打仗，猛烈的枪炮声将他惊醒！方圆一骨碌从餐桌爬起来，只见红绿火光透过玻璃窗，照亮半边餐厅！他赶快穿上羽绒服，奔到院子里……

礼花朵朵，绽放夜空。千子鞭噼噼啪啪满地开炸，二踢脚砰啪升空。老头温妮大狗，又笑又跳又叫，闹得满院子欢腾！

方圆没有发作，反倒笑了，嘿，这也算补了个大年三十！

蓝花花统战失败，又学不会温妮的手段。她背底里向方圆哭诉，温妮、老头、狗，你送走哪一个都好！他们合伙一起挤对我，这日子怎么过？

方圆抱住她努力安慰，可是完全没有底气：温妮、老头、狗，哪一个是我能随便打发的？最多把愚蠢的虎子送到狗肉馆，杀了卖肉。可又怎么忍心？大狗不义，我不能不仁啊，总不能和狗一般见识吧？

蓝花花叹息：无毒不丈夫。你这人无一点毒，所以做丈夫也难！

二十三

雪莱的家在一栋豪华公寓顶层，宽大的落地窗望出去，正是奥林匹克森林公园。翻滚的绿色波涛赏心悦目，视野向北，可眺望远山灰蒙蒙的轮廓。一群鸽子盘旋翱翔，却达不到公寓高度，只看见花花点点的鸽子脊背，倒也难得一见。

顶层面积辽阔，层高不比一般，夹出半层做书房，也是气派景象。刘备喜欢在书房办公，墙壁全是书架做成，长城似的排满精美图书。往写字台前一坐，顿生一种坐拥书城的感觉。正前方墙壁有大面积电子屏幕，刚才雪莱在这里召开一个视频会议。疫情肆虐，董事们处于隔离状态，她也只能这样简单开个会，向大家拜晚年。好多重要项目全都冻结，这一年投资圈陷于冰天雪地，家家公司在所难免。

最遗憾没能引入战略投资者张洪，刘备不在不够法定股权，投票也无效。这正是他失踪的本意，狡猾！他怕张总进入董事会，与雪莱联手，刘备就坐不稳董事长的宝座了。

会议结束，关闭电脑。雪莱在书房里转圈，目光散漫地浏览着厚厚的书脊。刘备现在也不知怎么样了，鬼才晓得躲在哪个角落里！如果不是开视频会议，她不愿意踏进丈夫的世界。现在倒产生一点新奇感。徘徊许久，雪莱走出书房，带上房门。

她与刘备的矛盾积累已深，怎么开始的自己也说不清楚。因为丈夫有外遇吗？其实也不尽然。雪莱知道丈夫一开始不过是逢场作戏，减轻压力。而且到他们这年龄，夫妻间最重要的是共同的金融帝国，男女间那点破事已经无足轻重。如今见到有权有钱的，女人们劈头盖脸地上，让男人如何把持？所以除了那个女会计，雪莱对刘备的风花雪月都能原谅……

　　那么，到底为什么夫妻俩针尖对麦芒？仔细寻思，还是权力作怪。雪莱与刘备有重要的相似之处，他们骨子里崇尚权力，追求权力！若有前世，这对夫妻定是皇帝宰相之类，终日在朝堂上互斗，头破血流，你死我活，誓不罢休！雪莱恐怕会是武则天，虽为女流之辈，手段高明，毒辣不输男儿。刘备若早点看清她，就不会和她合伙做生意了。

　　开始，夫妻两个并未认识到这一点，感觉挺合得来，可谓黄金搭档。随着共同治理光明投资公司，两人渐渐露出各自的真容。不知从何时起，公司员工悄悄分裂成两派，有刘备的心腹，亦有雪莱的心腹。权力自然辐射，腐蚀着人与人之间的关系。他们自称"帝派"或"后派"，但是表面一点也看不出来。就像刘备雪莱夫妇，精致和蔼，文质彬彬，背地里各藏心思，机关算尽。公司风气越来越坏，员工们互挖墙脚，整材料，告恶状，斗得不可开交！

　　刘备和雪莱推心置腹交谈几次，却全然无用。因为到这时候，他们都不会表达真实的想法了。

　　最叫雪莱伤心的是会计小秦，她一直以为这姑娘是自己的心腹，简直成了闺蜜。连雪莱出轨，都找她打掩护。是的，雪莱可不像普通家庭妇女，为丈夫拈花惹草一哭二闹三上吊。但她会悄悄报复，自己也找情人。小秦是唯一知情者，却把这点秘密当作投名状，拿去投靠刘备。再往深处想，说不定小秦从头就是刘备的人，神不知鬼不觉潜伏在雪莱身边，博得她的好感，探知一切秘密……

这下真把雪莱伤透了。她不顾一切炒掉小秦，这根恶刺必须拔掉！刘备一反常态，坚决还击，炒掉雪莱最倚重的一个副总，硬生生砍掉她一条臂膀！

从此，夫妻反目成为必然。他们已经起草离婚协议书，关于股权这一节，雪莱费尽洪荒之力取得优势——她提议一人拿出一半股份，放在儿子名下。儿子在英国留学，学成后回国继承家业，自然与母亲站在一起，光明投资公司就完全落在雪莱手里了！走到这一步很不容易，雪莱本想给刘备现金换取股份，可他不肯。现在把股份给儿子，刘备没话说了……

雪莱为夺权预备了许多道路。除了扩股增发，把张大胡子引入董事会，离婚协议是更狠的一招！如果成了，刘备基本出局。

就在离婚协议书签字之前，刘备去纽约办事。雪莱满心盼望，刘备回来就能了结此事，可他偏偏失踪了！雪莱认定他是躲避签字，不肯把江山拱手相让。刘备这人很拧，办事有韧劲，是一个绝不肯轻易妥协的家伙！雪莱煞费苦心，怎样才能拿住老备，赢下这盘棋呢？

鸡公打来电话，为雪莱送上一个机会。

鸡公说，他已经委托岳父查遍淡水的酒店、医院，只发现一个名为刘备的人在重症监护室隔离，仔细核实，却是重名。天下有胆当皇帝的人，看来真不少，连刘备这样的名字也会重复！雪莱笑着告诉他，自己托了全国各地的朋友，也是按医院宾馆两条线查，因为现在人不敢乱跑，结果查到三个重名刘备的家伙！

两人笑了一阵，雪莱表示感谢。正要挂电话，鸡公又吞吞吐吐地问道：方圆跟你说过老头的事吧？这件事我们已经解决了，老头不会来北京给你们添麻烦了。我去接他，以后我负责养他……

雪莱摸不着头脑，哪个老头？方圆没提起啊？

鸡公这回说得干脆：就是阿庆的老爹！

雪莱沉默了。她不会知道，电话另一端的鸡公，其实是走了一步试应手的棋！

这也是一句围棋术语，指在对方阵营投下一颗棋子，试探对方如何应对。应对正确暂且不管，应错了大做文章！大学时代他们都是棋迷，宿舍走廊曾放着一张废弃课桌，怕影响宿舍同学睡觉，他们就在走廊下围棋。没有凳子，三个人就站着下，竟然一站一宿。三兄弟中刘备的棋艺最高，鸡公却擅长把围棋精髓运用到现实生活中——妙手啦，手筋啦，试应手啦，他常拿围棋术语来解释各种事情。当然，也包括投资。只可惜投资上未取得成果，鸡公愧对围棋精妙术语了。

鸡公知道方圆未说老头的事，便故意泄露给雪莱，试探她的反应！如果阿庆之死是重大威胁，必然引起雪莱紧张；或者，她和刘备争夺股权正需要这一把柄，则必然兴奋异常、跃跃欲试！只要雪莱有所表示，鸡公就会对老头做出正确估价。

这一点很重要，鸡公在收留老头之前，要进行判断。如果刘备雪莱不把阿庆父亲当回事，他把老头收留在家岂不平白添一份麻烦？如果事关重大，他也好估算出这对夫妇开出的价码——一百万？一千万？……多多益善嘛，这里面很有讲究的。

雪莱倒是冷静，没有立即表态，哼哈几句就挂了电话。鸡公的试应手有点儿落空，只得暂且放下。其实，雪莱心中咯噔一下，各种念头如开水沸腾起来……

她在窗前铺下垫子做瑜伽，面对远处公园美景，深深呼吸。每天这时间她都要练功，四十岁的女人身材保持曼妙匀称，全赖瑜伽之功。练瑜伽讲究心静，冥想，关注呼吸，今天雪莱却很难做到。她当然记得鸡公来借钱的往事，刘备方圆神情紧张，开始一百个不愿意，鸡公一提起阿庆，就制服了刘备！

事后，她几次问刘备，这个阿庆是怎么回事？刘备含糊其词，只说是一个淡水朋友，不幸落水身亡。雪莱问：那你为什么这样紧张？怎么就肯让步啦？鸡公还说呢，你有啥麻烦事也提出这个阿庆，他就不再追究卷走公司房款的责任……你们兄弟之间，究竟有什么秘密？刘备当然不会为她揭秘，时间一长也就搪塞过去。

今天旧事重提，这个阿庆老爹竟然出现在方圆那里，好像还有计划送来北京，里面故事还真不少哩！

雪莱只练动作练不到心，草草了事。她收起瑜伽毯，决定找方圆探个究竟。方圆人好，不像鸡公，没有城府，容易掏出秘密。雪莱先冲了一个澡，神清气爽再和方圆打交道。

说起来，方圆对她的影响还不小呢！她比丈夫的股权总是少百分之十，几次扩股都按照原比例，雪莱便永远赶不上刘备。雪莱很想补回方圆保留的股权，刘备每年跟方圆商议回购股权事宜，其实都是雪莱鼓动的。她愿意出一大笔钱，从此和丈夫平起平坐。可方圆也固执，偏偏要留什么念，就不肯放手。雪莱无法强求，只能等待时机。

今天又有大事处理，免不了和方圆一番周旋。她衡量许久，用微信留言吧？文字来往容易看出破绽。不过，方圆一撒谎就脸红，也许视频效果更好。面对面，直视方圆的眼睛，她相信更能看穿淡水往事的迷雾！

方圆的脸庞出现在手机屏幕上。雪莱直截了当告诉他，鸡公已经讲了阿庆老爹的事情。她首先表示感谢，方圆独自承担诸多麻烦，出了许多力，这事原本应该由大哥刘备接手。无奈刘备失踪，没法担当责任。不过嫂子还在，你应该知道，遇到棘手的问题，嫂子完全有能力处理……

雪莱说话很有技巧，仿佛她是三兄弟的同伙，所有事情她都参与。阿庆事件也不例外，她早就知道底细。方圆当然不会提防，以为刘备什么都说了，就顺着她的话题，承认自己曾有动摇，想把老头推给大哥。不过，现在鸡公要接手了，他也坚定信心，能够站好最后一班岗。

雪莱就把话题绕到老头身上，试图在此打开缺口——他不会坏事吧？他有没有提起过阿庆之死？会不会做出出格的事情，使我们全体被动？方圆就告诉她，老头一时清醒一时糊涂。糊涂时错把自己当作阿庆，整天儿啊儿啊地叫着；清醒时却瞪起眼睛，说阿庆早已死了，是被人害死的。有一次还直接指控我呢……

雪莱按捺住激动心情，循循善诱：那么，到底是不是你害死了阿庆呢？你应该负多大责任？

方圆就有点急了，怎么能全赖我呢？那天在石板桥上，问题本来都解决了，阿庆敲诈的钱我们也付给他了，忽然就冲突起来！是，他提起蓝花花刺激了我，我先发火，可他竟然拔出刀来……不知怎么我们就把他推下石板桥，让洪水卷走了！

雪莱紧追着问：到底是你推？鸡公推？还是你大哥推的？

搞不清楚，后来回想，我们人人有份……方圆忽然警觉起来，大哥不是都告诉你了吗？他怎么说的？

雪莱像一只狐狸，猎物到嘴就闪了，他会说什么？你又不是不知道，刘备这人表面忠厚，其实狡猾得很……不过，你们为阿庆来回折腾，我早就猜出来了！

方圆喉咙被什么梗住了，睁圆眼睛半天说不出话来。

雪莱安慰他：没啥，咱不是一家子人吗？特别是你，光明投资还是你参与创办的！对了，我正想和你商量，你那些股权你能不能转让给我？价格你开，我就想和你大哥找到一般齐……

结束视频。雪莱得意地伸展上臂，跳芭蕾似的转了几个圈。她又把瑜伽垫放开，踏踏实实做了半个时辰功课。

什么都清楚了，刘备原来背着一条人命案子呢！形势大大有利，董事会投票没问题了，引入张大胡子已成定局。雪莱从抽屉拿出那份离婚协议书，重新做一些修改。这会儿她的条件更严酷了，掌握了阿庆之死的秘密，刘备的尾巴就拽在了她手心里，叫他往东岂敢往西？掌握这张王牌，条条道路通罗马。不，通往董事长的宝座！

手机铃响，张洪打来电话。雪莱的情人就是这个东北老乡，人称"张大胡子"。当年雪莱通过他的关系，让刘备方圆走上一级半市场，收集法人股，大桶挖金。那时，张大胡子就垂涎雪莱，趁她老公经常外出，屡次勾引，甚至霸王硬上弓。但都被雪莱坚决击退，她可不是随便能到手的女人。不过朋友还是朋友，老公的事业还指望他呢！

等到光明投资大放光明，刘备出轨，夫妻争权，雪莱本能地启用备胎——借一次醉酒，她上了张大胡子的床。此后你来我往，日益密切。小秦成了知情者，有时帮她打个掩护。却不料就是这个女会计，捅破了天大秘密！

刘备从此提防张大胡子，胜似防火防盗。偏偏雪莱倚仗张大胡子，千方百计把他引入董事会，与刘备抗衡！张大胡子掌握着好项目，这次要进行的战略投资，就是他谈好的一家医药公司，其中有一位美国回来的博士，掌握着癌症靶向治疗的一项前沿科技！买这家生物制药公司，就是买这项技术、买这个尖端人才！就光明投资公司而言，这个项目的确有利于长远发展……

丈夫、情夫，说到底都是雪莱的备胎。对付刘备，她有一百个方案！小秦那狐狸精，想靠着刘备爬上公司顶层，做梦！她和刘备争权夺利，为的就是谁能掌控天下，谁能决定他人的命运！

张大胡子放肆调情，被雪莱严厉制止。现在技术监控十分厉害，你想让刘备抓到把柄？接着，雪莱又把阿庆的秘密告诉张大胡子，这是一张意外的王牌，打好了，一切问题全都解决！

他在电话里嚷嚷，抓住这个把柄，刘备就得让位！行了，我也可以收手了，为你心肝宝贝我啥事都做，早就放出了精英人马……

雪莱打断他，别多说！我告诉你这些，就是通知你，停止你那些损招吧。毕竟，他是我儿子的爹！

张大胡子显然兴奋大了，刘备出局我入局，今后你就是女皇！我全面接班，一辈子守着你……

雪莱放下电话，在宽敞的客厅来回踱步。真想去酒吧喝一杯，可惜，疫情期间人人减少出门，她这个女皇也不例外。雪莱为自己倒了一杯拉菲葡萄酒，端在手里，看窗外鸽群在眼下飞掠……

她盘算下一步棋怎么走？阿庆老爹究竟如何处理？

二十四

餐厅正面墙上挂着一台大屏幕彩电，方便客人吃饭时观看电视节目。

人民饭店貌似平静，电视画面渲染出的紧张气氛，将这座小楼与旋涡翻卷的大千世界联系在一起！

方圆抽着烟，心不在焉地望着屏幕上的新闻，等待鸡公回话。他微信留言，把自己与雪莱的交谈告诉鸡公。由于方圆一着不慎，阿庆的秘密被泄露给雪莱，他紧张，迷茫，不知道该怎么办！他希望鸡公出主意，如何才能挽回失着？

鸡公许久才回话，说带儿子出去放风了，刚听见方圆留下的语音。他几乎失声顿足，连连道：坏了坏了坏了！你犯下大错，雪莱会利用老头的……

方圆问：怎么利用？

咱们嫂子何等精明？只怕她拿老头对付刘备，在他们公司股权上做文章！

方圆说：都怪你，干吗把老头的事告诉雪莱？

鸡公道：我也是说漏嘴了……不过，我说带走老头，正好灭了她的念想！

就是嘛！你赶快来，把老头藏到四川大山里，嫂夫人再厉害也无可奈何。

鸡公翻翻眼皮，我怎么去？除非我能插上翅膀，飞到你的人民饭店……

是啊，一切事情都要等疫情好转再说。雪莱也不例外，刘备一句正在隔离，她不是只能干瞪眼吗？结束通话，方圆又接上一支香烟，继续盯着电视发愣。他脑子里东想西想，一直为自己的过失悔恨……

温妮又开始唱歌了，歌声扰得他心烦。温妮酷爱歌唱，可她的嗓子天生发直，唱不出蓝花花那般美妙的歌声。偏偏她嗓门还特别洪亮，有一股穿透力，关在房间里也挡不住她那锐利的声音！方圆深受其苦，一听她唱歌心里就像长了毛，又痒又躁，抓不得摸不得。

连老头也听不下去了，拍着她的房门吆喝：别唱了，饶了我吧！你再唱，就拿把刀杀了我吧……

温妮出了房间，一路嚷嚷着穿过走廊，好吧，我走！你老了，不懂得审美。我找个地方独自享受，一展歌喉！

温妮先前和方圆住在一起，对这座小楼熟门熟路。她搬了一把梯子，打开顶板，爬到屋顶上去了。这边风景独好，空气爽，整个屋顶就像一大舞台，正好让她开独唱会呢！

歌声还是阵阵传来。方圆一想，难得有单独相处的空间，可以趁此机会与温妮谈谈——她究竟想怎么样？难道长住"沙家浜"？真要搅散他和蓝花花？这些问题总要解决，拖着不是事啊！

方圆赶紧起身，上二楼，爬梯子，也登上屋顶大平台。温妮见到他，高兴地展开双臂，吓得他连连后退。

别闹，我要和你认真谈一次话！方圆尽量板着脸说。

温妮挽着他胳膊走向平台边缘。我知道你要说什么。先别说教好不好？我们一起看海吧！

温妮伸手指向蓝色的海湾。早晨，一层薄雾在海面飘荡，神秘而妖媚。大货轮徐徐开过，好像滑动的大楼，身后翻出两道洁白的水花。海鸥喜欢追逐轮船，展翅滑翔，显露出幸福的姿态。太阳愈发明亮，将一片碎金洒向海面……

还记得吗？小时候你经常领我去海边游泳。我童年美好的回忆，就是朵朵浪花、起伏波浪。还有，你背我回家，我趴在你脊梁上进入梦乡，你身上的气味真香啊！温妮说得动情，眼睛闪现泪光。

在方圆记忆中，印象并不那么美好。温妮像条小尾巴，每当他和伙伴们去海边游泳，她就黏在后面，甩也甩不掉。她人小力气小，一累就犯困，每次回来走不动路，就让方圆背着，一路睡到家。有一次，她还喝了几口海水，饺子一样沉入海底。方圆吓坏了，拖着她拼命往回游，自己腿肚子也抽筋了！他使尽最后的力气，托举温妮露出水面。若不是一位水性好的叔叔及时相救，说不定连他的小命也搭上了……

方圆一次次发誓不领这小丫头，无奈温妮软缠硬磨，就是割不断这小尾巴！时至今日，小尾巴仍然黏着他，怎么办？

你知道吗？每当我回想这些往事，就觉得真的离不开你！我跟赵医生好，商定要结婚去加拿大，心里就空落落的，还疼，要割肉一般！我好像病了，整日蔫头耷脑。特别是当我知道你跟蓝花花好，心就像被锥子扎透了！人整个儿疯了……

我这人主贱。真失去了才知道珍惜，疼急了才知道自己真爱你！过去在一起，我嫌你老，嫌你没有大能耐，就像嫌自己的老爹。

方圆伸出手，打住！我也就比你大十岁，老爹不至于吧？

温妮抿嘴一笑，继续说：我坏，我承认。赵医生又年轻又能干，处处精彩，我就花心了，动摇了！可当真要和他生活在一起，就又觉出你的好来。我和他总是分分合合，就因为一旦陷入生活琐事，浪漫的火花就全熄灭了！而你，就像我的太阳，永远温暖着我……当我把这些想法全告诉赵医生，他也有同感，支持我回来找你。面对婚姻，真实最重要！所以我决心跳下围墙，为明天赌一把！

方圆虽然理解她，却不想跟她赌。他把淡水的经历告诉温妮：三兄弟如何创业；如何在楼下大排档认识蓝花花；蓝花花加入公司，他们如何共同生活……当然，他也如实说了自己爱慕蓝花花，却不好意思张口，错失良机，结果让鸡公抢先娶走蓝花花！现在机缘巧合，他和蓝花花再次走到一起，绝不会再放弃……

方圆严肃声明：我现在爱的是蓝花花，疫情结束我们就要结婚。我向你表明底线，希望你别抱幻想！你要全面考虑，别耽误了和赵医生的美好前程！

温妮显得格外成熟，你说的这些，我都估计到了。我尊重你，但我还要争取一下！你有拒绝我的权利，我也有爱你的权利。我这次来，就是要和蓝花花展开公平竞争。成不成功，要等你最后结婚再说！

方圆说：我劝你还是走吧。老头起开了封窗板，打开窗户跳到大街上，你就可以直接走回家去。要说公平竞争，你也不对——我和蓝花花正谈着恋爱呢，你忽然跳进来了，把我赶到楼下餐桌睡觉，这公平吗？

温妮眼睛一瞪，又来了厉害劲儿，你这样说就不对了！本来是我睡在你的床上，趁着疫情，蓝花花偷偷占领我的位子。乘虚而入嘛，这叫公平吗？特殊情况特殊处理，所以我也跳进来了！要经过公平竞争，才能得出公正结果，你娶她，我愿赌服输。在此之前，你们谁也甭想赶我走！

方圆摇头，你呀，真是不讲道理。

温妮振振有词，爱情哪有道理讲？你看动物世界，男的都往死里打，没一个肯让的！女的呢？都在旁边等着……

方圆苦笑，是，到我这儿反过来了……

蓝花花也上了屋顶。她拿着方圆的手机，走到跟前，你把手机忘在餐桌上了，它不停地响，响了好几次！我怕耽搁正事，就给你送上来了。

方圆接过手机一看，是雪莱打来电话。

蓝花花似乎知道他们在争论什么，很有涵养地朝温妮笑笑，妹妹，方圆有事，咱俩回屋聊吧。

聊什么？

聊唱歌。

对呀，我一直想问你，怎样唱歌才能让大家喜欢？温妮爽快地一挥手，走！还有其他问题，咱姐俩也应该认真谈判了！

方圆望着两个女子的倩影，苦笑摇头。雪莱好像有急事，连续打来几次电话。她又想说什么？方圆估计八成为老头的事情。鸡公讲得没错，她想利用自己的失误，做什么文章呢！

果然，雪莱开门见山，说：经过一夜思考，我决定由自己负责照料老头，你也知道，这不是一件简单事情，要有条件有能力才行。你大哥虽然不在，我还能说了算！有这么大一个公司做后盾，无论经济、人手，收养一个老人总还方便。你已经出过力了，我就拿过接力棒，继续往前跑吧！

方圆有思想准备，找了许多理由说这样不妥，鸡公先提出的方案，不能说否就否！再说他已经和老家商量好了，父母正等儿子送个新伙伴回去哩。大山里面环境好，安全。只要钱够，农村雇人搞家务还是很方便的。经济方面可以分担，你和大哥家大业大，多出点钱改善老人生活也好……

总之，方圆不同意让雪莱接手。她也出手抢老头了，不能不防！

冰雪聪明的嫂子当然也预料到方圆的说辞，她提醒方圆：你们兄弟的事，我不好多说。可你心里也清楚，鸡公为人究竟怎么样？上次带着两个黑社会来公司借钱，你不会忘记吧？我们收留他，让他在光明公司干了几个月，他捅的娄子你也不是不知道吧？他这个人办事不牢靠，实在不能让人放心！

方圆说：我明白你的意思，你是怕他搞不好，又惹什么麻烦。让阿庆老爹翻出烂账，确实危险！不过我想这次不会，因为他父母具体管理这件事，鸡公只要安排好了就自己回淡水。蜀道难，难于上青天嘛，阿庆老爹只要进了大山，也不怕他闹出么蛾子！

雪莱冷笑，我是怕鸡公闹出么蛾子，怕他利用老头来敲诈光明投资公司！难道不会吗？他满脑子胡思乱想，赌徒本性难改。赌徒最想干什么？肯定需要资金翻本啊！鸡公的心思，比你想象的要复杂得多！我之所以接手老头，主要怕鸡公利用此事，把阿庆老爹掌握在手里，当一张王牌打！到时候开口向我们借个千八百万的，你说我借还是不借？

方圆沉默了。雪莱说的不是没有道理，鸡公主动提出收留老头，当时他心中就掠过一丝诧异。因为这与鸡公的一贯作风不符合，他哪有心思做慈善、揽琐事？那不妨碍他的期货梦吗？雪莱的理由也挺充分，鸡公不能不防。

雪莱知道他心思，进一步说道：方圆，你也明白，阿庆之死是悬在我们头上的一把利剑，落下来先斩高个子！光明投资公司显然危险最大，阿庆的事情一旦败露，我们公司的信誉、投资项目将受到严重影响，损失恐怕以亿元计！我知道，你也担心我和你哥闹离婚，怕我利用老头向他施加压力。可你想过没有，这毕竟是我们夫妻之间的事，离了婚还有儿子呢！正因为这个公司，我们才是利益共同体，毁了公司对谁也没好处！所以，我和刘备再怎么斗，也不会让老头坏了大局。你相信吗？

方圆叹了一口气，我信。

这就行了，雪莱说，我会派人来饭店找你，到时候让他们把老头接走就行！

方圆还在犹豫，怎么也得等疫情过去吧？我这里的情况你还不知道呢，大门被锁死了，后院出口也被砌了一道墙，封住了……

这些事你别管，我安排的人自有办法。雪莱加重语气，此事至关重大，方圆，你有责任维护光明投资公司的利益，毕竟你是股东，还是董事！说到底我们也是一个利益共同体，不能让别人钻了空子！

结束通话，方圆感到巨大的压力。一场竞争开始了！真没想到啊，刚开始老头像一堆臭狗屎，推也推不出去；现在忽然变成香饽饽，你抢我夺！方圆感觉到阿庆老爹身上有重大潜在价值，雪莱与鸡公因此展开一场博弈。只是他头脑迟钝，看不出价值所在。也罢，让他们争去！谁争赢了就把老头领走，他也落得清闲。

方圆伸展双臂，伸了一个长长的懒腰。然后他远眺海景，独自享受清静。但是，看着平静大海，他心中却波涛汹涌——一场看不清、猜不透的风暴，正向脚下这座小楼袭来！

二十五

得知雪莱也来抢老头，鸡公心中叫苦不迭！没想到雪莱反应如此迅速，直接找方圆套话；没想到方圆如此糊涂，竟让嫂子套去石板桥阿庆之死的底细；更没想到雪莱直接派人去人民饭店，冒着疫情风险硬要把老头带走……三个没想到犹如三记闷棍，打得鸡公晕头转向！

方圆向他通报此事，劝他别管老头的事了。鸡公还没听完，眼前就一阵发黑……

聪明反被聪明误，试应手试出大麻烦！好好一招妙手，眼看试没了、试丢了，究竟是何缘故？说到底还是鸡公小心眼，又想火中取栗，又怕栗子烫了嘴！抢来老头弄不到大油水，砸在手里反倒是损失。可是，舍不得孩子套不得狼啊，瞻前顾后岂能成大事？鸡公后悔给雪莱打电话，肠子都悔青了！眼下怎么行动，才能赢回先机？

三十六计，走为上计。鸡公拿定主意，必须抢先赶到人民饭店，不管方圆和雪莱怎么商量，自己一定要先到！见了方圆，鸡公自有办法说服他。雪莱肯定下毒了，背后说他许多坏话，这不要紧，他可以消毒！如意算盘不如意，那就再下功夫。只要功夫深，铁棒磨成针。鸡公拼了！总不能让千载难逢的机会，到头来竹篮打水一场空吧？

火枪队长这张牌派上用场了。鸡公发微信，请队长来房间坐坐。昨天，一辆救护车拉走隔壁房间一位旅客，抬上救护车时，人都昏迷了。房间靠大院这边的旅客，透过窗户亲眼目睹了这一场景，互相传言，人心惶惶！

火枪队长进屋后，鸡公就絮絮叨叨，不断诉说自己的担忧。队长是个憨厚人，紫红色宽大脸膛，语言木讷，行动敏捷。他喜欢蓝天，又得了鸡公的好处，每次来房间总要带些土特产。今天他拿来当地的巧果，一种用木模做出的烘干面点，有小兔子、小狗、小鸡等等。蓝天一边玩一边吃，乐不可支。

鸡公小声与队长交谈，说要微信转账，给他发一笔奖金，意思意思。队长摇头，称谢拒绝。鸡公说出一个诱人的数目，要送给他一万元！队长忽地站起来：这是干啥？不行不行！火枪队长脸涨成鸡冠颜色，仿佛自己受到侮辱。

鸡公带着哭腔道：你看看这孩子，我小儿蓝天，万一在这儿有个闪失，我怎么向他妈交代？你行行好，就当救我儿子一命！

队长看着蓝天，心软了。但他仍在坚持，我哥待我不薄，安排我在这儿管事，我怎能吃里爬外，胳膊肘往外扭？⋯⋯

停顿一会儿，鸡公想出拉拢队长的办法，你看，我让蓝天认你个干爹怎么样？咱们也做亲戚！

红脸大汉彻底软了，那敢情好，算我高攀了！

蓝天乖巧，听爹指示在床上给他磕三个头，就算认了干亲。北方农民重感情，认了干儿子，真把他们当亲戚。火枪队长让他们等着，匆匆出门。

黎明前，天空格外黑，星光都淹没在浓厚的云层里。火枪队长领着鸡公、蓝天来到大院，走近桑塔纳轿车。电瓶已经装好，还给他加满了汽油。最叫鸡公感动的是，队长不知从哪里弄了一个假车牌，遮住鄂字号牌照，以减低被扣留的风险。

鸡公千恩万谢，火枪队长大手一挥，亲家，走吧！过后别忘了领小蓝天到大河镇走亲戚，咱们就算没白交往一场！

汽车轰鸣，大灯雪亮，鸡公开车徐徐驶出大院……

鸟出笼，马脱缰，鸡公感觉身轻如燕，人和车都要升空了！东方鱼肚白渐渐转成红色，朝霞把天空打扮成美艳少妇。无垠的田野视野开阔，东方地平线一轮金球冉冉上升，跳出地极的瞬间，灿烂辉煌！万物欣欣，生命复苏，山山水水仿佛发出一片欢呼！

鸡公打开车载收音机，跟着曲调随意哼唱，小蓝天也乐得在后座直蹦，手舞足蹈……

省级公路要穿过县城。鸡公心中犹豫，县城不大也是县级市，少不了交警、红绿灯。他套的假车牌，万一露馅岂不又是大麻烦？他打开手机导航，地图显示有一条村镇公路通向远方，可以绕过县城。再往前走一百多公里，它与高速公路并行，通向目的地滨海市。鸡公决定走小路，避开大道也避开风险。

鸡公一颗心却别别直跳。也算顺利，虽然绕路、检测耽误了一个多小时，总比万一查出假牌照，车被扣留要好。鸡公计算一下里程，估计天黑就能赶到滨海小城。

蓝天在旁边问：为什么不给妈妈打电话？她知道我们要来吗？

鸡公支支吾吾，含糊过去。他犹豫过，是不是跟方圆打个招呼。想来想去，觉得不妥。万一方圆拒绝怎么办？还是先斩后奏，给他个出其不意。

鸡公记得方圆说过，疯老头半夜撬开封窗板，说要给自己留一条后路。现在正好，老头等于为鸡公做了准备工作！前门锁了，后院封了，他可以敲敲窗户，让方圆从里面打开玻璃窗，先把蓝天递进去，鸡公自己再爬进仓库。这样，神不知鬼不觉他们就会师了！接老头走，也可以从那临街的窗进出，车就停在马路旁。老头开辟的通道，可以派大用处哩。鸡公想想有点得意，这岂不是天意？

既然不通知方圆，也不必与蓝花花联系了，恐怕她更难说话。不过也没事，鸡公了解前妻，见了儿子她怎能不激动、不高兴？

蓝天喊饿。鸡公看看时钟看看天空，让他吃干爹送的巧果，再坚持一下。乡野很少看见饭店，即便镇上有，也都封门闭窗，停止营业。他踩着油门，提高车速，一心希望尽早赶到方圆的人民饭店。

手机导航在乡间有时会失灵，鸡公就遇上了麻烦。前方道路越来越窄，经过一个外观破落的村庄时，路忽然断了！

路是被挖断的，一条深壕将公路截为两段。可能是埋水管吧，鸡公下车，急得抓耳挠腮。想什么办法，才能让车子跨越壕沟呢？路边小孩看热闹，叽叽喳喳地喊：驼子爷！驼子爷！……

一个老汉佝偻着罗锅腰，从一座几乎坍塌的土坯房屋走出来。他双手叉腰站在壕沟旁，朝鸡公翻着偌大的眼白。鸡公忙喊大爷，求他帮忙。

老头颤颤巍巍地摇头，你从哪里来？这地方很少通车。鸡公解释，他如何赶路去滨海市，带孩子找他妈……老头听了沉吟一会儿，然后朝小孩下指令似的挥挥手。

衣衫破烂的孩子们欢呼雀跃，从路旁草丛中拖出两块木板，让鸡公帮忙，把木板搭在壕沟上。灰色桑塔纳压着木板，晃晃悠悠通过壕沟。罗锅老汉露出笑容，和小孩们一起欢送汽车远去。

鸡公非常沮丧，乡村的环境开始令他担忧。真正的危险也许还在后面，谁知道会遇上什么麻烦呢？

果然，天色渐渐暗淡下来，鸡公迷失了方向。离开那条壕沟，乡间公路越来越窄，仿佛化为一条毛细血管，在田野漫无目标地伸展着。导航不断重复：向前二百米左转。向前三百米右转……转来转去，似乎在原地打转！

一样的山，一样的水，一样的田野，这哪是哪呀？鸡公慌乱起来，迷路是最可怕的事情，前不见村后不着店，问路也找不到人问。蓝天又喊饿，巧果吃完了，矿泉水也喝完了，怎么办哪？鸡公莫名其妙地朝儿子发火，我也不知道怎么办！孩子委屈地哭起来，哭一会儿，躺在后车座睡着了……

桑塔纳在一条河边停住，这回路彻底断了！鸡公打开车门下来，眼望结着薄冰的宽阔河面，一屁股坐在杂草堆里。

无路可走了！怎么也转不出这片迷魂阵了！鸡公真想放声号哭，嗓子干疼，却发不出一丝声音。他忽然觉得这一路走过来，仿佛自己的人生，越走越窄，越走越迷茫，最终陷入绝境！

什么时候走上了岔道？什么时候迈出了人生错误的第一步？

鸡公不知怎么就想起那辆去往深圳的破旧中巴，那个细长眼睛姑娘——她企图阻止他参加赌博骗局，最终却领他走进香港人开的地下炒汇公司。从此，鸡公就像这辆灰色桑塔纳，在错误的导航指引下越走越远，再也回不到起点！

鸡公默默地流泪，许久许久。他太想找人说话了，拿出手机与刘备通微信。不管有没有应答,他一个劲儿倾泻胸中的块垒!刘备永远沉默,正是倾诉的对象。他反思人生,撑天撑地撑自己,说得声泪俱下!他该怎么走?路到尽头,人生也到尽头了吧?前边这条大河足够深吗?他真想一头栽下去,自沉深渊……

刘备忽然有了动静,他回了一行字:我也想一头栽下去!我在九层楼大露台上,跨过栏杆纵身一跃,也许一切都解脱了……我能跳吗?

鸡公几乎不相信自己的眼睛,使劲揉了揉,再一看屏幕,果然是刘备回话!他顿时感到兴奋,刘备陷入困境,更甚于自己,必须救他!鸡公本能地按着语音通话键,对着手机喊道:大哥,你千万不能跳!无论有什么困难,我们都要克服。走错了路可以往回倒,倒回起点,从头来过……

刘备再未回话。冷风一吹,鸡公冻得一哆嗦,他忽然清醒过来。正像他自己说的,走错了路回到起点,从头来过!

他的心安定了,深深吸一口气,回到驾驶座。桑塔纳缓缓倒退,在宽敞处掉了一个头,原路驶回。鸡公明白了,刘备是在救自己,把他从绝路上拉回来!人啊,无论到什么地步,都要顽强地走下去!

刘备在九层楼?在大露台上?这么说,他在淡水?鸡公摇一摇头,不敢相信。不管真假,刘备做了一回真大哥,替不争气的二弟着急呢!

鸡公没能找回原路。天黑了,空中飘起雪花,越下越大,他在一个山村路口停下。不能走了,大雪封路,车轮打滑,再走就更危险了!可是车内很冷,人又饥肠辘辘,这一夜怎么过呢?

路旁有一些柴草垛，一位老妇人走出村子，装了一包柴草慢慢往回拖。鸡公急忙下车，帮她背柴草。老人得知车上还有孩子，动了恻隐之心。她冒着被村里处罚的危险，领着两个陌生人回到破旧的小屋，为鸡公父子做了一锅热汤，让他们吃饱喝足，在烧得滚热的大炕上安然入眠。

鸡公闭上眼睛，由衷感慨：世上还是好人多，感谢上帝！

二十六

刘备对鸡公说的是实话。谁也没想到，他真的在淡水，真的在九层楼大露台上！

刘备患上抑郁症，这也是雪莱、小秦以及所有人都未想到的。他严格保密，深知此时任何弱点的泄露，都会给自己招来致命一击！他悄悄就医、偷偷服药已经有很长一段时间了，却仍不见好转。目前的处境对病情尤为不利，虽然吃了抗抑郁药物，痛苦仍不断折磨着他。

刘备吃不下饭，任何食物都仿佛裹着一层塑料纸，怎么嚼也无法下咽。严重失眠，夜里他就坐在九楼平台的蘑菇凉亭下面，瞪着眼睛看夜空渐渐变白、变亮。这种生不如死的滋味，不止一次使他产生冲动——跨过栏杆，纵身一跃，在这座自己亲手建造的小高楼了结此生！灰色的天，灰色的地，灰色的世界，万物皆灰……

但刘备终究没跳。除了意志力，他还不断加大药物的剂量。刘备心里清楚，等走出困境，他可以进入北京的顶级医院治疗，所有的病状都会逐渐减轻。路还要走下去的，灰色世界熬到尽头，就会显露出鲜艳色彩！

即使是正常人，经历了刘备所经历的故事，恐怕也要疯狂！他从纽约飞北京，下了飞机上厕所解手。人多排队，身后一个穿着红色羽绒服的高个子男人，紧挨在他身后。刘备侧身瞥了一眼，见他怪怪地挂着一把黑色阳伞。乘飞机拿伞干吗？

刘备一直保持猎狗般的警觉，总觉得那黑伞似曾相识。也许要出事，有人企图谋害自己！果然，刘备凑近小便池的一刹那，那人似乎用黑伞在他臀部戳了一下。说"似乎"，因为刘备不能确定，究竟是不是用伞尖戳的？但屁股无疑被某种硬物触动了！

他许久才尿出尿来。记忆中翻腾起许多故事，克格勃不是在伞尖装着毒针谋杀政治人物吗？还有007什么的，这样的电影镜头数不胜数！难道今天他也将这样被谋杀？

在卫生间一角，刘备趁人不注意抚摸屁股，探测那地方是否红肿溃烂，是否出现中毒症状？当然不会那么快，毒药也可能慢性发作。但刘备还是吓破了胆，脑子里迅速盘算，要躲避危险！取到行李也不出机场，他用手机订了最近时间飞往深圳的航班……

刘备知道是谁对他下手，北京不敢待了。深圳可以投奔谁？他一时也没想好。不过，淡水在他眼前渐渐浮现出来，那个热腾腾、闹哄哄的地方，正是眼下最合适的藏身之处。刘备避开公司派来接机的司机，转到国内候机厅等待。当晚，刘备飞到深圳，出机场他打了一辆的士，沿着高速公路直奔淡水。

刘备与雪莱缘分已尽，股权争夺战图穷匕见。但是他相信，如果黑伞果然藏有毒针，那害他的人必不是雪莱派出的，背后更有黑手！刘备知道有人惦记光明投资公司，已经不是一天两天了。此人利用雪莱刘备的婚姻破裂，企图插足公司董事会，吞下这间前途光明的投资公司！

是的，张大胡子就是雪莱背后的黑手。搞暗杀、绑架之类的下三滥手段，只能是张大胡子。这个东北老乡，黑白通吃，在投资界以不择手段而闻名！当年跟他收购未上市的股票，刘备就见识了他巧取豪夺的种种手段。所以一旦能够自立，刘备就不顾雪莱反对，迅速脱离张大胡子的公司。现在，这个张总又以战略投资者的面目出现，董事会投票一旦雪莱赢得多数，他就可以登堂入室，直接掌控光明投资公司了！到那时，刘备就再也无法阻止他的所作所为……

刘备打算在淡水躲一阵子，不让任何人知道他隐身何方。且不管拿黑伞的人是否真要取他性命，暂时地失踪，也是他躲避董事会关键性投票的妙招！这有着重要意义，刘备需要时间。

他和雪莱心里都明白，现在投票的结果，刘备八成要败北。每一张票他们都计算过，不会出错的。尤其是雪莱提出，刘备那两个兄弟的股权不能由他代投，亲兄弟也要明算账！两人的股权占百分之十一，这可是举足轻重啊！雪莱强调投票时必须持有人亲自到场，或者，由雪莱和刘备平分这些投票权！刘备希望疫情过后联络两个兄弟，求他们出场助阵。选择淡水，他们当年创业的地方，正是兄弟们聚集的最佳地点！

进驻九层楼又是一场意外。刘备在淡水下了出租车，来到一家四星级酒店，准备登记开房。他站在总服务台前，眼睛余光一扫，忽然发现一个穿风衣的男子坐在沙发上，假装看报纸，正监视自己。刘备仔细回忆，这不正是拿黑伞的男人吗？他脱了羽绒服换上灰色风衣，一样的高个子，一样的小黑胡，肯定是他！刘备胸间又擂开小鼓，对服务员说一声"抱歉"，拉着行李箱离开酒店。

他选择的酒店在老城区，这一带正是当年所住的富华楼附近。亚细亚公司盖的草洋大厦、土湖大厦等四座小楼，离这里都不远。刘备离开繁华大道，转入僻静小巷，三拐两拐就来到草洋。那座最难出手的九层楼，犹如碉堡巍巍耸立，至今还没搞起外装修，裸露的红砖已经发暗。刘备抬头仰望，心中涌起亲切感，还没坍塌，还健在呢！往事如烟，在刘备脑际徐徐缭绕……

那个穿风衣的男人似乎跟踪而来。刘备回头一望，他就迅速闪入一条楼间窄巷，鬼鬼祟祟肯定不是好人！刘备怕极了，看见九层楼底层大门敞开着，便一头钻进去。

这是一家塑钢窗加工店铺，地上摆着一台切割机。许多截断的金属材料摆在工作台上，靠墙根还放着几扇已加工好的塑钢窗。主人不在，后门开着，可能干啥事去了。前后穿堂，风头很劲，带着一股寒意。刘备料定跟踪者很快将至，没顾得多想，就爬上狭窄的楼梯。

二楼住着人，传出小孩啼哭声，大概是店主的家。门外放着冰箱、液化气罐等，显得拥挤。刘备熟悉房子的结构，每层楼是三室两厅一套住房。看来这家人口不少，把楼梯空间也利用上了。

一阵沓沓的脚步声，好像有人要出来。刘备迅速登楼，像一只猫蹑手蹑脚爬上九楼。

九楼是半层建筑，只有一间房带一间厕所，其余空间就做成一个大面积露台。露台中央还有两座小亭子，蘑菇形状，顶上的瓷砖已经脱落……这一切刘备烂熟于胸，这栋楼是他亲自盖的呀！机缘使然，今天他避难到此，注定要在这座房子里住下了。

刘备钻进厕所，打开行李箱，找出几件衣物铺在浴缸底部。然后，他爬入浴缸躺下。这是一个藏身的好地方，还可以躺着休息。这一路跨越半个地球，有二十多个小时了，刘备没吃没喝没睡。心情紧张，也是病情使然，整个人病态地兴奋！他硬吞了两颗抗忧郁药片，迷迷糊糊，终于睡了过去……

这一觉睡得很长，醒来时天已漆黑。刘备饿了，真是难得呀！仿佛有一种到家的感觉，他进了这座古怪的小楼，竟然能吃又能睡！刘备爬出浴缸，悄悄下楼。

已是午夜时分，二楼的人家早就睡熟。刘备想上街买东西吃，却发现底层卷帘门锁死了，无法出去。他返回二楼，在冰箱跟前站住脚。肚子里发出咕咕的声响，他居然饥饿难忍！刘备不再犹豫，拉开冰箱门，就着灯光翻找食物。有一盒牛奶、一袋面包，还找到一截红肠，刘备准备大嚼一顿。

正要关上冰箱，房门忽然开了，楼梯间灯光通明！一个矮个子男人冲刘备大喝一声：干什么！

刘备看得出，他的害怕更甚于自己。刘备微笑，用手指按住嘴唇，嘘，小声点。

男人见他戴着眼镜不像入室大盗，便放松下来，转身带上房门。刘备找话题，指指屋顶，道：要是我告诉你，这座楼是我盖的，你相不相信？

小个子男人，也就是塑钢窗加工店店主，不置可否地望着他。于是刘备娓娓道来，把当年来淡水创业，办起亚细亚公司，盖了几栋小楼，从头到尾说了一遍。店主相信刘备，告诉他自己租下的这房子，是一个名叫宋可行的男人来收租金，讲过与刚才他讲的同样的故事。刘备喜得击掌，啊，鸡公，他是我兄弟！

刘备向他提出一笔交易：自己在顶楼住几天，吃喝由店主负责，当然要保密，他将给他超过一年的店铺租金！

店主很高兴，天上掉馅饼哩，哪有不答应的道理？刘备当场递给他一张银行卡，里面有几万块现金，让店主为他买席梦思床垫、折叠椅、被褥铺盖等简单家什。淡水夜市兴隆，小老板立马出门，骑上摩托车离去。刘备松了一口气，缓缓上楼……

刘备安顿下来，有吃有住有席梦思垫子，顿时觉得进入天堂。白天阳光灿烂，他站在大露台眺望淡水，九层楼的高度发挥了优势，有着良好视野。淡水旧面貌换新颜，过去乱哄哄的情景已失去踪影，新建小区以各式豪华楼型，展现出新城雄姿！就像全国各地城市一样，淡水的建设一日千里。士别三日，当刮目相看。回忆往昔，刘备不由阵阵感慨！

楼下小街还有可疑人影活动。那穿风衣的男人，似乎仍在周边打转转。找不到刘备踪迹他不甘心，又实在想不通一个大活人怎么忽然蒸发了？刘备暗笑，让他去等吧，终究他会离开。

同时，刘备又心生疑惑：那把黑伞，那件红色羽绒服，那个穿风衣的高个子男人，都是真实的吗？刘备知道自己心理、精神都不太健康，幻视、幻听、幻想也有可能。无论如何，还是小心为上，张大胡子派人灭了自己，并非没有可能……

刘备知道运动的重要性，调理神经，身体需要更多的活动。在露台上做做俯卧撑，打打太极拳，似乎还不够。他想了个办法，从九楼下到二楼，又爬回露台，这样几个来回，背脊就有了出汗的意思。

狭窄的楼梯，构成一条无尽的道路，刘备一边爬一边浮想联翩。小时候，他最喜欢没头脑和不高兴的故事——那个绰号"没头脑"

的小孩，长大后设计大厦，忘了安装电梯。于是，小朋友们排着队，带着干粮爬楼梯……这与九层楼的情形何其相似啊！当年，为了多得楼房面积，盖出这么一座荒诞的小高楼，爬楼梯爬死人哩！到如今也卖不出去，这样的生意实在可笑。

那两个蘑菇形亭子，他们当时也反复算计。投影面积可以折算一半的建筑面积，两个亭子能折合四平方米的房子，又有新卖点。可是造出了凉亭，那投影面积与整栋楼的面积都一样，最终作废了……

刘备爬着楼梯，想念方圆鸡公两个兄弟。在淡水，他们共同度过充满激情的青春年华！结局不算太好，但刘备也未对不起他们。鸡公被黑社会逼着，来公司借钱还高利贷，刘备给了五十万。方圆送鸡公走，却又跑回来，向刘备说情收留鸡公，刘备也答应了。毕竟兄弟一场，眼看鸡公败落，他于心不忍。

问题是鸡公太不自觉，在光明投资公司又偷着炒外盘期货。他还把公司新入职的大学生拉下水，教他们炒外汇。有一天鸡公打电话报单，被刘备撞见了。他忙挂断电话，红着脸说给一个老情人打电话。刘备瞅他一眼，哪个老情人？是马金老情人吧？

"马金"是香港人的叫法，意指外汇保证金交易。鸡公只得承认了。

在雪莱的怂恿下，刘备终于决定开除鸡公。我可以帮你，但你不能拖垮我！刘备果断地对鸡公说。

鸡公自知理亏，打包离开了公司。

挤走方圆也是雪莱的策略，她反复在枕边嘀咕：方圆没能力，不是干这一行的料。他和你做一字并肩王，白占老板的位置，有意思吗？换成我，公司天下不就是咱家的了吗？刘备终于向方圆张口，叫他让出股份给雪莱。

方圆倒是痛快，主动离开光明投资公司。他只保留百分之十的股份，还提出让出百分之一给鸡公。他提醒刘备：当年我们卷走亚细亚的资金，不辞而别，毕竟有对不起鸡公的地方。如今他穷途末路，帮他一下还不应该吗？刘备当即表示，他也拿出百分之一的股份给鸡公。但是不能让他知道，每年的分红由刘备给他攒着，滚起来也是一笔可观的资金。他们对得起鸡公，如果趁了这赌徒的意，恐怕早就把钱送进风云诡异的外汇市场了！现在，鸡公养老总算没问题了……

鸡公在不知情的情况下，也持有光明投资公司百分之二的股份！

雪莱把两个兄弟挤走了，最后要挤走刘备。幸亏他们都有股权，刘备要召集兄弟们来九层楼碰头，为光明投资公司的未来投出神圣的一票！这场反击战早已注定，只是当时没想到罢了。人生有多少没想到的事情？这才构成了戏剧性！

刘备与雪莱的矛盾并不只是男女风流韵事，以及争权夺利的人际关系，最重要的一条，刘备的投资思路与雪莱存在重大差异！雪莱一直保留着张大胡子时代风格，一级半市场的股票一旦上市，立即抛出；套取厚利，再买未上市股票。刘备却不一样，他精心选择的公司，只要有发展前途，即便上市，他也不肯抛出套现！

光明投资已经掌握着几家创业板上市公司，都是高科技、快速发展的好公司。雪莱三番五次要他卖掉，只要出手就获取惊人的利润！刘备坚决不肯。他希望培育中国最好的公司，一直持有，伴它成长，就像软银投资阿里巴巴一样！说到底，刘备的投资有情怀，雪莱却认为这纯属书呆子气，没用。所以，张大胡子一旦进入董事会，与雪莱联手，刘备寄予厚望的公司股票肯定会被他们卖得一干二净！他们的脑子里只有钱钱钱！

刘备要方圆、鸡公一起出山。他相信只要三兄弟聚首，讲清思路，让鸡公、方圆正确使用投票权，定能战胜雪莱，赢得关键的胜利！阻止张大胡子，三兄弟股权合一，光明投资公司就会稳定地掌握在刘备手中。

然而，阿庆老爹的出现，把刘备的计划都打乱了！方圆每天写日记似的向他报告，这老头的一切细节刘备都了然于胸。先前，他相信方圆能够稳住老头，等疫情过去再做处理。可是鸡公出动，雪莱插手，使形势发生了急剧变化！

特别是雪莱，她感到这是一把杀手锏——控制住老头，刘备要面对的就不仅是董事会投票，还有离婚协议、股权处置，方方面面他都会陷入被动！一旦发生刑事诉讼，刘备就更无法抵挡雪莱、张大胡子的联手攻击，光明投资公司很可能落入他们手中！

鸡公在河边走投无路向他哭诉，使他明白情况紧急、刻不容缓。鸡公很快就会到达人民饭店，雪莱也将随时出动，一场老头争夺战分分钟要打响！方圆恐怕对付不了如此纷繁复杂的局面，老头很可能被他们哪一个领走，而雪莱抢先手的可能性更大……

刘备必须行动了！不能等疫情过去，请兄弟们到九层楼会合。他要赶在鸡公之前，至少不会比雪莱更晚，与方圆见上面！

刘备有一个投资业务的重要关系，从不轻易使用，此刻派得上用场了。他拨出手机储存的电话号码，呼叫那人的名字。他说需要一辆车，可以避开各种检查，省去一切麻烦，以最快的速度赶到滨海小城！那个高居云端、神秘莫测的人物，以简洁的语言接受刘备请求，告诉他两小时以后，就会有一辆挂特殊牌照的越野吉普车在楼下等他……

刘备简单收拾一下，让塑钢窗店主上来结账。他提出一个小小的要求，离开淡水之前，他想吃一份富华楼下海鲜大排档制作的盐焗鸡。那家做得最好，咸香、浓郁的味道，使刘备至今难忘！小老板骑上摩托车，很快把热烘烘的盐焗鸡捧到刘备面前……

二十七

温妮的黑暗料理倒了众人胃口，方圆代表大家出头制止她下厨。温妮倒也自觉，不做饭了，便接手老头房间的卫生工作。这可是脏活累活，蓝花花也愿意与她交换。

老头的房间越来越不像样了，主要是笨狗虎子的缘故。这家伙已经忘记狗棚，跟着老头登堂入室，脸上有了高贵的表情。夜里，它甚至爬上床与老头一块儿睡觉，让老头搂着。白天它也在沙发上蹲着，狗眼看人低，俨然成了主子！蓝花花说，这都是老头惯的，狗像小孩一样越惯毛病越多！屋子里除了老人身上的酸臭味，还混杂着狗臊气，实在令人作呕。温妮倒不嫌弃，一边和老头说笑，一边快乐干活。正与蓝花花竞争哩，她也想好好表现。

蓝花花又到厨房忙碌，精心料理每顿饭菜。方圆常去陪她，说着话帮她一块儿干活。自从温妮跳下围墙，蓝花花的心情一直郁闷。好好一桩婚事，眼看就要成了，两个人都睡入新房了，却生生被温妮搅散！方圆安慰她，已经给温妮讲清楚了，自己爱的是蓝花花，希望她不要再胡闹。熬一阵子吧，疫情结束什么都好了……

但蓝花花却不敢松懈，这时候杀出一个竞争对手，不说凶多吉少吧，也是夜长梦多！鸡公就要来了，带来儿子蓝天，让她又喜又

180

忧。面前摆着温妮这么一个对手，大胆泼辣追求方圆，蓝花花再拖拉上一个孩子，明摆着减分！

方圆看透她心思，总说不要紧，他很喜欢蓝天。他还表明，疫情结束就结婚，要蓝花花抓紧时间和他再生个孩子，男孩女孩都行！他开玩笑说：一只羊也是放，两只羊也是放，累不着你的，小孩多了还热闹……

蓝花花知道方圆这是宽她的心，神经紧绷着仍不能释然。

你说爱的是我，不是温妮。可我总觉得不对劲……蓝花花和方圆包饺子，一个擀皮一个调馅，她幽幽地说了那么一句。

方圆问：哪不对劲？我喜欢你是明摆着的，她唱歌也不如你，你的声音就是入耳！

生活不是唱歌。蓝花花思忖道，我觉得，你跟她有一种亲人的感觉，是自家人！你惯她就像惯小孩一样！这才是最自然、最深、最真的感情……

不是那回事！她从小跟着我长大，我们住在一个院……

蓝花花咬着下唇，久久不吱声，眼睛汪出泪水。

唉，所以我心里老纠结着，我知道啥是真好。你看虎子让老头惯的！老头呢，又是被温妮惯的，现在谁说他也不听。而温妮，还不是你惯的？要不然她怎么敢从院墙跳下来？她准知道你会抱住她！就是没人惯我，没人疼我……

方圆知道说什么也没用，只能抱着蓝花花亲吻起来。

蓝花花与温妮共眠一床，两个情敌小摩擦、小冲突肯定不断。温妮尖刻爱挑衅，蓝花花保持克制，态度温和摆高姿态。唇枪舌剑自然免不了，一点小事都会被她们拿来含沙射影，指桑骂槐。小震不断，终于引出大地震——

蓝花花与温妮爆发正面冲突，起因是傻狗虎子。老头趁蓝花花在厨房忙活，领着狗来温妮房间，借手机玩游戏。温妮没介意，和老头说笑逗乐，虎子却跳到床上去了。狗东西喜欢新鲜地方，闻到女人香味儿更是撒起欢来！它在床上打了两个滚，又躺在蓝花花被子上仰面朝天，四只爪子蜷蜷起来，一副怡然自得的模样。

蓝花花正巧进屋，看见虎子这番姿态，不由大怒。狗东西，竟敢跑到这里来撒野！她拿起扫床的毛刷打狗，虎子吓得跳下床，踩得地板轰然作响。老头也惶惶地跟着狗往外逃，蓝花花追着他骂：以后不许带狗进我的房间，你和狗都不许坐我的床！你看看，把我的被子糟蹋成什么样子了……

温妮感到蓝花花是冲她撒气，便拖腔拉调地说：哟，打狗还看主人面呢，你凶谁啊？我请他们来做客，没有这份权利吗？张口闭口你的房间、你的床、你的被褥，姐姐，你可要搞清楚了，你盖的绸面花被是谁的？难道是你从家里带来的？

听话听音，蓝花花就知道她暗指自己上了本该属于温妮的床，盖了温妮的被，铺了温妮的褥子……她脸色涨红，又反唇相讥：你不是走了吗？跟赵医生结婚出国，眼看就要成华侨了，多好？谁想到你又后悔了，杀一个回马枪！世界上没有后悔药，你颠三倒四搅乱别人的生活，还提破被子破褥子干什么？

温妮火了，不加掩饰地反击，刀刀戳向对方致命处：人生的路很长，谁没错过几步？谁没吃过后悔药？你当初嫁给方圆的好朋友，儿子都生出来了，怎么又跑来人民饭店？怎么离了婚又来找方圆？这不是明摆着后悔了、大把大把抓药吃吗？你的动作更大，破坏别人生活更严重！还好意思说我呢，亏你张得开口！

蓝花花终于火山爆发，亮出泼妇本相，指着温妮骂：你就是一根搅屎棍！方圆说过，你小时候就爱往粪坑里踩。现在又跑来瞎搅和，你不嫌臭别人还嫌臭呢！

温妮被揭短，气疯了！你骂谁？我是搅屎棍，你就是拖油瓶！方圆还是单身汉哩，就给他上套帮你拉车？你怎么好意思，怎么有脸在这儿混？猪八戒照镜子，还觉得自己挺漂亮！你瞪什么眼？你哭什么哭？自己先骂人家搅屎棍，我就不能回骂一句拖油瓶？

下面就乱套了，语言不够来动作！蓝花花说不过温妮，就把刚才打狗的毛刷子狠狠摔在地下。温妮立即抓起床头柜上的茶杯，一下子砸得粉碎——摔谁呢？你摔我也摔！

好吧，大家都砸，砸光砸烂算数！蓝花花一边疯了似的嚷，一边把窗台上摆的蝴蝶兰一盆一盆往地上摔。瓷质花盆都砸碎了，泥土扬得满地板都是……

方圆赶来，望着两个疯女人，望着满屋狼藉，目瞪口呆。

他搀着蓝花花下楼，温妮追在后面骂：方圆你拉偏架，乌龟王八蛋啊你！

女人争风吃醋恨不得掐死对手，温妮挖空心思报复蓝花花。她依稀有个印象：蓝花花半夜上厕所时间特别长。当时她就怀疑，蓝花花会不会偷偷下楼找方圆亲热？可惜温妮太困，迷迷糊糊又睡了过去。这可是一个重要把柄，温妮决心抓住大做文章！

夜里，温妮眼睛睁着，身子一动不动装睡。她暗暗叮嘱自己：撑住，撑住，一定要抓蓝花花个现行！温妮是个瞌睡虫，无论想什么法子，熬夜时间长了眼皮就往一块粘。她很不争气，没过一个时辰就睡着了。但是，有了心思睡眠很浅，她似醒非醒，似睡非睡……

半夜时分，躺在里侧的蓝花花迈过她身子，悄悄下床去。温妮咯噔一下醒了，她驱散蒙眬，睁大眼睛，算计蓝花花多长时间回来。

不想，她很快便回来了。不过，蓝花花没有爬回自己的被窝，而是做了一个怪异的动作——她站在床前，把脸贴近温妮，仿佛要亲嘴似的。温妮一吓，干吗？女同啊？她紧闭眼睛装睡，尽量把呼吸放匀。蓝花花就这样站了一会儿，确认温妮熟睡，蹑手蹑脚再次走出房间……

好了，这回抓住你狐狸尾巴了！温妮披着保暖睡衣坐起来，稍等片刻，光着脚丫子下床。她像一阵清风，无声刮向走廊。

温妮预想蓝花花是去找方圆，便走向楼梯口。却不料老头屋里传出声响，温妮一惊，急忙站住！蓝花花与老头说话呢，声音太低听不清楚。温妮把耳朵贴在门缝上，仔细倾听，两个人仿佛为什么事争执。把门推开一点吧，又怕惊动他们……

笨狗虎子干正事不行，专擅搞破坏。温妮想多听一会儿，弄清眉目，狗东西隔着房门怒吼起来！她赶快撤退，撒丫子跑回屋，钻进被窝躺下。她胸口怦怦地跳，说不清激动还是紧张。

很快，蓝花花也飘然而至。她又把脸凑近温妮，试探她睡没睡着。这会儿温妮不再忍耐，她一声冷笑，伸手拽住蓝花花的衣领，你干的好事！走，跟我下去见方圆。

蓝花花慌乱地钻回自己被窝，你瞎说什么？我去上厕所……

胡扯，你和老头说什么我都听见了！

你听见什么？

我们到方圆面前说清楚，咱俩不必白费口舌！

温妮如此强硬，蓝花花倒不敢吱声了。温妮的小心眼儿算盘打得啪啪响，如何利用这个把柄获取最大利益呢？黑暗中，两个女人久久保持沉默……

怎么，不敢跟我见方圆是吧？温妮开腔了，她已考虑成熟，好，那我们做一笔交易。我开条件，你退出，别和我争方圆！否则……

蓝花花也冷静下来，问：否则怎样？

否则我就告发你勾结老头，你们有阴谋！温妮灵机一动，进一步揭露真相，现在，我终于明白了，阿庆老爹就是你弄来的！

蓝花花再次沉默了，温妮显然刺中了要害。她一阵狂喜，真是天才啊，福尔摩斯灵魂附身啊！方圆他们三兄弟猜来猜去，谁也没猜到老头竟然是蓝花花弄来的。温妮拍拍额头，太佩服自己了！

你还有什么可说的？只要你不再纠缠方圆，这件事我终生替你保密！温妮乘胜追击。

蓝花花开腔了，在黑暗中她的声音显出几分冷酷，应该退出的是你！温妮，你真爱方圆吗？你能为他牺牲自己吗？

什么意思？几个意思？你……温妮有点蒙，搞不清蓝花花要出什么牌。

如果是，那么我就告诉你，不要再和我争方圆了！再争下去，你就可能把他送去坐牢！

温妮忽地坐起来，你胡说什么？

很多事情是你做梦也想不到的，到底毛嫩啊！你了解方圆吗？他可能因为你而进监狱，你以为我在胡说吗？我们之间的关系，我们所共同经历的事情，说出来能吓死你！蓝花花强有力地反击，淡水故事为她提供底气。

温妮瞬间被击倒，结结巴巴地问：方圆怎么会进监狱……你告诉我，究竟发生了啥事情？

蓝花花一字一顿道：你知道那个阿庆，也就是老头的儿子是怎么回事吗？他死了，被人害死了，而凶手——就是方圆！

温妮真傻了，半天讲不出话来，那你说吧，把所有的事情告诉我。要真是那样，为了保护方圆，我情愿退出……

蓝花花长长地叹了一口气，讲述起温妮完全陌生的一段往事。

二十八

其实，蓝花花最早认识阿庆，并且只有她一个人知道阿庆的大名——米国庆。

蓝花花十九岁跟堂姐离开苗寨，来到淡水，就在富华楼下面那间海鲜大排档工作。堂姐混迹淡水多年，在著名的薇薇大酒店坐台。她没有把小妹安排到灯红酒绿的花花世界，而让她在大排档做一名普通的打工妹。她告诉蓝花花，干她那一行虽然赚钱快，衣着光鲜，但很难找到好归宿。

堂姐教给蓝花花的人生座右铭：女人干得好不如嫁得好。记住，找到一个好老公，才是女人的最高奋斗目标！做过小姐，男人瞧不起，只会玩玩你，永远不会让你当太太！妹妹啊，你现在干些辛苦活，醒目一点，眼观六路耳听八方，很有机会嫁一个中意的丈夫！

蓝花花把堂姐的话记在心里，女人的人生座右铭也全盘接受。她天性纯朴，当一个服务员也不觉难堪、不觉辛苦。她穿着大水靴快乐地跑进跑出，在客人们的掌声中开心地唱山歌，日子飞快地过去……

阿庆与海鲜大排档的周老板熟悉，经常来喝酒吃盐焗鸡。他很快看上蓝花花，纠缠不休。蓝花花本能地对他没好感，而且从周老板口中也知道，他有吸毒的恶习。纠缠不成，阿庆就在背地里威胁她，但碍着周老板的面子也不敢如何。

蓝花花经历的那个奇特事故，给阿庆造成了机会。她借女友的金项链戴，洗澡时不慎断裂，被水冲入地漏。那女孩恰巧是阿庆的朋友，一着急把此事告诉了阿庆。这家伙就天天要挟蓝花花，若不立即归还金项链，他便要如何如何！同时，他又软硬兼施，说要娶她，领来老父亲看蓝花花。他央求蓝花花冒充女朋友，好给老人一个交代。无奈之下，蓝花花应允阿庆，在米老爹面前充当一回准儿媳妇。老头乐得合不拢嘴，从此与蓝花花有了一面之缘。

金项链之事还是堂姐出面摆平，借钱给她赔偿女伴了事。以后就是方圆三兄弟喝酒，唱歌，招聘蓝花花到亚细亚公司。蓝花花凭着女人的直觉，一下子感觉自己的真命天子就在这三个男人中间！特别是方圆，他那异样的眼神最让蓝花花动心。到公司第一天，方圆就出钱帮她还了堂姐的债……

阿庆很大程度是怀着一口恶气，借找工程的由头，来敲诈这帮书生！以后闹出一场风波，使得蓝花花很为难。她要说出与阿庆打过交道吧，又怕方圆他们有误解。出于女性的谨慎，她隐瞒下这段经历。

冲突越来越激烈，阿庆开始跟踪她。那天他把蓝花花堵在小胡同里，要她离开亚细亚公司。蓝花花抬出方圆，说他是自己的男朋友，希望以此打消阿庆的邪念。不想阿庆对方圆更加恨之入骨，最终导致石板桥上动刀血拼的场面！

蓝花花并未目睹这场与她有关的悲剧。但是，那天交易回来之后，三兄弟异样的神情给她留下深刻印象。尤其是她去厨房，路过洗手间，看见方圆在洗血衣。尽管他试图阻挡蓝花花的视线，但袖口的血迹还是让蓝花花明白出了大事！阿庆从此失踪了，派出所、湖南帮轮番来富华楼查询，更让蓝花花明白石板桥上发生了什么事情……她紧张，害怕，希望风浪尽快过去！

刘备最爱吃海鲜大排档的盐焗鸡。有一次蓝花花去买鸡，看见米老爹独自坐在角落吃炒粉。也许出于同情，她忍不住上去打招呼。老人伤心地告诉她，儿子掉在河里淹死了，连尸体也没找到。他收拾了儿子的遗物，准备回武汉老家。鬼使神差地，蓝花花让米老爹写下地址，安慰一番才离去。

鸡公抢先追求蓝花花，而且偷袭占有了她的身体。蓝花花又一次陷入为难，问堂姐怎么办。堂姐觉得这三个男人条件差不多，鸡公或许更好一些。既然生米已经做成熟饭，他也表明了态度，那就嫁给他吧。蓝花花含泪说自己喜欢方圆，堂姐却笑，天下哪有十全十美的事情？女人总要现实一点才好。这样，蓝花花就决定跟了鸡公。

如果不是鸡公痴迷于期货，蓝花花对这段婚姻还是能够接受的。生了蓝天以后，方圆、刘备又离开了淡水，她更加死心塌地跟鸡公过日子。以后鸡公输得倾家荡产，又一次次家暴，最终迫使蓝花花离开了这个家……

阿庆始终在蓝花花的生活中沉浮。刘备他们卷款逃走，鸡公追到火车站，因为提到阿庆，他竟然空手而归。蓝花花看出来，阿庆对三兄弟有着特殊的魔力。鸡公夜里说梦话，一次次喊着阿庆的名字。惊醒后蓝花花问他，阿庆为何老在梦中惊扰他？鸡公却含糊其词，什么也不肯告诉她。

蓝花花知道方圆一直未婚，零星信息不断传到她耳朵里。特别是鸡公被人逼债，上北京借钱，三兄弟又一次聚首。阿庆的幽灵再次浮现，发挥神奇作用。鸡公回来后醉酒吹牛，说一提到阿庆，刘备方圆就立刻拿出五十万元，还留他在北京工作……

这让蓝花花看清阿庆的分量，必要时她也可能用得着他。这个人虽然死了，巨大的影响力仍保留在三兄弟心间。他像一根命运的绳索，将他们紧紧捆在一起。无眠之夜，蓝花花悄悄翻出米老爹的地址，反复看了许久，把那张纸片保存得更为妥善。

与鸡公离婚，蓝花花有一个重要动力，就是追求方圆。她总觉得一生最大的失误，在于自己没有抓牢方圆。方圆人好心善，又羞腼地爱着蓝花花，放弃这样的男人实在愚蠢！蓝花花到海滨小城投奔方圆，相信他只要单身，自己就有机会。

没想到温妮已经成了方圆的女朋友。虽然失望，但蓝花花并不死心，就留在人民饭店当服务员。她还有一张王牌，晚上睡不着，她一次次翻出米老爹的地址。蓝花花看着看着，脑子里慢慢地形成一个计划——把老人搬来，让阿庆还魂！她肯定有更多的机会接触、纠缠方圆，她决心不择手段，最终达到自己的目的！

女人，爱情婚姻就是命，为了命怎么拼也不算错——蓝花花就这样给自己加油。

她终于借休假去了一趟武汉，找到老头商定此事。米老爹神志比现在要清醒些，听到能找一处地方给他养老，老头自然满口答应。蓝花花告诉他，阿庆虽然死了，但她认识一个人肯给他当儿子。你只要听话，我就会安排好一切！

蓝花花让一个亲戚接来米老爹，在她上班的日子，悄悄把老头送到人民饭店，坐在餐厅角落里。接下来，就发生了隔离那一场面……

出乎蓝花花意料的是，她也被关在饭店里。可这更有利于她接近方圆，老头闹妖把两人逼到一张床上。此后，蓝花花节节胜利，眼看就要达到自己的目标。她并无恶意，只希望与方圆结婚生子，共同生活。蓝花花还决定亲自照料老头，像儿媳妇一样给老人养老送终。如果不是温妮的闯入，她本想永远隐瞒这段故事，平静而美满地与方圆、老人度过一生……

温妮听完蓝花花的讲述，完全能够理解她，甚至还有一点点感动。但她更关心的问题是：老头会不会清醒过来去公安机关告发方圆？

蓝花花说自己一直掌控着局面，有一种特效药，药瓶就在她身边藏着。老头一时清醒一时糊涂，都受药物剂量的控制。蓝花花夜里上厕所，抓紧机会给老人吃药，并嘱咐他一些要紧事情。老人只听蓝花花的话，表面上她对老头严厉，其实那是掩饰。要不是温妮刻意监视她，谁也不会发现这个秘密。

温妮小心翼翼地问：如果我不走呢？如果方圆和我结婚呢？

那就不好说了。你知道我把这事看作自己的命，兔子急了都咬人，我就不能拼命？蓝花花的口吻不容置疑。

温妮还想赌，难道你会告发方圆？既然那么爱他，你怎么忍心伤害他？我不相信。

蓝花花平静地笑笑，当然不会。方圆娶你，我只会悄悄离去……不过你想过吗？失去控制的老头，肯定会做出意想不到的事情！你能管住他吗？你知道用多少剂量药调剂他的行为吗？在你眼里，老头和虎子差不多。你陪他玩玩还行，实际上完全不会照料老

191

人的生活！你说是不是？

温妮承认蓝花花讲得对。现在失去蓝花花，局面就会失控，她确实不知道如何对付老头带来的灾难！想到方圆命案在身，一旦东窗事发，就可能去坐牢！温妮既害怕，又心疼得不行，想都不敢往下想。她气馁了，退却了……

好吧姐姐，我答应你，我会尽快离开这座小楼！温妮眼眶充满了泪水。可是你要给我保证，不能让方圆遇到一点危险，你要替我守护他，把我的爱带给他！

蓝花花真诚地说：妹妹，这还用你叮嘱吗？我们心里的爱都是一样的，我会像你一样做得尽善尽美。停了一歇，她又强调，不过，有一件事情我要嘱咐你，对方圆一定要保密！我今晚说的事情，你一句话也不可以向他透露。

好，我保证。既然退出了，我只希望你们早成眷属，不会让方圆产生误解的。

好妹妹，我对你的感激不知该怎样表达！我最怕方圆想偏了，你能理解就行……

她们像姐妹俩静静地躺着。硝烟过后是平安，晨曦透过窗帘缝隙，照在两个女人的脸上。

温妮要走了。她决定像来时一样，某一天突然消失。围墙太高，她独自爬不出去。但她找好另一条通道——老头撬开的仓库后窗，很是便捷，只要拔开插销、推开玻璃窗，温妮即可跳到大街上。

就要告别小楼，以后再也不会来了。温妮伤心，惆怅，像丢了魂一样在楼上、楼下、院子、房顶……来来回回地走动。没想到会是这个结局！与蓝花花竞争温妮不怕，方圆赶她走、骂她也不怕，温妮有的是办法对付——撒娇，放赖，哭闹嬉笑，她坚信自己铁了心爱方圆，谁都拿她没辙！

可是温妮没想到方圆会有那么复杂的历史，并且，还有一桩隐藏的罪行！假如她任性而为，这位如父如兄的爱人可能就会面临牢狱之灾！温妮决定牺牲自己的爱情。也只有自我牺牲，主动离开人民饭店这座亲爱的小楼，才能保全方圆。温妮选择在蓝花花面前退却，真正是出于爱，出于对方圆的一片痴情！

温妮来到老人的房间。她要做一件事情：把那个笔记本偷出来。方圆对温妮说过，老头写了自传，看过笔记本就可以清楚了解这人的内心世界！更重要的是，方圆一直想搞清楚他是真糊涂，还是假装的。这是整个事件的关键！

办成这件事情，也可了结温妮的心愿。临走时，她要最后助方圆一臂之力！如果老头藏着什么秘密，她也渴望亲自揭穿，一睹究竟。比如，老头和蓝花花的关系，自传中不会不提到吧？他们的交往毕竟有一段历史——儿子的死，蓝花花领着老头离开老家，这些大事怎么可能省略过去呢？

偷笔记本对温妮来说轻而易举。她哄老头玩游戏，一边逗着虎子打滚，神不知鬼不觉就把压在枕头底下的笔记本，悄悄揣进怀里！手机给你玩，我带虎子去院子跑跑……她说着牵狗出门，老头只顾玩呢，连头也没抬。

温妮在锅炉房找到方圆，告诉他自己可能要走。方圆很吃惊，问她为什么，她胡编个理由搪塞过去。方圆却说：你先等等，刘备鸡公还有蓝花花的儿子都要来。那么多客人，我怕招呼不过来啊，还要请你帮忙搭一把手……

温妮答应了，要紧的是老人的自传，她双手捧上笔记本。

啊，你可真有两下子！方圆喜出望外，立刻打开笔记本。

他的两只眼睛渐渐睁大，睁圆。那是一本天书！老头写的字无人能识，看起来都是汉字，方块里有横有竖，笔画清晰，但就不明白那些字是啥意思！他的脑子彻底紊乱了，自己认真写着，却不知写了些什么。他的内心与外人沟通的路径已经完全断绝……

温妮也把笔记本从头到尾翻了一遍，叹息道：看来，老头是真的糊涂。这些字让我故意编，我也编不出来啊！

笔记本的塑料封皮，夹着一些东西，温妮掏出来递给方圆。那是老头的身份证，有详细住址，推算年龄是七十一岁。还有一些车票。温妮要方圆的手机拍照。方圆问：你拍这些东西干吗？温妮说：没准哪天会用得着！

蓝花花来了。她走出厨房后门，看见温妮与方圆站在锅炉前，脸上掠过诧异的神情……

二十九

　　方圆先后接到鸡公、刘备来电，说他们今晚到达人民饭店。

　　饭店变旅馆，睡觉成了大问题。方圆领着蓝花花、温妮，把二楼的包间逐个腾清，搬出原来的转盘圆桌，把楼下餐厅的方桌抬上去，拼成一个个床铺。

　　被褥的问题倒先解决了。刘备细心，方圆先前日记似的向他汇报，说到自己在餐桌上打地铺，便想到铺盖会紧缺。于是，刘备让朋友在接他的吉普车后面装了几床被褥，还都是军用品。二楼有四个包间，除了老头占有一间，剩下三个屋子也够用了。好一顿忙碌，下午才收拾停当。

　　方圆非常吃惊，两个兄弟像从地下冒出来似的，先斩后奏，突然要站到他的面前！他们的目的都一致，把老头抢走！每个人藏着什么小九九没明说，提出的方案却一个比一个可笑。

　　如果说，鸡公把老头藏到四川大山里有一定的道理，刘备的方案就更蹊跷了——他提议把老头送回淡水，住在他们当年盖的九层楼里。刘备就在大平台那半层房子自我隔离，蛮不错的。楼下开塑钢窗店铺的老板，一家子为人可靠，他隔离的日子，吃喝拉撒全蒙他们照顾。给小老板一笔钱，让他们一家管理老头，肯定十分保险！鸡公恰好在淡水新成家，他负责监管，老头就妥妥地安置好了。总之，米老爹是咱们共同的爹，由三兄弟共同掌管，不可让外人插手……

方圆对刘备尤为不满。他装神弄鬼，整天说正在隔离，天塌下来也不管。忽然间发来微信，说我要动一动了，今晚就来你处！好像他真的是皇帝，别人随时准备接驾。方圆气啊，我给你说了多少话，你就是不吭声。现在要动一动了，动啥动？不是因为雪莱出面抢老头，你还要躲在九层楼上装死吧？说到底，刘备就怕雪莱掐住他命门，在股权争夺战中陷入被动！这笔账，方圆再傻也能算得清楚。

更要命的是雪莱也来了电话，说自己找到通道，今晚就出发，明天一早到达人民饭店！方圆急了，对着手机喊：你不能来，今晚千万不要离开北京……

雪莱问怎么回事情？方圆瞒不过去，就把鸡公逃离大河宾馆，刘备找高层朋友派车到淡水接他，仔细报告给嫂子。雪莱也急眼了，怎么可以这样子？我和你都说好了，他们捣什么乱哪！你给我守住门窗，绝对不能放他们进来！她的声音震耳朵，再也顾不得斯文，嫂子人设在方圆眼前塌陷。

方圆也不客气了，阿庆的事，关系到我们三兄弟的命运！两位哥哥都来了，我自己做不得主，你出面就更不合适了……

雪莱非常吃惊！她没想到一两天的工夫，局面就乱成一锅粥。她本以为老头到手，胜局已定，正和张大胡子打算下一步怎么掌控光明投资公司呢。张总甚至已入驻总裁办公室，他趁着员工不上班，让雪莱赶快下手控制公司管理权！主要是财务、合同、各种公章，要从会计、董秘等人手里收上来，直接锁在自己的保险柜里。雪莱这几天就在忙这些事情。

想不到情况突然生变，刘备出山，三兄弟集合，肯定不会放走老头了！雪莱神经紧张，刘备采取什么措施反击还不一定呢！她央求方圆这位小弟，关键时刻站在嫂子一边，可他现在也不好说话了。雪莱只得挂了电话，另想办法。

方圆在仓库打扫卫生，心中感慨万千。所谓兄弟，多年不打照面，一个老头就激得他们个个蹦高，可见人的私利永远占上风！

方圆打开玻璃窗，搬一把椅子坐在窗前抽烟。天上飘着小清雪，凉意灌入仓库，深深呼吸，有一种难言的清爽。洁白的积雪渐渐加厚，人行道旁的梧桐树披上银装。云块阴沉，看不见西下的太阳。想到夜幕降临，两位哥哥爬上窗户，鱼贯而入，方圆不禁有些好笑。生活越来越涂抹上荒诞、魔幻的色彩！

仓库内窄小闷热，窗口划出一方天地，像邮票似的，显现大千世界。世界千变万化，人心深不可测。方圆不由仔细思量老头的出现，所有的人都在利用这张牌，以便获得最大的利益。这使得方圆深感意外，照此发展下去，不知会导致何种结局？

方圆本想把老头一送了之，现在恐怕不那么简单了。他越来越陷入惶恐，这样搞法不是个事啊！你争我夺的，背后都藏着阴谋，令人不快、使人心寒。到底应该怎么办？方圆苦苦思索。

他感觉人生拼命赶往一个目标，结果往往是错误的。有时候来一个逆行，反向思考，或许会有更好的出路！比如，现在让刘备回淡水九层楼，让鸡公回大河宾馆，雪莱也安心等待与刘备协议离婚，而方圆和蓝花花，则平平静静给阿庆父亲养老送终——如此局面就会太平许多，未来的选择也更为从容。现在一下挤过来，冲撞争夺，结局恐怕适得其反！

再往深处想，最好还是坦白、自首，彻底了结这件事情为上策。方圆猛吸一口烟，按灭烟蒂，徐徐吐出肺部的烟雾。是的，只有自首才是出路！阿庆事件犹如当下流行的病毒，经过一个潜伏期，总要爆发出来。虽然这潜伏期十分漫长，但该暴发时它定会暴发，你躲不过去的，欠债要还，犯罪要罚，如此世界方能保持平衡。这好像还是老头的观点吧？

方圆站起来，打定主意等两位兄长来到，说服他们接受自己的选择。其实，这个想法已经在他心间盘桓许久，现在正该付诸实践！

仓库门吱呀一声打开了，老头走进来。说曹操曹操就到，刚才还想到他呢，方圆与老头心有灵犀一点通！不过，老头自有其目的，开门见山，直奔主题。

你偷看我的自传了吧？他笑眯眯地问，不像生气的样子。

方圆点头，是的，我看过了。他并没表露自己看不懂老头的天书，神秘兮兮地一笑。

老头跳上窗台，蜷起双腿，深深呼吸，真好，我真想跳到街上跑一跑……

方圆有些紧张，立起来拽他胳膊，你下来，我要关窗了！

老头推开他，别害怕，我不会上街乱跑。他乜斜着眼睛瞅方圆，你既然看了我的自传，也知道我全部秘密了吧？

方圆见老头这会儿神志清晰，便很想与他谈心。他假装胸有成竹，点头道：你写什么我就知道什么！现在你啥事也不必瞒我了，咱俩交心做朋友。

老头脸上浮现羞怯神情，有几分可爱，我那两个情人，孙老师，郑老师，你也知道了是吧？他好像还是不认人，拉着方圆的手说：阿庆啊，我对不起你妈！可是男人嘛，谁没点小毛病……

方圆趁机抓住老话题，那是他一直感兴趣的，你犯什么罪进了监狱？手上肯定沾了血吧？

老头有点奇怪，我的自传写得不清楚吗？还要我亲口告诉你，我到底做了啥坏事？停了停，他似乎下了决心，那好吧，我说了，你也要对我坦白！咱爷俩今天都掏心窝子，好不好？

好的，你先讲，我一定会把自己的事情告诉你！方圆心头一动，他想，要自首的话，我先向老头自首吧。

老头讲了一个可怕的故事：阿庆母亲晚年精神失常，跌跌撞撞、满口痴话，在田野里四处奔走。老头不胜其烦，看病吃药负担又重，就心生歹意。在一个傍晚，他尾随老伴到水库，企图淹死她。可是旱季水浅，老头把阿庆母亲推入水库，她扑腾一会儿又站起来。水只没到女人的脖子，她两手乱舞拍起水花。老头跳下水，掐住她脖子按到水底，直到她不再挣扎……

老头在窗台上坐着，雪花飘落在他稀疏的头发、眉毛上，仿佛撒了一层盐。方圆看着他，忍不住打了个寒噤。

那水库，就是你小时候天天玩耍的地方。你妈死了不用受苦，也是解脱吧？我反正心里不难受，一点也不难受……

因为你不是人！方圆狠狠骂了他一句。

是不是人无所谓，反正坏事已经干下了。不过，我入狱不是因为这桩罪，谁也不知道你妈是怎么死的！

老头若无其事，絮絮叨叨地往下讲，好像在讲别人的事情，村里人都以为她疯疯癫癫，自己跌到水库里淹死了。我坐牢是因为别的事情，不算重案犯。有时候你杀了人，真不一定被人发现。反而，我偷了一些东西倒被别人抓住手脖子，定罪判刑了。你说，哪有什么天网恢恢？都是拿大话骗人哩！老头说着，长吁短叹。

方圆站起来关窗，他嫌冷，又怕自己即将开始的忏悔传到街上，我也要对你说实话了，不坦白，坏事憋在心里难受，是吧？

那是，我最知道憋人的滋味！老头十分高兴，仿佛遇见犯罪同伙，儿子随爹，你早该把所有的事情告诉我了。

先要说明，我不是阿庆，我名叫方圆！我跟阿庆做过朋友，后来又闹翻了……我不是你的儿子，你听清楚了吗？方圆注视着老人的眼神，低声强调。

老头点点头，在椅子坐下。他似乎特别清醒，一下子搞清楚人物关系了，好吧，方圆。你和阿庆做过朋友，后来怎么翻脸了？你仔仔细细对我说！

方圆讲述当年在淡水的情景，如何与阿庆喝酒交朋友；如何让他承包工程，后来发现他吸毒，便反悔不肯跟他签协议；阿庆如何敲诈赔偿款，逼得亚细亚公司走投无路；双方如何在石板桥交易，冲突动手，最后把阿庆推入波涛翻滚的洪水……

他是淹死的，你一定不会想到，阿庆就是死在水里……方圆痛心地垂下头，双手捂住脸庞。

你跪下！老头神情冷峻，厉声命令道。

方圆一怔，抬头望着他。负罪感使方圆膝盖一软，跪倒在老头面前。老头忽然翻脸，方圆不知道他要干啥，十分惶恐。

老头用指关节重重砸方圆的头顶，他惊叫一声：啊！

啊什么啊，老子要打你！老头大声喊道，有罪就得罚，你欠下的债要还!

方圆一直被罪恶感压迫着,此时到了赎罪时刻,产生一种逆来顺受的心情,好,你打吧,你尽管出气……

方圆垂下头,跪在老人面前,决心接受一切惩罚。令他没想到的是,老头的惩罚不断升级。他用指关节在方圆头上凿爆栗,下手越来越重!老头的拳头干枯有力,一般人吃不消他暴打。方圆脑袋轰然作响,跪也跪不住了。

你弄死我儿子,我要你偿命!今天我饶不了你,拿命来抵!他的咆哮越来越激烈,口气也越来越恶毒。

方圆几乎瘫倒在地。生命的本能使他抱住脑袋,跳起来拉开仓库门,蹿到走廊上。老头呈现疯狂状态,眼睛鼓凸,充满红丝,额角青筋如蚯蚓,颤动暴胀!他追着方圆打,先是脱下皮鞋,往方圆后脑勺扔;又捡起扫帚,打方圆的脊背……

方圆抱头鼠窜,逃到餐厅,绕着桌子转圈跑。老头紧追不舍。温妮、蓝花花闻声跑下楼梯,喝止老头!老头却抓起吧台角落一个空酒瓶,摆脱温妮的拦挡,抓住最后机会,猛地砸在方圆的头顶!酒瓶碎裂,一道鲜血像小蛇一般,流下方圆的额角……

两个女人发出惊呼,慌作一团!连那大狗也漫无目标地怒吼着,在餐厅里乱跑一气。最后,温妮拖着老头回二楼房间,蓝花花找出碘酒棉花纱布,为方圆包扎伤口。

老头歇斯底里,在楼梯上一步一回头,口吐白沫朝方圆怒吼:你要给我儿子偿命!我不会放过你的,一命抵一命,方圆你跑不了啦!

老头的逻辑如此清晰,实在令人诧异。不过方圆顾不上观察分析,人整个儿崩溃了!他觉得脑子里嗡嗡作响,身子软软的,只想往地下躺。蓝花花让他伏在餐桌上，用碘酒清洁伤口，一面心疼地为他吹气。

方圆发出一声呻吟，咕哝着说了句什么。

蓝花花把耳朵凑近他，只听他叹息道：坦白也有代价啊，没想到代价这么大……

三十

经历了一场暴风骤雨，方圆要喝酒，要抽烟。蓝花花侍候他满足欲望，他绷紧的神经才渐渐松弛下来。

楼上的老头还在吵闹。蓝花花从内衣口袋找出一个药瓶，朝方圆晃了晃，说：老头犯病了，我得上去给他吃药。

方圆问：他到底有什么病，你知道吗？不是老年痴呆症吗？

蓝花花表情从容，说出几句令人吃惊的话，他有精神病史、狂躁症之类吧，还住过疯人院呢……

你怎么知道的？方圆瞪圆了眼睛。

蓝花花瞥他一下，温妮没对你讲过？昨天，我看见她在锅炉房跟你说话，还以为她已经把我的事情全告诉你了！

方圆更奇怪了，温妮说她要走，没说你什么事情啊。究竟啥意思？你快对我讲！

蓝花花沉吟道：她还挺讲信义。她又晃晃小药瓶，对方圆说：现在老头正发神经病，我要给他吃药去，让他安静下来，好好睡上一觉。回头得空，我再给你仔细解释。

方圆望着她登上楼梯，一脸迷惑神情。

天色完全变黑，蓝花花在楼梯口打开电灯，才使方圆想起时间已经很晚，两位兄弟应该快到了。他喝干杯中酒，振作精神，又向仓库走去。

　　窗外，路灯淡淡的光线照射在马路上，空荡寂静的城市多了一层神秘感。方圆脑袋隐隐作痛，眼前的世界变得魔幻起来。老头竟然暴打方圆，以此回报他的坦白与忏悔，这是多么荒诞、多么不可理喻啊！自从老头出现，方圆就觉得生活扭曲变形，所有的事情仿佛在哈哈镜中呈现。现在，刘老备、鸡公又要来了，过一会儿就会爬上窗台，这真实吗？偏偏方圆就坐等这魔幻的一幕，你能说生活欺骗了谁，还是自己本来处于荒谬的世界？

　　方圆一支接一支抽烟，由思绪信马由缰地漂流……

　　手机铃响，是刘备先到。他的车好牌照硬，一路在高速上疾驶，所以走得晚、到得早。鸡公正相反，在乡下老太太家投宿，又找地方修车，忙活了大半天，现在还急着赶路呢！他们先前微信约定，以窗口为通道，也标好了位置，所以刘备来得十分顺利。

　　走近窗户，刘备个子高，敲敲玻璃窗朝方圆微笑。方圆急忙开窗，拉刘备攀上窗台。没等方圆开口问好，刘备先指着他头上的绷带，满脸惊异地问：你怎么了？像电影里的国民党伤兵似的？

　　别提了！那老头疯了，差点把我打死……你先歇歇，听我慢慢跟你讲。

　　方圆要关窗户，刘备让他稍等。司机把一床又一床的棉被褥子递进来，刘备道谢，让他先回去。方圆把刘备领到餐厅，坐下喝茶。不一会儿工夫，他又到仓库候着，要给鸡公打开后窗呢！

　　鸡公终于也来了。他把灰色桑塔纳停在马路旁，抱着儿子来到窗前，先递上儿子，自己也钻进仓库。

窗户关严，街上寂然无声，皑皑白雪在路灯下闪光。全市隔离，人迹罕见。在这样的时刻，神不知鬼不觉，人民饭店住进了一群神秘客人。

　　鸡公看见刘备十分诧异，你怎么也来了？不是正在隔离吗？他脸上除了惊讶，还有明显的失望神情。刘备呵呵一笑，不做解释。方圆将一切细节都看在眼里。他没把刘备要来的信息告诉二哥，所以鸡公还以为自己拔得了头筹呢。

　　蓝花花见了儿子自然十分亲热。可是蓝天一路颠簸，累得睁不开眼睛，也不想吃饭，只要睡觉。温妮自告奋勇带他上二楼，为孩子铺床，安排他洗漱、入睡。蓝花花倒出手来，去厨房忙着炒菜。中午已有准备，方圆做了许多冷盘佳肴。此刻端上桌，倒满酒，即可开宴。

　　三兄弟重逢，激情汹涌，长吁短叹。刘备胖了，方圆瘦了，鸡公黑了。连鸡公头上的那一撮冲天怒发，也变得柔顺、服帖，鸡冠早已失却踪迹。这引得大家对人生怎样磨尽性格棱角，大发一通感慨！回忆大学时代，纵论淡水往事，三兄弟干了一杯又一杯，个个面红耳赤，醉话连篇……

　　但是，他们一刻不忘主题，就着方圆的伤兵形象，又谈起老头话题。方圆把下午的事情讲了一遍，自己坦白，遭来老头一顿暴打！他奇怪，老头总是误认他做儿子，可等他承认推阿庆入水，仿佛破案拿到了关键证据，老头立马翻脸！怎么变了一个人似的？他是忽然清醒过来，还是从头装傻，就等着方圆招供？

　　鸡公怪他：你这书呆子气怎么一点都不改？他都说了掐死阿庆的娘，你对一个杀人犯还坦白忏悔？这不是讨打吗？

方圆说：我真想自首啊，说实话，我认为把老头藏来藏去不是个办法，早晚露馅！所以咱们不如坦白从宽，主动向公安机关讲清楚。老头也哪来哪去，把他送回家乡……

鸡公冷笑，坦白从宽，牢底坐穿。你连这话也没听说过？

刘备正襟危坐，满脸严肃神情，诸位，我来此有一个重要目的，请两位弟弟出山，帮我整顿光明投资公司！你们大概也知道，我和雪莱的股权之争，现在已成生死对决。这个问题不解决，方圆啊，自首的事情你提也别提了！无论如何，你们要帮我挺过这一关。掌握公司，先保住咱们的大本营再说！

鸡公口气有点酸溜溜，还咱们的大本营呢，没我的份吧？你和嫂子闹离婚，财产分配是夫妻内部的事，我们外人怎么好插手呢？

我正是为对付外人，才来请兄弟们出山！刘备就把张大胡子要入董事会的事情说了一遍。他强调：我和雪莱不只是夫妻离婚、争夺家产这样简单的事情，我们的分歧是投资策略，人生理想！她现在请来张大胡子对付我，把我逼入死角。方圆知道，那家伙就是一恶魔……

他又讲述雪莱急于套现资金，把股市当作提款机；自己则坚持长期投资、要培育伟大的公司，因而引起种种矛盾，等等。鸡公哈欠连天，身子扭来扭去，一副不耐烦的神情。刘备瞅他一眼，调转枪口：鸡公，想说什么你就说，别这样泼我冷水好不好？

鸡公也不客气，一晚上讲来讲去，净是你的事业。老备呀，我现在混成小小的房产中介，你让我怎么帮你培育伟大的公司呢？我不是方圆，没有股权，没有董事身份，我拿嘴去阻击张大胡子吗？

刘备和方圆相视一笑，是时候了，应该让鸡公知道他究竟是什么角色。于是，刘备说起方圆离开光明投资公司时，主动提出从自己的份子里给鸡公百分之一的股权。刘备也拿出百分之一，这样鸡公实际拥有百分之二的公司股份！

方圆拍拍他肩膀，鸡公，别老那么消极，你在光明投资公司，也是排得上座次的大股东哩！我们不告诉你，是怕你炒期货，再把股权输掉。

鸡公不相信，头摇得拨浪鼓似的，半天才消化这个喜讯。他眼睛渐渐亮了，双手不住抓头发。在大河宾馆隔离期间，他的头发又长又乱，这会儿抓来抓去，竟又竖起一道鸡冠！

他一拍桌子，好！你们没丢下我，敬哥哥弟弟一杯！鸡公抓起酒瓶，咕咚咕咚灌了一大口酒，仗义啊，这才叫兄弟！

刘备说，过去都由他代表方圆、鸡公行使那百分之十一的投票权。现在雪莱闹分裂，提出必须由本人到场，才可以在董事会行使表决权。所以他找到二位兄弟，准备通过视频召开董事会，进行投票表决。防疫期间，这也是惯例。以刘备所掌握的股权，再加上方圆、鸡公，他们在董事会肯定占优势！

会议的主要目的，一是通过刘备继任董事长的议案；二是否决增资扩股、引入张大胡子作为战略投资者；三是确定新一年各个投资项目。表决通过，光明投资公司的局面就可以稳定，刘备的决策思路就能得以贯彻。

方圆、鸡公当然赞成，三兄弟为公司的未来干杯。刘备趁热打铁，当场给雪莱发微信，提议召开视频董事会。雪莱久久没有回音。

蓝花花端着热腾腾的炒菜走出厨房。大家说她辛苦了，请她坐下，向她敬酒。蓝花花脸色红润，眼睛闪亮，兴奋之情溢于言表。

她爽快地喝了三杯酒，并接受刘备的提议，亮开嗓子唱了几首苗寨山歌。

三兄弟摇头晃脑，用筷子打节拍。当年在淡水，四个人天天聚在圆桌旁吃饭，亲如一家。每每喝多了点酒，大家就唱歌吟诗、高谈阔论。恍惚间，他们又回到了青春时代……

鸡公对前妻说：你是旁观者，头脑最清楚。我们现在让这老头搞糊涂了，一堆问题想不明白——首先，他是从哪里来？其次，他到底有没有病？最主要的是，他来这里究竟要干什么？

刘备点头，是啊，我们三个人都不知道阿庆有个老爹，他怎么忽然出现在方圆这里？谁把他弄来的？你和我们是淡水时代的老战友，阿庆敲诈的风浪你也经历了，你来帮我们分析分析这件事情。

蓝花花仰起脸，说了一番令众人吃惊的话，不用分析了，你们也不用东查西查了，老头是我引来的！你们且听我慢慢说……

于是，她把那晚上对温妮说过的话，又重复了一遍。三兄弟听得目瞪口呆！

特别是方圆，人整个失态了！他慢慢地站起来，把脸凑近蓝花花，万万没想到啊，是你，我最心爱的人，一手导演了这场闹剧！为什么？你为什么这样做？你瞧，我被老头折磨成啥样了？我们三兄弟承受的这份压力，原来都是你带来的！你给大家一个解释，为什么要这样做？

为了得到你。蓝花花语调平静，甚至冷冷的，你应该清楚我对你的感情！最初，我只想用老头拴住你，因为我知道你需要我的帮助。你推不开他，阿庆使你害怕。可他又老又疯，你照顾不了他，只能依赖我。这样我才有机会战胜温妮，赢得你！后来事情的发展，也出乎我意料，我没想到会引起连锁反应！网上怎么说来着？蝴蝶效应。一只蝴蝶在南美洲扇扇翅膀，咱们这儿就会起一场风暴！这能怪我吗？起码不能怪我一个人，在座的人人有份！

她说得如此坦然，如此直截了当，竟使大家无言以对。

鸡公鼓鼓巴掌，你这一招挺阴啊，哦不，挺高，十分高明！咱俩在一块生活时，幸亏你没搬出老头来对付我！

蓝花花反唇相讥：对付你用得着吗？老头能改了你赌性？能改了你醉酒打老婆？一个无可救药的男人，把老天爷搬来也治不了他。

方圆伤心地摇头，真不明白啊，你怎么做得出来……你用阿庆威胁温妮，让她退出与你的竞争。怪不得她主动提出要走，是你耍手段，逼她打退堂鼓！

蓝花花忽然愤怒起来，怎么，你舍不得吗？原来你的心，就是放在温妮身上！我来找你，如果没有温妮，我用得着动脑筋把老头搬来吗？如果不是她监视，发现我给老头喂药，我干吗要告诉她一切？说我耍手段，那也是被人逼的！

方圆摇头，你还有理了！要挟别人的弱点，以达到自己的目的，你这样做光明正大吗？

蓝花花忽地站起来，一肚子委屈好似火山爆发，是的，我没本钱光明正大！我丢失了一切，前半生丢给他了——这个赌棍、酒鬼；后半生倒是想丢给你的，可你啥事都没个定准，没个决断，让我在半空中悬着！你们都夸我歌唱得好，像只百灵鸟。可我不是鸟，是人，是一个女人！你们都在利用老头，互相抓软肋，以为我看不出来吗？这是一张王牌，我为了爱情婚姻，就不许用一下吗？我只想要一个家！我本打算跟方圆结婚后，就给老头当儿媳妇，给他养老送终。我谁也不想伤害，顺利的话，对谁都好。可没想到是现在这个结果，我愿意这样吗？

方圆还想说什么，刘备拽他胳膊，蓝花花，我理解你，完全理解！你能把这事说出来，就是我们自己人。你坐下，别激动，别生气。

鸡公也按方圆坐下，你别说话了！事已至此，还是让蓝花花分析老头吧，帮助我们摆脱困境！

方圆叹了一口气，终于冷静下来，老头下午打我，你说他犯神经病了，要让他吃药睡觉。讲讲他的病吧，究竟是怎么回事？

蓝花花坐下，喝了一杯酒，缓解一下激烈的情绪。然后，她开始缓缓讲述老头的故事——

她到武汉郊区一个乡镇，按地址找到米老爹的住处。那间混乱肮脏的小屋，一看就知道老人孤苦伶仃、无依无靠的生活状态。老人说话颠三倒四，稀里糊涂，在蓝花花反复询问下，得知他曾因病住进精神病院。她翻看过老人的病历，虽然搞不懂医学术语，但大致知道这是一个精神病患者。她还领老头去镇卫生院，拿着病历开了许多精神病药物。

在蓝花花看来，老人得的并不是老年痴呆症。他时而清醒时而糊涂，实际上是精神病患者的症状，因而更有危险性！她每天夜里悄悄给老头服药，就是怕他失控……

方圆说：这样看来，他说的监狱经历都是妄想症吧。

刘备揣测：也不一定，他犯罪坐牢与精神病并不矛盾，也许保外就医才回到自己家。

鸡公十分坚定，我相信他掐死老婆是真事，只有精神病患者加罪犯，才会做出这种事来！

那么，他不认识自己儿子，写那些让人看不懂的字，难道都是真糊涂？我怎么感觉他有点装？方圆凝视蓝花花，心中还是疑惑。

蓝花花有同感，对，我反复探测老头，发现他并不是忘记了一切！清醒时，他什么都知道，因此不排除他有时候是装糊涂。我觉得老头很难控制，跟他打交道仿佛在玩火！我心里一直很紧张，生怕老头失控闹出什么大麻烦……

刘备擦擦眼镜，沉思道：总之，问题比预想的要严重！我们恐怕得费很大的劲儿，才能控制住老头。事不宜迟，等开完视频董事会，我和鸡公立刻拉他回淡水！

方圆还想力争，问题越严重，我们越不能抱着侥幸心理。我认为，自首的出路也应该认真考虑……

鸡公把食指放到唇边，打住，你可别让我们手里的光明投资公司股权打了水漂。

刘备戴好眼镜，握握方圆的手，老弟，你已经出过力了，以后的事就交给我们了！

时间已经半夜，四人干了最后一杯酒，各自回房休息。

三十一

　　蓝花花很想搂着儿子睡觉，可这样温妮就没了去处，只能保持原来的格局。鸡公和蓝天睡在名为海鸥的包间里。餐桌拼起的大床倒也宽敞。只是一条桌腿不平，上来下去时一翘一翘的。

　　鸡公喝多了酒，倒头便睡。可是一觉醒来就失眠了，他喝酒总爱犯这毛病。他怕惊扰儿子，平躺着不敢乱动，脑子就像脱缰的野马，天南海北驰骋起来！刘备的到来打乱他计划，领老头回四川老家肯定是不行了。不过，也没必要这么做，他本想把老头拿在手里当一张王牌打，让刘备夫妇倒出一些油水。却不料方圆和刘备已经给他留出百分之二的股份，令他惊喜、感动！

　　那得值多少钱啊？鸡公想一想就激动得心跳！两位兄弟够意思，只不过隔他的理想还差那么一点。一字并肩王是不用想了，董事能不能让他当呢？有可能。刘备既然用他助阵投票，争取一下讨一个董事身份，也不是没有希望。关键是那笔巨款能不能兑现？若还像过去那样，他们替鸡公保管股份，不让他沾手，不让他套现，甚至不让他知道，那对鸡公又有什么意义呢？

　　睡不着觉，又开始技痒。鸡公搬出他的苹果电脑，看外盘行情，红红绿绿的世界一派繁忙。他再拿出模拟投资笔记本，来回算计，又多收了三五斗！如果把股权套现，大把资金到手，鸡公就不会是纸上谈兵了！

他忙活一会儿，感觉口干舌燥，是醉酒后遗症。于是，鸡公穿好衣服，蹑手蹑脚出门，想下去找点水喝。餐厅里亮着灯，鸡公探头一望，刘备独自坐在餐桌旁，拿着一瓶啤酒自斟自饮呢。鸡公灵机一动，这可是和董事长单独谈心的好机会！

他急忙回房拿了笔记本和电脑，夹在腋下匆匆下楼去。鸡公不知道刘备得了抑郁症，失眠是家常便饭，还夸刘备好酒量，自己要陪着哥哥喝，免得他孤单。接着，鸡公就打开电脑，调出黄金、美股、咖啡、棉花等商品走势图；又翻开模拟投资账本，滔滔不绝地讲他的独门秘技，如何赢得辉煌战果！

刘备慢悠悠地啜着啤酒，耐心听他讲完。鸡公眼巴巴望着他，你现在是大师！请你评价一下我的投资体系，到底怎么样？能不能成气候？

刘备扶扶眼镜，问：数学上有一个小数定理，你知道吗？

鸡公摇摇头。刘备于是告诉他：投资领域常有一些表面看起来有效的法宝，实际上只是样本数量太少，即便成功也不可靠。这就像抛硬币一样，大数据总体平衡，但小样本会出现连续赢或连续输的现象，其实那只是假象。你的模拟战果虽然辉煌，却是跌入小数定理的陷阱，真要实战，大概率又要失败！

鸡公明白，刘备虽然说得那么玄奥，其实是在泼冷水。他也懒得再绕弯子，直接托出自己的诉求——能不能在光明投资公司设立一个国际期货投资部？讨论数学定理没用，是骡子是马拉出来遛遛！你给我三个月时间，我还你一个强大的投资部门！

刘备冷笑，不用试了，你一生都在做试验。我在你身上汲取了足够的教训，才会在投资道路上走得稳当。

鸡公争辩：你从来没有给过我机会！那时在公司，我发展了几个大学生，刚开始培养他们，你和雪莱就把我们统统炒掉了！过去的事情不说了，现在我既然有百分之二的股份，我愿意拿股份做抵押，再试一把！如果输了，亏损的部分从我股份里扣，你看行不行？

任鸡公怎么说，刘备只是摇头。鸡公耐着性子继续打苦情牌，你给我留了股份，我从心底里感激。可我并不只是为了钱！若论钱，我耐着性子做上门女婿，早晚会到手一大笔财产。可那有什么意义？我是想拿钱做事业，像你和雪莱一样，用成功证明自己的价值！

鸡公唠唠叨叨讲述苦难生活：入赘女婿在丈人家忍气吞声，像儿媳妇一样干活。他每天擦地板，丈人一家住那种淡水特有的小楼，上下三层半，皆铺瓷砖，他要从顶层擦到底层。这把年纪了，每天夜里腰疼，翻身都吃力。老备打断他，有钱人家，总会雇一两个保姆吧？鸡公不接话茬，硬着头皮往下说，他还学会了做饭，煲广东汤，每天天不亮就上厨房剁骨头。他常去菜场买鱼，有时候还杀几条毒蛇，他擅长做三蛇煲老龟……

你能想象吗？我忍着挺着，就为早日继承丈人的家产，拿到资金实现自己的投资梦想！你名义上给我股份，可是我想建立投资部门试验一下都不行，那不是跟我老丈人一样吗？我要等你套现股份，还不如继承岳父的家产呢！再说一遍，我如此忍受屈辱，不是为了钱，而是为了梦！

刘备说：你怎么就不明白呢？我和你的投资不是一个概念。我投资产品和技术，你呢？你投资价格变动，说到底是赌涨跌！我不让你兑现股份是为你好，将来老了，留一笔资产过上体面生活。

鸡公纠缠不休，你与我老丈人一个路子！他也有无数的房子，还有房产中介连锁店呢。可是要等我老了，快死了，才拿到真金白银，那有啥用？资产又不能带进棺材里……我求你了，早日解放我，让我兑现股份，实现梦想！

刘备长长打了一个哈欠，好了，酒起作用了，我得抓紧时间眯一会儿。你也得珍惜我一下，好不容易才培养起来瞌睡虫……

他站起身欲独自上楼，鸡公恼火地拽住他，你这是鄙视我！你以为给我那点股份是一种恩赐吗？说到底，你是拿了亚细亚公司的种子资金，才发展起光明投资公司！这座大厦里面，当然有我一份！我要兑现股份，拿走资金，比你和方圆当年悄悄卷款逃跑，不是光明磊落得多吗？

你这样说就没意思了！难道还要翻当年的账本，再算算亚细亚公司该怎么分家吗？好了，我看你今天喝多了酒，不计较这些醉话！刘备板起脸，神情庄严，自顾自走上楼梯。

鸡公真有点醉，冲他背影喊：何止亚细亚公司的资产？连你第一桶金都是我帮你挣的！你当副科长那会儿，给了五万块钱让我炒股，我赚了三倍，让你带着十五万资金跟我下淡水！如今你发达了，瞧不起我了，你有什么了不起啊？别以为我喝醉了，这些话我在肚子里憋了好多年了……

刘备回到自己的海燕包间，重重关上房门。

鸡公怒火中烧，睡意全无。他又打开一瓶啤酒，咕咚咕咚往肚子里灌。手机叮咚一响，鸡公打开屏幕查看。咦，雪莱竟然发来微信！怎么这时候找他？鸡公仔细浏览，更是吃了一惊——

你想和我做交易吗？她直截了当地问道。

鸡公回了一句：什么交易？

雪莱打字很快，迅速分析鸡公的处境：方圆告诉我，你们在人民饭店大聚会。这下子，你的原定计划肯定被打乱了，小阴谋也破产了。别否认，我能猜到你打什么算盘！友情提醒，你想从刘备手里得到的东西，同样可以在我的手里得到。进一步说，你在他手里得不到的东西，在我这里也能得到！怎么样？愿意跟我做交易吗？

鸡公心头突突跳！想什么来什么，刚刚在刘备面前碰了壁，雪莱又递上橄榄枝。是啊，既然跟哥哥做不成交易，为什么不在嫂子这边试一下呢？刘备不肯兑现股份，若能满足雪莱提出的条件，没准她会给鸡公兑现一大笔钱！

说吧，先谈谈你的条件，你想要什么？雪莱催促他开价。

鸡公抱着有枣没枣打一竿子的心情，列出三个条件：一、我想回光明投资公司，当一个部门经理，最好有董事身份。二、我的部门是国际投资部，须有独立资金。我知道我在公司有百分之二的股份，把股权折价，作为我部门的投资资金即可。三、自负盈亏，公司分成。

雪莱发了一个笑脸表情包：嘻，你这些条件，打死刘备也不肯答应！不过我接受，照单全收。

轮到你了。开条件吧，你要我做什么？鸡公惊喜万分，只是不知雪莱想干吗。他紧张地看着手机屏幕，等候回音。

你手里有百分之二的股份，刘备方圆已经解开这个秘密了。我知道他找你们的目的，就是请你们助阵，在视频董事会上行使投票权，支持他的提案。我呢，要求和他相同，希望你行使那百分之二的投票权，支持我的提案！

哦，你这是要策反呢。

对！如果你站到我这一边，明天董事会投票反戈一击，帮我完成王朝更替，就是我的大功臣！我给你的奖赏，会超过你的要求。等我接替刘备出任董事长，公司高层将要大改组，我会请你当副总裁——不仅是董事经理，还是光明投资公司的副总裁！怎么样，你可以满足了吧？

鸡公欣喜若狂，真想跳起来翻跟头！他努力保持矜持，发了一个出汗的表情包：要我出卖刘备大哥，于心不忍，良心不安啊！

雪莱半开玩笑半贬损：狗东西，给一块肉骨头，撒欢还来不及呢，扯什么良心？给一句痛快话，这笔交易你愿不愿做？

鸡公冷笑还击：凭什么相信你？给我一个理由。

因为满足你的要求，我无须做牺牲。你又不是向我讨钱，用自己的股份做抵押，自负盈亏搞投资，公司还有提成，我何乐而不为？至于董事、副总裁，那要看你干得怎么样。干好了，我得一员干将；干不好，你只是挂个虚衔，我有什么损失？我讲得实在吧？何况，我现在要靠你帮忙打江山哩！

雪莱说得句句在理，全都打中鸡公的心坎。他再也不装 × 了，咧嘴一笑：成交！

雪莱叮嘱道：从现在起，你每天向我汇报小楼的情况，特别是老头、刘备，他们的一举一动你都要告诉我。记住，咱俩是一伙的！

策反鸡公是张大胡子出的主意。开始雪莱还将信将疑，没想到这么顺利就成功了！张大胡子阅人无数，处世断事到底老辣，把小楼里三兄弟会师的局面分析得十分透彻。刘备主动浮出水面，抢先提议召开视频董事会，雪莱一时手足失措。本想抢老头要挟刘备，现在他先下手，还把兄弟们百分之十一的投票权控制住了，怎么办呢？关键时刻，到底有个男人在身边，张大胡子一招一式出主意。他指出，堡垒最容易从内部攻破，三兄弟不可能铁板一块，找到缝隙就好办。于是，便有了与鸡公的这场交易，形势发生对雪莱有利的转变。

雪莱乘胜追击，马上给刘备发微信。她同意召开视频会议，时间定在明天下午两点半。与会人士由她通知，刘备可提供自己想要的名单。雪莱摆出爽快大度的姿态，心底却想象着明天投票时的情景：二弟鸡公临阵反水，突然把票投给雪莱，刘备惊得眼镜都滑到鼻尖上……雪莱不禁咯咯地笑出了声。

刘备换了地方，脑子受到各种刺激，失眠更加严重。雪莱的微信一到，他及时收阅，当即回话同意。刘备胜券在握，害怕夜长梦多，自然希望速战速决。至于与会人员，他强调，董秘小秦一定要参加！财务总监虽然被雪莱免了，但她董秘的身份还在，有资格出席这次重要会议！

雪莱心中恼火，刘备念念不忘这妖精，就想给她挣个位子呢！前夫留下这把刀，专门是对付自己的。小秦每天来公司盯着，把张大胡子和雪莱的行动全看在眼里。估计开会时，刘备要把刀子亮出来！可是雪莱也不好说什么，只能表示同意。

雪莱气不忿，故意点刘备穴眼：方圆跟我说了，你们在淡水杀了一个人，现在人家老爹找上门来，你肯定紧张得睡不着觉吧？

刘备一抹脸，啥事也不承认：你在说什么？杀人？明天我去问问方圆，他发什么神经？本人一介书生，怎么可能干这等事情！

雪莱笑道：得了，那老头和你们住在一起。本来我想去看看他，你得了消息抢先赶到人民饭店！你害怕了，此行目的就想带走老头，毁灭证据！

刘备摆出一身正气、两袖清风的模样：你说的话，我一句也听不懂。刑事案件讲究人证物证，你若有证据，请及时提交公安局，别在这儿跟我瞎扯。

刘备又反手点她穴眼：顺便提醒你，我反复测算，明天董事会投票，至少赢你一个百分点！你这人输不起，我让你提前做好心理准备。

雪莱被他的赖账嘴脸气得发晕，又见他沉醉在胜利的梦想中，气便消了大半。刘备不知自己的兄弟已被策反，还被蒙在鼓里，自鸣得意哩！也好，飞得高摔得重，自己先示弱，且让他做梦去。

先别得意，投票出来结果再说。当然，你要是真能赢，我愿赌服输，光明投资公司还是你的天下！

雪莱离线，睡了。刘备却翻来覆去，仍然无法入眠。

他心头隐约不安，似乎有些不对劲儿，却又不知哪里出了毛病。眼见得晨曦透过窗帘，一点一点照亮餐桌铺成的床。刘备痛苦地坐起来，又度过一个不眠之夜！

三十二

　　昨天飘了一阵小清雪，今早艳阳高照，是一个冬季里难得的好天气。云霞犹如一群艳装少女，在阳光中轻歌曼舞，变幻出绚丽缤纷的色彩。麻雀是雪天仅见的飞鸟，落在厨房后面的空地上，在积雪中忙碌啄食。大狗虎子蹿来，惊得麻雀喳喳叫着起飞……

　　方圆带领刘备、鸡公把人民饭店仔细转一遍，角角落落都参观到了。刘备对锅炉后面的小澡堂很感兴趣，说自己在九层楼啥都好，就是无法洗澡，身上都捂馊了。方圆早早为他放了一缸烫水，关紧门窗让蒸汽憋着，给小屋升温，等他们参观完了正好洗澡。

　　站在楼顶平台，三兄弟眺望蔚蓝色海面，发出啧啧赞叹。鸡公说：怪不得你不肯出来，有这样的世外桃源修身养性，你不长寿才怪哩。

　　刘备看见蘑菇状凉亭，眼睛一亮，嘿，这个，跟九层楼顶上的凉亭一模一样啊！

　　方圆说自己喜欢九层楼，建饭店时才特意做了这凉亭。别人都嫌淡水的楼丑，像碉堡似的，他偏偏喜欢。因为躲在碉堡里，有一种安全感。躲进小楼成一统，管他春夏与秋冬。

　　刘备一脸严肃，向方圆提出一个出乎意料的要求：你把人民饭店

220

卖给我吧，给你一千万，够不够？

方圆有点吃惊，什么意思？你不做股权投资了，要来开饭店？

不，我要买你这个人！

刘备分析了光明投资公司的目前状况，认为下午董事会投票胜利之后，亟待清理整顿管理层！雪莱退二线，只能让她做点专项投资。高管层急需补充新鲜血液，替换掉雪莱的原班人马。刘备说：方圆你虽然不擅长投资，但做一个行政总裁，看守大本营，无论才干或为人，都是绰绰有余！更何况你和我是共同创业的元老，有些老人现在都还提起你，由你镇守公司谁都服帖……

方圆连连摆手，别，鸡公刚才说了，我有这世外桃源，能修身养性，是莫大的福分！你请我出山，那还不折我的寿？

鸡公心里很不是滋味。昨夜自己请缨上阵，董事长刘备都不正眼看他，今天却以三顾茅庐的姿态，恳请方圆出山。这样的对比，让鸡公的玻璃心深受刺激！幸亏他和嫂子背地里做了交易，要不心态还不知多么失衡呢！

他表面不动声色地劝说方圆：别恋着你这一亩三分地了，跟大哥出去闯吧！他那里家大业大，你能干一番大事！

刘备眯着眼睛眺望远方的海，动情地说起自己的投资事业。他如数家珍，讲述自己培育成功的公司——玻尿酸你们知道吗？那是一种美容产品，早先是国外生物学家在鸡冠、牛脐中提取的物质，造价极其昂贵。山东有一位生物学教授，发明稻谷作原料的生物发酵法，成本一下子下降百分之九十！这个美容产品就有了商用价值，目前在韩国和国内美容业极为畅销。刘备多年前得到信息，软缠硬磨，把教授创办却负债累累的生物科技公司买下来。每年赔钱，刘备坚持每年投资，不屈不挠。现在终于在创业板上市了，成为获利丰厚的传奇美容产品公司，股价暴涨百倍！

刘备说：方圆啊，做这样的生意与开饭店性质完全不同，那真有成就感，觉得自己在为社会创造价值！我现在买人民饭店，就像当年买玻尿酸生物学教授的赔钱公司一样，我要买的是人！兄弟，雪莱下台后，我需要你像当年一样，与我携手共进，把光明投资公司打造成投资界的航空母舰！

鸡公心里酸涩难耐，忍不住摊开双手问了一句：还有我呢？

刘备赶忙安慰他：你当然不必多说。你是我们的师傅，投资路上你是先行者！只要想干，我们三兄弟还像当年去淡水一样，共同实现人生梦想！不过，我还要坚持原则，做投资，不做投机，期货免谈！鸡公啊，我是害怕乱拳打死老师傅。

那是，那是。鸡公一脸假笑，牙根恨得痒痒。

现在，鸡公一心盼望视频董事会赶快召开，自己和雪莱联手赶走刘备，好让自己成为新班子的大将！

方圆还是不肯接受刘备的邀请。刘备坚持不懈，方圆只得转移话题，咱们去看看老头吧，应该尽早见他一面。这可是横在咱们面前的大麻烦！

刘备鸡公连声说是。他们跟在方圆后面，从小方孔踩着木梯，依次离开屋顶。

二楼走廊阵阵喧闹，小儿蓝天骑在虎子背上，把它当作一匹马！大狗虽笨，却热爱儿童，对蓝天百依百顺。两只长耳朵被他揪在手里，疼得龇牙咧嘴却也忍受。刘备走过，顺手摸摸蓝天的头，虎子误会他侵犯小孩，瞪眼怒吼一声，把刘备吓了一跳！旁边的蓝花花喝止虎子，把儿子从狗背上抱下来。

刘备扶扶眼镜，说：这狗怎么不拴起来？这么大个子不能当宠物养，万一咬谁一口十分危险！

蓝花花看了方圆一眼，道：是该把虎子拴回狗棚子了，不能让老头一直惯着它。说完她牵着狗下楼，蓝天跟在后面拽着狗尾巴欢笑。

方圆推开老头房门，见温妮正在叠被扫床。老人木呆呆蜷在沙发上，昨天的药力尚未消散，眼神恍惚迷离。方圆吆喝一声：客人来了，都来看你呢！

老头笑眯眯冲着刘备鸡公点头，都来了，来了好……

方圆把温妮介绍给两位哥哥。昨天她照顾蓝天睡觉，因为不熟悉，她忙完了直接回屋，没像蓝花花那样下来喝酒。他们淡水老友相聚，她觉得自己是外人。温妮向刘备鸡公点头微笑，可是方圆的介绍却使她翻脸发火。因为她的身份过于复杂，方圆不知如何说是好，就介绍温妮是他家的邻居，从小在一个院长大，像自己的小妹妹……

温妮眼睛一翻，不要篡改历史！前些天我还是你未婚妻呢，本来春节期间就要结婚。疫情来了一隔离，把我俩的婚姻隔离散了。你和蓝花花却因为隔离，又走到了一起！拜托，你尽量完整地把我介绍给两位兄弟，好不好？

方圆红了脸。刘备鸡公连说：可以理解，理解万岁！

温妮把扫床笤帚摔到老头床上，朝两位客人莞尔一笑，别见怪，我就是快人快语，和他闹惯了！说完，独自走出门去。

鸡公捅方圆一下，你好艳福啊，两个老婆侍候着。

刘备笑着哼了一声，够他喝一壶的！

他们又把注意力转到老头身上。鸡公指指自己鼻子，问道：老爷子，认识我吗？老头点头，认识认识。我是谁？你是我儿。老头连顿也不打，直接认了儿子。

鸡公又指刘备，你可看清楚了，他是谁？

老头迷糊中透着清醒，也是我儿，他可是大老板！

刘备问：你怎么知道我是老板？

看长相，看气派。老头又回到自己的逻辑，机智地反问一句，我儿子是干啥的，是什么样人，当爹的还能不知道？

方圆见到放在枕边的笔记本，拿给两位哥哥看。这是老人家写的自传，一生的秘密都藏在里面！

他俩轮番看那些字，方方正正，横竖撇捺，看起来像是规范的汉字，却一个也不认识。鸡公感叹：老头得有多大的脑洞，才能写出这些似是而非的怪字啊！

刘备把笔记本放回枕边，下了结论：就这些字而言，老头是糊涂了。没有人会下那么大的功夫，去写只有自己明白的天书！

鸡公打趣：方圆，你不是对我说，最近迷上一本奇书《天局》吗？瞧，天书比《天局》哪个更奇特？

接下来发生的一幕，却使三兄弟颇感诧异。老头让他们都坐下，自己往沙发背一靠，像领导似的说话：今天人都到齐了，咱们开个会！会议重点讨论一下，你们怎么给我养老？这是一个大问题啊！三个儿子，高高大大，总不能让老爹过一个凄惨的晚年吧？你们轮流发言，说说该怎么办？

方圆道：你在这儿住着，有吃有喝，有人照顾，我还给你泡澡搓背呢！不是挺好吗？你还想怎样养老？

刘备笑眯眯地说：三个儿子，你各家轮流住。在方圆这儿待够了，明天我和鸡公带你上南方。那里天气暖和，从不下雪，各种水果你吃不完……

老头一摆手，别光说好听的，我要你们拿出实际行动来！

鸡公问：怎么样才算实际行动？

老头斩钉截铁，拿钱！我哪也不去，就在这小楼待着，还有大狗给我做伴呢。你们只要给我钱，我的日子就好过！

三兄弟万没想到，老头打着养老的旗号，张口要钱！刚才还说他糊涂呢，转眼间眼镜片碎了一地！老头思路清晰，口齿伶俐，神情里有一种狡猾的得意。儿子长，儿子短，既然你们都是儿子，拿钱养老岂不是天经地义？三个大男人，就这么让表面糊涂的老头绕了进去！

鸡公小心翼翼地问：好吧，如果拿钱给你养老，你说，我们一个人得出多少钱？

老头伸出一根手指。方圆说十万？老人摇头。鸡公也竖起一根手指，一百万？老人还是摇头。刘备摘下眼镜，皱着眉头喃喃自语：莫非想要一千万？真是人老心不老，胃口比天大……

老人用力一拍沙发扶手，有水平！到底是大儿子懂得老爸心思。对头，我就要一千万，不过是你们一人一千万，总共三千万！

方圆和鸡公都笑了，呲呲地笑。刘备停了一会儿，也笑，却笑得比哭还难看。

鸡公往门外走，一边说：好好，一人一千万，给你三千万。您老人家先睡一觉吧，做个大头梦！

方圆也要走，却被老头拽住，口说无凭，写下字据。

刘备问：你要什么字据？

借条！老头像一只老鹰盯住刘备，那眼神使方圆瞬间想起阿庆。身材瘦小的吸毒者来富华楼敲诈，往茶几上插刀子，眼睛里就是射出这种目光，犹如捕食的鹰隼！

我没借你钱，干吗写借条？

你在生意场上混，肯定知道真金白银不是用嘴说的。没有字据，要是赖账我去找谁？你们必须给我写下借条，算是借了我三千万，日后我好拿着借条跟你们讨钱！

刘备转头四顾，蓝花花哪去了，该给老人吃药了！

三个人鱼贯离开房间，只听老头哈哈大笑，龟儿子，一听要钱都吓跑了！你们跑不了，借条一定要写，三千万一定要给我！

刘备在锅炉后的小澡堂泡澡，泡了很久，想了很多。擦干身子穿好衣服，他把两个兄弟叫到自己睡觉的海燕包间，把门关好。他一脸严肃地说：不对劲呀，这老头怎么突然狮子张口，要这么大的钱数？程序还十分明确，要我们先打借条。今后我们跑到哪里，他都好拿了借条来讨钱。这到底是个什么人？

方圆思忖道：还是蓝花花说得对，他可能是个神经病，但不发作时，脑子和常人一样清楚！

鸡公说：那就危险了，糊涂是装的！他要是不犯病，整天琢磨着怎么算计我们，以后的麻烦岂不是没完没了？

刘备让方圆把蓝花花叫来，四个人一块商议。蓝花花恰巧从门外走过，方圆让她进屋。刘备要她把老头吃的药拿出来，然后走到窗前把药瓶翻来覆去地研究，还摘下眼镜读药品说明书。方圆就把老头要三千万养老、逼他们打借条的事情告诉了蓝花花。

刘备转身面对蓝花花，举起药瓶，这药，从现在开始由我保管吧。目前是关键时刻，下午召开视频董事会，千万不能发生意外！

你什么意思？蓝花花疑惑地瞅着刘备，为了防止老头胡闹，要给他加大药量？

也不一定，根据情况采取措施。刘备并不否认蓝花花的推测，这药有强烈的镇静作用。老头要是吃多一两粒，睡得死死的，天下就太平了。

蓝花花不同意，这药很厉害，吃多了有危险。老头的脑子本来就不正常，刺激大了会出事的！

刘备耐心劝说：蓝花花，我也是以防不测。你看见了，他竟然敲诈三千万！谁说他脑子糊涂？这老头要使坏，能量比普通人还大，破坏性更严重！我们不得不防啊……

还有另一种可能，他要钱也就是胡说说，也是病症的一部分。他要三千万有用吗？你们会给吗？借条也没法律效用，当不得真！

鸡公支持刘备，指着方圆头上的纱布说：就算要三千万是胡说，可他打方圆总是真的吧？我看多给他喂些药，是必要的措施，没有什么坏处！明天我们就要走了，这一路上他发起疯来，怎么了得？

蓝花花目光坚定，向刘备伸出手来，把药给我！我不能让你们为所欲为，只想达到自己的目的，不把老头当人！是我把老头带来的，我要为他负责。万一吃药吃出个好歹，我也有法律责任！你们也真是，害了儿子，还想害死他爹吗？

蓝花花把话说得如此严厉，刘备只得把药瓶交给她，没那意思，你别误会……我们只想带他走，一路平安！

鸡公对前妻摇头，你还真成外人了！难道你要和老头拧成一股绳，跟我们作对？

蓝花花望着方圆，平静而坚决地说：如果你能尊重我的意见，请把老头留在人民饭店，别让他们带去淡水。我不想跟任何人作对，阿庆的事情过去就过去了。我只想和你一起给老头养老送终，为自己的过失赎罪。这一辈子，起码让自己良心过得去吧。方圆你说话，支持你的兄弟，还是支持我？

方圆避开众人的目光，垂下头。想了许久，他仰起脸来，神情庄严地说道：我支持蓝花花！

刘备目光严峻，透过眼镜片凝视方圆，一字一句地说：支持谁是你的自由。不过我要提醒你，作为光明投资公司的大股东，你要为公司前途负责。这老头给未来发展带来任何负面影响，我作为董事长都要向你追责！

方圆迎视刘备的目光，坦然说道：我会尽责尽力，处理好这桩事情！各方面我都要考虑周全，不能再发生新的危机！

风波暂时平息，但是分歧显露，三兄弟的裂痕再次扩大。

三十三

　　方圆早起练气功，登上屋顶。他曾访道寻佛，跟崂山道长学过吐纳功夫。面对初升的朝阳，他深深地、缓缓地吸气，直入肚脐之下丹田穴。在意念中，他仿佛把鲜红的太阳吞入腹中。师傅说过，凝目丹田，可以把整个宇宙装进人体。天人合一，人立天地间，天地藏胸间，主客本来就是一体。

　　方圆对玄妙理论似懂非懂，但这么想着，一呼一吸，他通体舒坦，妙不可言。沉静冥想，真气运行，日月星辰果然光照丹田。每当心中烦躁不安，方圆就在屋顶练气功，只消大半时辰，便神清气爽，眼清目明。这法宝多次帮他渡过难关，现在方圆又要靠它摆脱烦恼。

　　方圆与刘备、鸡公的争执，恐怕会越来越激烈。三兄弟本质有很大的不同，面对老头带来的危机，各自的立场、利益严重碰撞，冲突是难以避免的。方圆产生一种灾难感，总觉得将有悲剧发生。今年流年不利，按照天人合一之说，人间也不会太平。再落实到方圆的人民饭店，不是处处印证了那玄妙理论吗？

　　会发生什么悲剧呢？方圆惶惶不安，心浮气躁，难以入静。空气也混浊，似乎夹杂着一股邪气。但愿不要出事，但愿平安度劫！

方圆不断自我勉励，站了将近一个小时，草草收功。

下午两点半，视频董事会准时召开。

刘备有新下载的视频会议软件，效果很好，各位董事在电脑屏幕上显现，形象清晰。三兄弟一人一台笔记本电脑，在刘备睡觉的桌子上打开，围成一圈，面对摄像头开会。

方圆喜欢字画，包间墙壁上挂着大幅山水国画，云雾缥缈，气势磅礴。另一面墙上有名人书法，龙飞凤舞，笔触苍劲。这里看不出饭店包间的俗气，倒像办公室一般雅致，与会者真不知道他们选择的什么地方开会。

意外的情况是雪莱缺席了。副董事长说：她早晨起来头疼发烧、咳嗽不止，医院来了救护车将她从家中拉走。很快确诊了，直接住进ICU，因为病情严重，已经上了呼吸机。董事们长吁短叹，人人自危。

刘备狐疑地问了一句：真的还是假的？

头发花白的副董事长老实回答：我也没有亲眼看见。但雪总给我发了微信，我不能不相信吧？

刘备见此情形，知道投票是没希望了。他开始讲话，介绍前段时间自己隔离的情况，总算上苍保佑，到目前为止身体尚且健康。接着，他让诸位董事讲讲公司状况。董秘小秦抢先发言，电脑荧屏显示她胸部剧烈起伏，可能是见了未来老公刘备过于激动吧，也可能因为述说公司状况令她十分愤慨——

光明投资公司完全乱套了！各种公章被雪莱上缴，搬回家中独自掌握。虽然疫情期间业务停滞，但公司总有这样那样的事情需要处理，工作人员麻烦大了，只能一趟一趟往雪莱家里跑。那个张总张大胡子，还未与公司有任何关系，雪莱已经为他安排好办公室，就是方圆原来与刘备并排办公的那间屋子，新买的大班桌椅，进进出出犹如主人一般。他还带着两个手下，目中无人，鼻孔朝天……小秦激动地说：这个公司还有没有规矩？董事长、高管层还有没有权威？

等她发泄够了，刘备又接着发言。他强调公司管理的重要性，严厉批评当下公司的混乱状况。刘备摆出强势回归的姿态，要求每一位董事准备迎接一个新时代！疫情过后再也回不到从前，高管层将面临一场清理整顿！他暗示大家重新站队、重新选择，切不可看错方向。最后，刘备隆重推出方圆，宣布他将再次回到光明投资公司，出任常务副总裁！

刘备郑重其事地站起来，忽然想起这是视频会议，又坐下面对摄像头，清清嗓子说：现在，请方总为大家讲话！

方圆在桌下使劲拽刘备衣角，可刘备自顾自地说，分明要把他当一张牌打。董事们礼貌鼓掌，方圆没办法，只好硬着头皮说几句。他谦虚地自称外行，对公司当前的业务情况不熟悉，也只能说说当年与刘备创业如何不容易。陈芝麻烂谷子，方圆说得额角都冒出汗来……

鸡公也没闲着。他接到雪莱的微信，急忙侧身避开摄像头，打字回话。却不料对方是张大胡子，告诉他雪莱进 ICU 前，将手机交给自己，让他负责与鸡公联系。老头怎么样？小楼有什么新动向？今后鸡公要向张大胡子汇报。

鸡公便把老头要三千万养老费、逼他们写借条的事情告诉张大胡子。这情况引起他极大的兴趣，每一个细节都问来问去。他重点关注刘备怎样反应？生不生气？紧不紧张？当他听说刘备要掌管精神病药物，并与蓝花花发生冲突时，就显得异常兴奋，似乎他自己也吃了什么药……

张大胡子对鸡公下达指示，仿佛魔鬼在他耳边嘀咕。要诱使刘备犯错误，让他做出格的事情！鸡公不明白，犯啥错误？刘备一贯谨慎，他能做什么出格的事情？

张大胡子不得不把话挑明：如果刘备真的下药，导致老头死亡，这辈子不就再也翻不过身来了吗？鸡公恍然大悟，这样，连董事会投票都免了！他又进一步点拨：老头真死了，你也就解脱了，历史旧账一笔勾销！

鸡公觉得这确实是一箭双雕的高招！可他想了想，又兀自摇头，不过，刘备是理性动物，轻易不会犯错。让他谋杀老头，几乎不可能！

魔鬼开始许愿。张大胡子首先表态：万一刘备出事，其股份由雪莱、鸡公、他自己三个人平分。如果鸡公没钱购买股票，他张大胡子负责向银行贷款，先把刘备的股权买下来，赢利后逐渐归还。如此一番操作，鸡公将是公司第二大股东，因为他现在已经持有百分之二的股权。鸡公的位置排在雪莱之后，但排在他张大胡子之前！

鸡公中了魔鬼的毒，不由血脉偾张，希望无限膨胀！张大胡子说得头头是道，安排得细致入微，鸡公似乎已经抓住光明的未来！

然而，鸡公还是不相信刘备会犯那样的低级错误，因为他太理智，甚至太睿智了。张大胡子循循善诱：所以呀，你要创造条件，使他陷入激情犯罪的旋涡！

鸡公问：什么叫激情犯罪？

张大胡子坏笑，百度一下，长点知识嘛。上知乎问一下也行。鸡公同志啊，你需要不断学习，才能战胜睿智的刘备！

　　鸡公还想继续探讨下去，刘备却请他发言了。三兄弟齐上阵，刘备要的就是这股气势！鸡公慌忙中断与张大胡子的微信对话，磕磕巴巴地朝着摄像头讲起话来。讲什么呢？鸡公完全没准备，说空话、表决心就是了。那也不容易，说着说着就卡壳，找不到词了……

　　老头忽然推门进屋，免除了鸡公的尴尬。他左手抱着那个笔记本，右手擎着一支圆珠笔，要三兄弟当场写下借条！

　　方圆起身推他，我们正在开会呢，你不能进来。

　　老头伸长脖颈，望向电脑荧屏上的董事，开会好啊，让大家评评理！你们该不该给我写下借条？

　　鸡公反应快，机智地对着摄像头说：这老头是我爹，脑子有问题，上来一阵像个小孩子！我去处理一下，大家继续开会。鸡公向刘备使一个眼色，扶着老头往门外走。他一边走一边安抚老头，别瞎闹，你跟我来，我给你写借条！

　　鸡公圆场圆得不错，刘备就此下台阶。他向董事们解释，鸡公老父亲患了老年痴呆症，不认识人了，有时候会胡搅蛮缠。刘备看看手表，又道：我们不等宋可行了，会议也开得差不多了，就此散会吧！大家多保重，疫情期间平平安安。开春再聚，那时候春暖花开，一切都会好起来！

　　离线之后，合上电脑，刘备与方圆急忙来到鸡公的海鸥包间。鸡公已经把借条写好了！

　　鸡公认为，怎么说老头脑子也是有毛病的，你不给他写借条，他就不依不饶！整天跟在屁股后面捣乱，那也不是办法。不如遂了他心愿，写个字条糊弄糊弄他。他要什么，就给他写什么，反正废纸一张。在鸡公看来，这么一个神经病老头，所谓的借条拿在手里也翻不了天！三千万哩，他找谁要钱？开国际玩笑！

刘备不太赞成鸡公的妥协，阴沉着脸要过笔记本翻看。天书后面有一些空白页，鸡公就在其中一页写道：

> 今借到米大天同志人民币三千万元整，愿以光明投资公司股权做抵押，一年之内还清所欠款项。利息按人民银行活期存款计算。

米大天，这名字牛×啊！刘备犀利的目光透过眼镜，在老头脸上扫来扫去。你还懂得用股权做抵押？谁告诉你我们是光明投资公司的？

老头一指鸡公，他。你们在开会，我问是哪个单位的？他就说光明啥啥啥的，我也听不清楚……

鸡公解释，老头说借款必须有抵押物，他要方圆的饭店做抵押。利息也是他坚持写的。鸡公想，这座楼目标太具体，怕老头日后纠缠不放，方圆难过关。不如搞点虚玄的东西做抵押，看不见摸不着。于是鸡公就说公司正开董事会，用股权做抵押行不行？他还怕老头不答应呢，没想到老头痛痛快快接受了这件抵押物。

搞什么鬼！刘备把笔记本重重摔在桌子上，脸色极难看。

老头立刻翻回借条那一页，紧盯着刘备不放，签字，马上签！

鸡公拿起笔，签上自己的大名：宋可行，你看行不行？他们由我代表，不用每个人都签。

老头说：那不行，你才几斤几两？他，老大签字才算！

老头拿着笔，直往刘备手中塞。刘备背着双手不接。我不签！他冷冷地说。你为什么不签？老头紧盯不放。说不签就不签，没有为什么！刘备脖子一梗，态度强硬。

鸡公朝刘备挤眉弄眼，签就签呗，何必那么较真？

文字的东西不可儿戏，白纸黑字，签了今后有责任！

老头清醒得很，立刻抓住刘备的话柄，闹了半天，你们写借条是糊弄我呀！今后不想负责任，不肯认账，是吧？走，我去你们公司开会的地方，让同志们都评评理，给我主持公道！

老头拿着笔记本、圆珠笔，气呼呼走出门，又进了刚才开会的海燕包间。方圆赶快跟过去，只见老头对着三个合拢的笔记本电脑发呆。方圆企图扶他回屋睡觉，老头甩开他，口中喃喃：人呢，人都哪去了？

鸡公和刘备跟进来，告诉老头刚才被他一闹，董事会散会了。

老头圆睁双眼盯着刘备，神情凶狠，我再问你最后一次！这借条算不算数，你签不签字？

刘备坚决不让步，冷冰冰甩回两个字：不签！

老头举起桌上的笔记本电脑，狠狠摔在地下！一声巨响，吓人一跳！

方圆急忙抱住他。老头又要摔另一台笔记本电脑，鸡公抓住他双手，喝止他：住手，你疯了吗！

老头歇斯底里地喊：我不要钱了，我要你们偿命！你们以为我真傻啊，干了伤天害理的事情，真能瞒得住我吗？他转身指着方圆，你！小子啊，昨天不是都招了吗？我儿子就是你们合伙害死的！看看吧，你们看见他的头没有？我要把你们三个脑袋全都敲碎，拿命来，给我儿阿庆抵命！

方圆跑到走廊喊蓝花花。鸡公和刘备一人架着老头一条胳膊，把他拽到自己的房间。

蓝花花与温妮正坐在楼下餐厅说话哩，听到呼喊，急忙跑上二楼。她拿保温瓶往杯子里倒水，掏出药瓶哄老头吃药。怎么又不听话？我不是跟你说过吗，别胡闹，我就给你做红烧肉、炸带鱼……

老头推开蓝花花手掌，使劲往后仰着脑袋，就是不肯吃药。

你今天是怎么了？还不肯听话？吃了药身体健康，你老人家能活一百岁……

蓝花花一边说，一边把两片药塞到老头嘴里。不想老头啐了一口，把药吐了出来！方圆、鸡公上前帮忙，老人见他们靠近，更加发作，一巴掌打掉蓝花花手中的药瓶！蓝色的小药片满地乱滚，角角落落到处都是……

方圆真火了，大声吼老头：你要干什么？这是找死的节奏啊！

蓝花花拽他衣袖，使个眼色，意思让他别再刺激老头。刘备弯腰捡起几颗药，摊开手掌凝视着，似乎动了什么心思。

这时候，温妮像一只猫，轻手轻脚跑上来。她慌慌张张、压低嗓音说：你们别出声，有人来了！正在开卷帘门的锁呢！

方圆一拍额头：糟糕，准是郑主任！他又来检查了……

仓促间来不及多想，方圆让刘备、鸡公、温妮等几个外来者，就地藏在老头屋里，从里边锁住房门。他让大家千万别吱声，自己和蓝花花出去周旋，就说老人正在睡觉，把郑主任挡在下面。众人屏住呼吸，让他快走。

方圆刚要出屋，老人举起笔记本，站住，你把名签了！要不你前脚出门，我后脚就喊"救命"！

餐厅里一阵响动，郑主任嗓门洪亮，高声吆喝：方圆，怎么没有人啊，方圆你在吗——

蓝花花先出去应酬，老远就跟领导打招呼。方圆被老头拿住软肋，毫无挣扎的余地，慌忙在借条签下自己大名。他嘴巴也不敢闲着，一边写字一边大声答应：郑主任，我来啦，我这就下来！

方圆奔出房间，温妮赶快插上插销！

三十四

郑主任瘦了，额头上、眼角旁皱纹加深许多，仿佛用刀子重重刻过。这些日子他肯定累得不轻，基层干部都处于拼命的状态。肩上挑一副重担，容易吗？郑主任说话嗓音喑哑，一副精疲力竭的样子，但他仍精神矍铄，上下打量着方圆、蓝花花。

郑主任问：你们都好吧？二人连声道好。他盯着方圆头上的纱布，有点好奇，你怎么受伤了？隔离了还跟别人打架吗？方圆忙说喝多了酒，修锅炉时撞的。这把年纪了，怎么可能打架？郑主任又问：你爹呢？方圆回答：在楼上睡觉呢。他又补充一句：那老头不是我爹，只是一个过路的食客……郑主任挥挥手，不与他争辩。

司机小王指着手表提醒郑主任：没事了咱就走吧，还得去好多家看看呢。郑主任皱起眉头，这里是重点！我就奇了怪了，和那老头同住一屋檐下，三个人居然都没事！

郑主任一边说话，一边在餐厅转悠，又沿着走廊来到厨房。他到处张望，似乎检查可疑的迹象。走进储藏室，他终于有了新发现，伸手指着后窗问：这窗不是封着的吗？怎么起开了？

方圆解释，门窗都封了闷得慌，他有时候在这里观街景、抽香烟。方圆说着，拿起窗台上的烟灰缸给郑主任看，昨天和老头说话恰巧留下几个烟蒂。郑主任嗯了一声，背着手往外走。

走近老头的屋子，郑主任站住脚。他推推门，推不开，又敲门。方圆急忙说：老头脑子糊涂，白天总是睡觉，夜里就起来瞎折腾，整个一个夜猫子……

郑主任继续敲门，我想看看他，看过了才能放心。

方圆摊开双手，想阻拦又不敢，他睡觉可死了，你在他枕边敲鼓也醒不了！我们有时送饭，午饭要等到晚上才能让他吃上。没办法，他就是睡不醒，怎么敲门也白搭！

郑主任只好放弃，又到蓝花花屋里转了一圈。女人爱干净，衣物都收拾在大橱里，床上看不出异样。只是两个枕头，引起郑主任猜疑。不过，他往其他方面想了，暧昧地笑着注视方圆的眼睛。方圆脸一红，拉着郑主任的手说：我睡在海鸥包间。

他领着郑主任看餐桌拼起的床。被褥在椅子上堆着，看不出鸡公和儿子在这里睡觉。郑主任嘱咐道：这就对了，你可不能没吹哨就开饭啊！方圆不解，什么吹哨啊、开饭的？郑主任解释：吹哨，是指登记结婚。开饭嘛，你自己去理解……郑主任意味深长地一笑，丢下窘迫的方圆，独自走出门去。

刘备住的海燕包间出了问题。郑主任竟然每间屋子都不肯放过，使方圆防不胜防。他径直推门进去，看见桌上两部电脑，地下还摔坏了一部，脸色骤变。

郑主任指着桌子问：这是怎么回事？那么多电脑，还有砸了的，聚众斗殴吗？

方圆傻眼了，支吾道：我在这里办公，不小心摔坏了电脑……哪里有斗殴哇？……

专业人士啊，那也用不着这么多电脑吧？郑主任目光敏锐地盯着方圆，我看，即便没有斗殴，聚众是肯定的！坦白吧，有人在你这儿住吧？

方圆正要否认，恰巧，小儿蓝天蹦蹦跳跳进屋来。他原先在院子里逗大狗虎子玩，方圆和蓝花花都把他给忘了。关键时刻小家伙出现在郑主任面前，捅下了娄子！

蓝花花替方圆解围，抱起蓝天承认是自己的过错。她说自己离婚了，带着儿子单过。那天匆忙被隔离，来不及接儿子，是邻居替她去学校接回蓝天。自己的小孩，也不能老让邻居照顾啊，于是就把蓝天接到人民饭店。怎么进来的？只能撬开后窗把儿子递进来……

郑主任瞪着方圆，我说嘛，为了抽烟，也不至于把窗子撬开吧？方圆点头如鸡啄米，那是那是。

桌上的电脑也好解释了。孩子做作业玩游戏，蓝花花追网剧，方圆看新闻，这间屋就成了他们共同的办公室。事已至此，郑主任只能批评他们一顿，也不好把孩子送走。他离开海燕包间，方圆和蓝花花对视一眼，长长松了一口气。

没等缓过劲来，老头的房间传出一阵响动！郑主任正要下楼，闻声转回老头房门口。他侧耳倾听，里面似乎有说话声。郑主任再一次敲门，大爷，我们来看你了！你醒了吗？请把房门打开。

方圆脸都吓白了！幸好，屋内又沉寂下来。

蓝花花乖巧地向郑主任解释，这老头睡觉非常不老实，有几次从床上跌到地板，接着打呼噜呢！他还爱说梦话，半夜里哇啦哇啦演讲，吵得她在隔壁都睡不好觉……

郑主任满腹狐疑，但又怎么也敲不开门。僵持一会儿，他只得暂且罢休，方圆，咱们到楼下坐坐，我还不信见不到你爹哩！

方圆又惊又烦，声音一下子拔高八度，他不是我爹！

下得楼来，郑主任和方圆隔着一张餐桌坐下。他审犯人似的双眼紧盯方圆，真是如芒刺在背啊！

方圆几乎要崩溃。犯罪感袭上心头，他产生坦白的冲动！说出来就好了，一切都解脱了。他忏悔找错了对象，还被老头暴打一顿，应该向政府、向郑主任忏悔啊！现在晚了，越陷越深，楼上老头房间里还不知什么情况呢……

方圆感到晕眩，郑主任的脸庞扁了，长了。一会儿又变方，变圆，那张脸就在方圆眼里不断地变形。周围东西都在变，餐桌、椅子、吊灯、吧台仿佛是橡皮泥做成的，一只看不见的手搓揉它们，变化出各种形状。什么都不真实，方圆坠入一个魔幻世界。

幸亏手机铃响，郑主任接电话。他眉飞色舞地喊:陈院长，你好啊！明白，明天早上九点半，我把老人送到医院，直接找你。好的好的，我把一块儿的几个人都送来……谢谢你了，帮我拆除一个定时炸弹啊！

事情圆满解决，郑主任总算走了。方圆送他到门口，心想，你才是我身边的定时炸弹呢！不过他又担心，明天早晨郑主任来接老头，刘备、鸡公却把老头带走了。方圆该怎么向郑主任交代呢？这位领导虽然严厉，却是热心肠的好人，糊弄他可不行。

眼下且顾不得这些了。二楼老头的房间里，也上演了一场惊心动魄的活剧！

老头很坏，郑主任一来，他就趁势狠狠欺负刘备、鸡公。他又训又骂，真像猫捉老鼠，不马上吃掉，还要戏弄一番——

尿了吧？害怕了吧？你们作了孽不肯补偿我，要点儿钱还不肯签字！领导就在外面，我喊一嗓子你们准玩儿完！哼，你们犯了罪呀，那还能不罚？要钱还是要命？你们好好想清楚喽。特别是老大，你还硬，还鼻孔朝天哩，小心折断你的脊梁骨！

刘备、鸡公自然不敢作声，只能蹲在地上默默地捡药片。老头也不想赶尽杀绝，郑主任第一次来敲门，他便闭上嘴巴，屋里鸦雀无声。等他走了，老头又开始训儿。两个人气呀，打掉牙齿往肚子里咽！尤其刘备，老头专门损他，仿佛积怨已深。刘备眼白一翻一翻，从镜框上方瞅着老头……

老头过足了瘾，便翻开笔记本，把圆珠笔往茶几上一拍，招呼刘备：签字吧，就差你一个了！现在没啥好说的，乖乖签上你的尊姓大名。签完字，咱爷俩相安无事，我放你一马。要是你再敢孽，我开了门就出去找领导，直接把你送进监狱！

刘备真是被逼入了绝境！眼下他一丁点也不敢触犯老头，真要闹起来谁也没法收场。可是刘备有原则，这字绝不能签！他越来越觉得老头不简单，有预谋、有计划地一步步把他驱赶入陷阱。可是不签字老头苦苦相逼、死咬不放，怎么办呢？

鸡公悄悄使个眼色，低声说：喂他吃药！不肯吃硬往嘴里塞，我帮你按住他的腿！

鸡公把已经捡起的半瓶蓝药片，塞进刘备手中。刘备咬咬牙，拿着药站起来。他对这种药很熟悉，自己也长期服用精神类药物。因而，他眼珠一转，又把药瓶递还给鸡公，你来喂，这种时候该你表现一下了。我是董事长，正在考察你呢！你不是有想法、有要求吗？表现到位，我自会考虑……

老头喝了一声，嘀咕什么呢？还不快来签字！

鸡公硬着头皮走过去，在沙发挨着老头坐下。他从小瓶倒出几片药，劝道：大爷，该吃药了。吃完药你好好睡一觉，啥都好了……

老头触电似的一跳，远离鸡公在床沿坐下。老头冷笑，想害我吗？我把这毒药吞到肚子里，你们就称心如意了吧？

刘备朝鸡公瞪眼，啰唆什么？你直接喂药不就行了嘛！

气氛顿时紧张起来，图穷匕见的时刻到了！老头毫不示弱，手指刘备喝道：老大，我也不跟你啰唆！我数到三，你还没签字，我就大声喊人！

说着，他伸出指头数数——一、二……

恰好郑主任二次来敲门！老头数出了"三"，张大嘴巴刚要喊，刘备像一只出笼猛虎，忽一下将老头扑倒在床上！他抓起枕头闷住老头的脸，额上青筋暴跳，真像起了杀心！

老头双腿乱蹬，胳膊拼命拽枕头。刘备又涌起面对死亡的冲动，胸中仿佛有怪兽苏醒，只想吞噬一切生命！鸡公也动手相助，用力按住老头的两只脚。他激动得心头突突直跳，紧张啊、兴奋啊，那感觉无法形容！哦，这就是激情犯罪，激情杀人！不用百度了，也不用问知乎，鸡公啥都明白了！

老头的挣扎越来越无力，脚板也渐渐僵硬，事情眼看快成了……

忽然，刘备似乎清醒过来。他转头瞥了鸡公一眼，狡黠地说：咱们换一下吧，你来按枕头，我按腿。

鸡公表现得十分客气，连道：不用不用！我按腿就挺好，枕头还是你按着吧……

刘备眼睛一瞪，口气严厉起来，鸡公，董事长说话还不管用吗？关键时刻见人心啊！

鸡公只得松开双手，与刘备交换，我换我换，听你的……不过，他可不想跌入陷阱，两掌只是轻轻搭在枕头上。

此时，温妮出手干预！她把鸡公推到一边，掀开压在老头脸上的枕头，你们想干啥？真要害死老头吗？这个正直的姑娘，气得脸庞都涨红了。

刘备彻底清醒，急忙冲温妮解释：哪里，我只是不让他出声！形势这么紧张，我怕方圆被动嘛……

他和鸡公退到沙发坐下。刘备把药片递给温妮，语气讨好地说：你有办法，把药喂他吃了，省得他闹腾。我们大家都求你了！

老头缓过气来，像老牛似的低沉地喘了一口粗气。

温妮安慰他：好点了吧？来，拿我的手机玩游戏，轻松一下。

老头没有兴致，把手机丢在一旁，躺在床上显得疲惫不堪。温妮往杯子里倒温水，喂他喝了两口。她声音轻柔地哄他吃药，该休息了，你不累吗？好好睡一觉吧。

她把药片送到老头嘴边。温妮的话他还肯听，但是提出一个要求：你先用手机把借条拍下来，我再吃药。

为什么？

我怕他们搞鬼，把借条撕了！你拍照，借条存在你的手机里，我才能放心……

老头还挺有心眼儿，这桩小小的交易很快达成。温妮翻开笔记本找到借条，用手机拍照。老头看过照片，乖乖地咽下药片。他喝了两口水，倒头便睡。

每个人都有虚脱的感觉，这一顿折磨真叫人吃不消！

刘备看一眼熟睡的老头，对鸡公说：明天一早咱们就走，这一路你负责喂老头吃药。能完成这个任务吗？

鸡公心领神会，董事长放心，我有一百种办法让他乖乖吃药。喝水啦，喝饮料啦，还有吃饭，都是喂药的好机会……

方圆的声音在走廊响起来：你们都出来吧，郑主任走了！

天色渐渐暗淡，这艰难的、充满戏剧性的一天终将过去。

三十五

蓝花花不能做晚饭了，她说头疼，早早上床躺下。方圆知道她的老毛病，精神紧张，天气骤热，蓝花花就会犯头痛。严重时挺不直腰，吃不下饭，甚至会呕吐。不过只要吃上一粒止疼片，长长地睡一夜觉，第二天就跟好人一样，头疼便消失得无影无踪。

最后的晚餐，就由方圆做主厨，温妮打下手。刘备和鸡公力主简单，不炒菜不喝酒，包一顿上路饺子就很好！

于是便包饺子。方圆和馅，温妮擀皮，两人一边说话一边干活，十分和谐。温妮难得一脸严肃，对方圆说：我有许多想法，到了不得不说的时刻！你要认真听，别把我当小孩子。

方圆答应，从来没敢把你当小孩子，你自己别放赖就行。

温妮跟他讲述下午在老头房间里发生的事情。刘备如何用枕头蒙住老人的脸，鸡公如何压着老人双腿，险些把老头憋死……

方圆很吃惊。但一转念，又替两位哥哥辩解：老头都数到三了，你还不捂住他嘴，他吼一嗓子，这会儿还不知道是怎样的结局呢！

温妮说：可怕的是他俩表现出来一股疯狂劲！老头身上有病，疯病。我看，你们三兄弟都传染了老头的神经病毒，头脑好像开始不正常！说实话，我很担心，总觉得人民饭店要出什么大事情……

方圆不以为然，能出啥事？难不成你怀疑我们真会把老头弄死？我们都是有知识、有文化，大小也有一份资产的人，不可能失去理性，做出伤天害理的事情！

温妮瞥了方圆一眼，没说话，继续捏饺子。方圆一下子想到阿庆，当年不是已经疯狂过一回了吗？他便放下这话题，不敢多说。

温妮叹了一口气，口吻变得很温柔，这倒是比较罕见，你知道吗？我跳入人民饭店，开始只想和蓝花花抢你，没料到卷入一场复杂旋涡。那天晚上，蓝花花对我讲了阿庆的事情，我非常害怕！我怕你因此蹲监狱，就想捂住这件事情。我宁愿退出爱情争夺战，也不要激怒蓝花花。我希望真能像她说的一样，你们结婚，共同给老头养老。你一边赎罪，一边悄悄地把事情真相隐瞒过去。那倒也是不错的结局，我甘愿为此做出牺牲，只求你一生平安……

温妮说着，眼睛闪现泪花，背转身用手背揉揉眼睛。方圆很感动，相识那么多年，他很少见到温妮深情的、自我牺牲的一面。他喃喃道：谢谢你，真心谢谢。

温妮话锋一转，声音变得铿锵有力，可是，事情发展到今天这地步，我的想法变了。方圆，我劝你去自首！纸是包不住火的。你的兄弟都来了，他们各有自己的目的。蓝花花跟他们一样，说到底是想利用老头要挟你！虽然为了爱情，却也过分自私。还有老头，我看出来他也不是善茬子，虽然疯狂，绝不糊涂。他打算利用儿子的死，狠狠敲诈你们一笔钱！这样复杂的局面，你还能瞒得住谁？只有自首，主动报案，才能避免更大的危险！

方圆对温妮刮目相看。他放下擀面杖，真想拥抱她一下，你说得对，我完全赞成！这些日子我就在琢磨这事情，只是碍于两位兄弟的面子，光明投资公司又遇到难题，想过一阵再说。今晚上吃饭，我准备和刘备、鸡公摊牌，不能让他们把老头带走！

温妮瞟他一眼，这就对了，我知道你会做出正确的选择！你这人最大的好处，就是善良，遇到啥事都不动坏心眼……

包完饺子，温妮让方圆上楼看蓝花花。她说刚才离开房间时，发现蓝花花在被窝里流泪。显然，她不仅头疼，还十分伤心。方圆就让温妮下饺子，自己走出厨房。

方圆在门口回过头，说了一句话：温妮，通过这一次，我真对你有了新认识！别看你小事任性，爱耍刁胡闹，可你这人骨子里正直、正义，大事不糊涂！

温妮得意地扭动腰肢，本来嘛，只有遇到大风浪才能见真性情，在矛盾中才能看清真面貌……

方圆进了蓝花花的屋子，一团漆黑。他打开大灯，又怕晃了蓝花花的眼，改把床头的小灯打开。淡黄色光晕笼罩床头，蓝花花圆形的脸似乎变尖，显出蜡黄颜色。方圆在她身边坐下，伸手摸摸她额头，好像有点发烧。

方圆说：晚上多留神，严重了叫我。蓝花花笑笑，没事的，明天早上就跟老头一块去医院。郑主任不是都安排好了吗？

方圆注视蓝花花的眼睛，心里一阵疼痛。他想说什么话安慰她，却一时找不出词，于是就沉默着。

蓝花花主动开腔，先长长地叹了一口气，你知道吗？我心里满是后悔，悔青了肠子！我不该把老头弄来，犯了一个大错误！

方圆要宽慰她，蓝花花却制止他，继续往下说：我只想爱你，只想得到你，却走过了头。我真是不顾一切、不择手段啊！现在看来，我做得太离谱了，我们的关系掺入杂质，离爱情越来越远了……

别这样说，方圆握住她的手，等事情过去，一切都可以从头开始！老头的事情牵扯淡水历史，我也犹豫过，糊涂过。现在已经知道该怎么办了，明天从医院回来，我就到派出所坦白自首！

蓝花花眼睛汪出泪水，原先哭肿的眼泡越发红肿，我害了你，不管怎么说，都是我的错！我也因此失去了你。我知道，失去了信任就失去了爱情。昨天晚上你吼我，正是因为我伤到了你的心！

方圆无法否认。揭开真相，老头竟然是蓝花花弄来的，他确实几近崩溃！但他现在原谅了她，只希望蓝花花快点好起来。方圆用深情的眼神，把这层意思传递给蓝花花。

然而，蓝花花一脸绝望神情，自顾自往下说：我真苦命，一辈子最爱的人就是得不到！眼看抓到手了，最终又滑脱……就像我小时候那双粉红色雨靴，我是那么喜欢啊，可是没穿几天就归了别人。命里八尺，难求一丈！我和你走不到一起了……

蓝花花泪水横流，泣不成声。方圆心疼极了，蓝花花也是他一生最爱的女人啊！然而阴差阳错，两人几度交集，却无缘做夫妻。此时此刻，竟有一种诀别的意味，令方圆既恐惧又伤心！

方圆只好安慰蓝花花道：一切都会好起来的，事情还没那么糟糕……

在蓝花花眼里，一切都很糟糕。特别是老头，她强调，老头很危险！这些日子，蓝花花越来越感到，自己完全控制不住他了。老头像一头凶猛的野兽，露出锋利牙齿，要把驯兽师也撕裂！这更使她认识到自己错误的严重性。

蓝花花冷静下来，语调变得凝重，我告诉你一件事情，蓝天对我说，下午，他在狗窝里看见一只黑色的塑料桶，还闻到浓烈的汽油味！我说不会吧，谁能把汽油放在狗窝里？

方圆一惊，屏息听蓝花花往下说。

虎子一个劲儿地叫，不肯被拴在狗棚子里。我怕它夜里吵得客人睡不好觉，就解开锁链放它自由。我也闻到狗棚子里有一股汽油味，不那么浓了，可是还有。最重要的是，那只黑色塑料桶不见了！我一想，蓝天从不说谎，那塑料桶里说不定就是装着汽油！我怀疑这是老头干的，他藏一桶汽油想干什么？方圆，你赶快查清楚，找到那桶汽油。我觉得这件事情非常危险！

蓝花花过于紧张，说完话，头又剧烈疼痛起来。方圆用毛巾为她擦脸，把被子给她掖好，顾不得多陪伴，就关灯离开卧室。

方圆急急来到狗棚前。虎子以为要喂食，紧紧跟他在后面。狗棚子空空荡荡，铁丝门开着；狗窝在木头做成的箱子里，黑乎乎什么也看不见。似有淡淡的汽油味，但已经很难分辨了……

一个问题纠结在方圆脑际：汽油是从哪里来的呢？这个饭店没有使用汽油的地方，烧锅炉用煤炭，灶台用天然气，方圆也从来不贮藏汽油。隔离期间，老头不可能外出搞汽油啊，那只藏在狗窝里的塑料桶是怎么回事呢？

方圆在院子里漫步。抬头望天，浓厚的云块遮住月亮，似乎正酝酿一场暴风雪。四周笼罩在黑暗中，诡异的氛围团团裹住方圆。他一直感觉小楼所发生的事情带着浓浓的魔幻色彩，此刻更加不可思议。他仿佛陷于一场噩梦，怎么也醒不过来！方圆用力拍额头，努力找回真实感。这些日子来，他脚下总是虚浮，像是在海面漂荡。方圆太需要脚踏实地、将脚掌牢牢踩在大地上那种感觉了……

围墙外的路灯，洒进些许光亮，方圆看见东墙根那两棵黑松。接着，松树下的一辆皮卡汽车跳入他的眼帘！

傻狗虎子这会儿变得机灵，似乎看懂了主人的心思，跑到皮卡跟前一个劲儿叫。方圆未等走近，就闻到一股强烈的汽油味！皮卡的油箱被打开过，有人用塑料管从油箱吸油，手法还十分专业呢。这就能够解释汽油是从哪里来的，塑料桶装着皮卡汽车的油！真让人想不到啊，那老头还是老司机哩！

方圆从锅炉房小澡堂开始搜查，每一个房间、每一处角落都不放过，可是没有任何收获。方圆急得额头冒汗，必须找到埋藏在人民饭店的隐患！照理说，一桶汽油放在哪里都有刺鼻的气味，藏是藏不住的。然而，方圆就是找不到黑色塑料桶，难道它插翅飞走了？

方圆进了小储藏室，打开后窗，抽一支香烟清醒头脑。

蓝花花说得没错，危险正步步逼近！只是他百思不得其解，老头明明在床上躺着，他能把汽油桶藏到哪里去呢？再说，他想干吗？难道真要放火烧掉这座小楼？没理由啊，要钱，借条也给他写了；刘备虽然没签字，方圆和鸡公不也都给他签了吗？即便老头是神经病，也犯不上以命相搏啊！

一支烟很快吸完了。方圆目光散漫，打量储藏室里乱糟糟的货物。他想，任何危险的物品都要控制起来，别让老头瞎扒拉，被他拿在手里不安全！还有啥东西能害人呢？

方圆走到大货架跟前，顶层一只铁桶吸引了他的目光。那里面藏着一些平时不用的杂物，好像没什么危险物品……

毒鼠强！方圆一拍额头失声叫道。

有一段时间，好像是蓝花花刚来那会儿吧，饭店老鼠成灾，他买了一些灭鼠药放在厨房、仓库里。毒鼠强好厉害，战果赫赫，每天都能发现老鼠尸首！不久，老鼠们就搬家逃亡，没了踪迹。方圆便把剩下的毒药装在塑料袋里，包上几层报纸，装进铁桶。当时他想，如果再有鼠患，可能还用得着。

现在看来，这倒真成了隐患！方圆急忙搬下铁桶，打开桶盖。那只塑料袋还在，毒药却不见了！

方圆吓出一身冷汗，谁会偷走毒鼠强？答案只能是老头！和那桶汽油一样，都是行凶的工具啊！老头处心积虑，备下种种预案，怕是想把小楼里的人都赶尽杀绝呀！

不能再等了，必须审讯老头，把事情问清楚！方圆三步并作两步，直奔二楼老头的房间。

他打开灯，企图将老头叫醒。可是老头吃药吃得有点过量，睡觉跟死人一样。方圆叫他，抓着肩膀晃他，用手拍他的脸庞。老头毫无反应，瘦小的身子像一具木乃伊。

方圆在狭小的房间转圈，到处翻找。毒药啊，想一想他都要浑身颤抖！老头的口袋、被窝、沙发底下、茶几抽屉……哪里都翻遍了，没有看到毒鼠强，遑论一桶汽油！

方圆在老头床前坐下，点燃一支香烟，久久地凝视着他。此刻老头安静，甚至安详，很难把可怕的事物与这老人联系起来。就在几天前，方圆还试图走进他的内心世界，对他充满忏悔之意。可是转眼间，老头竟变成魔鬼……真是谜一样的老人啊！他使方圆掉入一口深井，双手摸着四壁，却怎么也找不到出路。

烟蒂熄灭，方圆深深叹一口气，离开老头房间。

三十六

　　方圆与刘备、鸡公激烈争吵，三兄弟几乎翻脸动手！若不是提前约定光吃饺子不喝酒，说不定借着酒劲打起架来，方圆的脑袋又要开花！起因当然是老头，怎么处理他？如何应对危机重重的局面？三个人各抒己见、相持不下，吵得天翻地覆！

　　最先是方圆挑起战火。他们来到刘备的海燕包间，像白天开董事会一样围着餐桌坐下。方圆开门见山，老头不能走了！郑主任已经与我约定，明早九点半来车接老头，去滨海医院隔离，病房也已经预备好了。你们要把老头带走，我怎么跟郑主任交代？

　　这就像丢下一颗火星，两位哥哥立即炸了！鸡公扬起眉毛，嘿，咱们共同定好的计划，怎么说变就变？你不能自作主张！有什么不好交代的？一个街道办事处主任，你怕他干吗？

　　方圆辩解：不是怕他。老头不见了，我总得有个说法吧，怎么说？

　　鸡公道：你就说他半夜打开后窗，自己跳到街上逃走了！瞧你这惨样，就实话实说嘛。电脑是他摔的，你脑袋是他砸的，这老头整个儿是一疯子！街道办事处，那个什么郑主任，既然强迫安排老头在这儿隔离，他们就有责任赔偿人民饭店的损失！

刘备不像鸡公那样强词夺理，皱着眉头问方圆：好吧，就算我们同意，让郑主任把老头接走，到滨海医院了，下一步打算怎么办？把你的计划都说出来吧。

方圆深深吸一口气，说出自己真实的想法：我要到派出所自首！是时候了，我要把当年在石板桥上，跟阿庆的那场冲突交代清楚。这件事情瞒是瞒不住的，老头不会善罢甘休！你们知道吗？他预备了各种方案，想要我们的命啊！我去坦白自首，也是为了保护自己……

于是，方圆就把最新发生的诡异事件讲给他们听——皮卡油箱的汽油被抽走，黑色塑料桶失踪，毒鼠强也不翼而飞！

刘备、鸡公大为吃惊，眼睛瞪得滚圆。可以断定，老头正在酝酿可怕的阴谋！控制他将是一件艰难的事情，原来的计划确实行不通了。

方圆说：这种情况下你们把他带走，一路上过关卡、受盘查。到了淡水，还要养在九层楼上，让什么小老板照料着，这一切都现实吗？他不仅是疯子，还抱着敲诈的目的，整天算计咱们，早晚要出大事的！你们不要笑我书生气，开始我是内疚、忏悔，现在不同了——我只想自保，好好地活着！

方圆说得有道理，两位哥哥沉默了一会儿。

鸡公首先冷笑，这么点事就怕了？就吓破胆了？我们从淡水起家，一路拼杀过来，什么样的大风大浪没见过？方圆，我告诉你，老头没啥了不起的，他不是我们对手！汽油桶、毒药虽然可怕，但我先下手为强，把他那些招数统统废了！

方圆望着他胸有成竹的神态，不解地问：什么，先下手为强？你采取措施了？

对。你去审他，老头怎么也叫不醒，是吧？现在他就是一具活死尸！鸡公喝一口茶，得意扬扬地说，董事长让我负责给老头喂药，药瓶子由我掌握啦！鸡公放下茶杯，从内衣口袋掏出半瓶蓝色药片，哗啦哗啦地摇晃着，先前你们在厨房包饺子，我就往他嘴里塞了几片药。没有水不要紧，我就让他干含着，唾液总会使药片慢慢溶化。药量是过了一些，但不足以致命。用你的话说，我这也是自保！他昏睡不醒，汽油啦、毒鼠强啦，又有什么用呢？你就是给他刀，给他枪，他还能舞刀弄枪吗？哈哈。

董事长很满意，朝鸡公竖起大拇指，做得好！害人之心不可有，防人之心不可无。让老头一路睡觉吧，什么难题都解决了！

方圆还想说什么，刘备摆摆手制止他，我一直在思考的问题，是老头为什么逼我在借条上签字，为什么要以股权做抵押。说实话，提到光明投资公司的股权，我就神经过敏，甚至心惊肉跳！但是我想不明白，凭这张借条他怎么兑现？三千万也罢，光明股权也罢，他上法庭打官司吗？不成立呀，我们没借他的钱，法官不会判他赢！这么大的款项，查银行往来账目就一目了然，老头没有任何凭证证明我们拿过他的钱！他到底打什么如意算盘？我实在看不懂。到头来，他还不是竹篮打水一场空？

鸡公接过话茬，所以呀，我说写什么样的借条都不要紧，那不过是废纸一张，糊弄糊弄老头罢了！签字的事，你也别那么严肃。没用的，就算你签了字，法律也要依据事实，根本不成立嘛！

方圆忧虑地说：我总有一种感觉，这老头深不可测，说不定借条背后有套路。

什么套路也不怕，把老头往四川大山里一扔，他插翅也难逃！鸡公信心满满，一脸不屑神情，方圆有一条说得对，淡水九层楼是不能去了，我的意见，还是按最初我提出的方案办！

鸡公描述他的四川老家，村里大半都是空房子，院子杂草齐腰深，荒芜的情形外人无法想象！青壮劳力都跑了，满村只能找出几个老人。树林密不透风，狼都开始在村头嚎叫。有农家买了一个被拐骗的大学生做媳妇，那姑娘逃走几次都没转出周围的山梁，饿得像白毛女似的，自己找回婆家来……

鸡公最后下结论：老头再有本事，只要送进我老家那鬼村，这一辈子就算结束了！

刘备摇头，你这个方案虽然安全，只是太不人道了。来，你们看看这地方怎样？

刘备敲敲面前的笔记本电脑，屏幕呈现一排排漂亮的房子，五彩缤纷的花园……方圆、鸡公都探头去看，不解其意。

这是一家精神病医院。离滨海市，我们现在所处的位置，也就是三个小时的路程。陈院长，就是这家精神病院的一把手，和我是老朋友了，在我们的公司有投资。我跟他通了电话，把老头的情况一说，他欣然接受这位病人。注意了，我给老头安排了最好的去处，精神病医院啊，那不正是他的归宿吗？在这美丽的地方，他怎么闹、怎么说都没人理会，打一针就静悄悄地睡觉！我们得到安全，又医治了他的毛病，岂不两全其美？

鸡公拍案叫好，高明！我都看见画面了——老头在精神病医院拿出借条，到处跟人讨三千万。那不是精神病发作吗？男护士们跑来了，给他一电棍！电击疗法嘛！看你还要不要钱，还三千万哩⋯⋯

刘备果然聪明！既然老头疯了，就把他送进精神病医院，逻辑自洽。连方圆也不得不承认，这是最合理的安排。

鸡公一边啧啧赞叹，吹捧董事长高明，一边打开手机看微信——张大胡子又来找他！他要他汇报最新情况，简明扼要一些也行。这个心怀鬼胎的篡权者，对小楼的动静格外关心。鸡公就把精彩纷呈的情节浓缩成微信，一条一条发过去。

刘备还沉浸在精神病医院构想的兴奋中，瞅一眼低头摆弄手机的鸡公，有点不满地问：谁来微信？看把你忙的！

鸡公歉意地一笑，老婆催我回去，一举一动都要向她汇报！做上门女婿很不容易啊⋯⋯

张大胡子对借条风波最感兴趣，反复询问刘备签没签字？鸡公如实回答：没签。张大胡子指示：力促他签字！

鸡公脑子里晃过一闪念——难道老头与张大胡子有联系？但那又怎么可能呢？未及细想，张大胡子又来一道命令：一旦刘备签字，你务必在第一时间把消息发给我！

结束微信，鸡公回过神来，见刘备与方圆又争吵起来。

刘备恼怒地敲着桌子，责问方圆：面对我这样完美的一个方案，你怎么还固执己见？

方圆说：这件事要彻底了结，我认为只有投案自首！未来有许多不可预测的因素，人哪，千算万算不如老天一算！精神病医院是很好，但改变不了阿庆之死的事实。

你这是捣蛋！明知我面临挑战，偏要爆雷，你想炸死我吗？刘备伤心地挥挥手，方圆啊，我辛辛苦苦撑起光明投资公司，使你们的股权价值不断翻倍增长，这一切容易吗？现在有人威胁我们的江山，你为什么就不肯听我安排呢？

鸡公收起手机，加入战团。他和方圆早有底火，借此机会一并发作，方圆，别装 × 了！你就是圣母婊、道德婊，只想显出自己崇高是不是？我们毕竟是光明投资公司的大股东，遇事必须维护董事长。你去自首，不就把我们都牵进来了吗？张大胡子虎视眈眈，还不趁此机会抢夺董事长的宝座？这些你都想过吗？

方圆道：我当然想过。我决定独自承担责任，我到公安局报案，就说是我把阿庆推入水中！事情过去多年，证据也难以收集。我觉得，这罪行不至于太重——防卫过当也罢，过失杀人也罢，都由我一人担当！刘备，你好好当董事长，鸡公你安心做养老女婿，阿庆事件与你们从此无关！

方圆的豪气并没感动刘备，他阴沉着脸说：你非要陷我们于不义呀！你做忠臣，我们都是奸臣，对吗？就你讲义气，我们全是王八蛋！

不，我感觉老头出现是某种启示，我们所走的人生道路亮起了红灯！从淡水开始，我们一路奋斗，现在应该反思了——我们追求什么？我们付出怎样的代价？我们应该如何度过后半生？二位哥哥啊，好好想一想吧，正确处理老头事件，正是人生关键的转折点哪！方圆说得声泪俱下，恨不得把自己的心掏出来。

刘备不为所动，冷笑，又是形而上那一套，我他妈的烦透了！文科害人，哲学坑人，宗教蒙人！方圆啊，我不知道你干吗非要执意如此，你怎么解释都没用。反正我不同意你去自首，希望你别逼我们，别拖着我们往火坑里跳！

方圆站起身，走到窗前，心里难受极了。不知何时起了大风，窗缝传出吹哨般尖锐的声响。雪也下大了，狂风卷起雪片在空中旋转，仿佛玉龙翻舞。后院两棵黑松摇曳挣扎，仿佛两个疯狂的妖女，在黑夜里表演死亡之舞。

　　方圆忽然想起《天局》，他们三兄弟现在仿佛身陷迷魂谷，转来转去走不出棋盘似的山崖。在一股神秘力量的作用下，方圆觉得自己和刘备、鸡公都成为棋子。他们掌握不住自己，甚至已不再是自己，被一股盲目的冲动所裹挟，卷入可怕旋涡……

　　刘备、鸡公还在滔滔不绝地指责，方圆什么也听不见。他们的脸又开始变形，一会儿是方的，一会儿是圆的，一会儿又拉成长条条……方圆觉得自己疯了！温妮说得对，老头的疯病病毒会传染人，三兄弟都已陷入疯狂——上帝要他灭亡，必先使他疯狂！

　　鸡公对方圆满怀敌意，别跟他啰唆！我们走我们的，他还能堵着窗口不放行？

　　刘备看看手表，果断站起来，说走就走，立即行动！我们现在出发，天亮就到精神病医院了！

　　方圆上来执拗劲，用身体挡住房门，鸡公，你还真说对了，我就要挡住门、堵着窗，不让你们把老头带走！

　　鸡公像一只斗鸡，涨红的脸贴近方圆，这可是你逼我们的，非要采取特别措施了！

　　方圆瞪起眼睛，怎么，你还想往我嘴里塞药片？让我像老头一样变成活死人？

　　刘备也变得疯狂，抓住方圆的肩膀猛烈摇晃，方圆，你清醒一下吧，别挡我们的道！我做投资，本质冷酷。唯有如此，才能成为常人不及的大赢家！这个你懂的。现在我命令你让开，从此以后，我们各走各的路！

屋子里的气氛剑拔弩张，一桶火药眼看就要爆炸。

忽然，楼下传来一阵金属敲击声，老头嗓门洪亮地吆喝：开会喽，全体集合！开会喽……

方圆急转身，拉开房门，只见楼上楼下灯火通明。扑鼻而来一股汽油味儿，顶得人脑门发晕——走廊铺着的旧地毯、木质楼梯都湿漉漉地浸透了汽油！

方圆几步蹿到楼梯口，只见老头用饭勺敲着脸盆，两只眼睛精光四射，神气无比！大狗蹲在他身边，仰着长脸似乎也在发笑。搞什么搞？他真想放火烧楼？

方圆一阵战栗，大喊：你别乱来！

刘备、鸡公也挤到楼梯口，惶惶然不知所措。温妮披散头发、穿着睡衣从房间跑出来，只有蓝花花躺在床上没动静。小儿蓝天也从梦中惊醒，跑到走廊拽着温妮的衣角。一场惊变，出乎意料，所有的人都吓呆了……

老头依然敲盆，嘴里不停吆喝集合、开会。刘备一声令下：还等什么，快把他绑起来！

鸡公踩着湿滑的楼梯，刚要往下走，却见老头扔掉脸盆，不知从哪里摸出一只打火机，别动！你再往下走一格，我就点火了！

鸡公脸色煞白，把伸出的腿又缩回去。方圆举起一只手掌，大爷，千万别打火，有事好商量。

老头哈哈大笑，转而咬牙切齿，商量什么？早就商量过了——你们以为我还会要钱吗？不，我要给阿庆报仇！我等啊等，终于等到今天，等到你们人都凑齐了。儿呀，我要把你的仇人一把火烧了，祭奠你在天之灵！

老头说着，又擎起打火机。一刹那，所有的人都屏住呼吸，眼看火星迸发、火苗摇曳……

三十七

　　一股冷风贯穿走廊，每个人打起寒噤。这一股仿佛来自地狱的寒凉，更让人们心头笼罩死亡的阴影。走廊尽头放着一把梯子，通往屋顶的木盖已经掀开，冷风夹着碎雪从那窟窿灌进小楼。

　　方圆猛然醒悟：老头把黑色塑料桶藏在屋顶上了！难怪闻不到汽油味，也找不见塑料桶的踪影。他后悔莫及，怎么没想到上屋顶检查一下呢？现在说啥都来不及了……

　　酝酿已久的灾难，此时达到顶峰！方圆觉得眼前情景虚幻失真，皆是某种象征。老头的疯狂行为，不正是病毒的化身吗？魔鬼来了，它就藏在老头的狞笑中。而今夜发生的所有事情，是神对三兄弟的惩罚！是的，真正的惩罚要高于法律，你用肉眼是看不见的。方圆颤抖的灵魂，不是一直在等待这一刻的到来吗？

　　刘备脸色铁青，尖声高喊：你把火灭掉，我签字！

　　老头噗地吹一口气，灭了打火机的火苗。然后，他微微仰起脸庞，似乎在等待下文。鸡公何等机灵，立即冲进老头房间，找到那个笔记本，还有一支圆珠笔。他把天书高高举过头顶，一路呼喊：来了，来了！借条找到，马上签字……

　　刘备翻到那张借条，手捏圆珠笔，抖抖索索签下自己的大名。

方圆注意到，老头不再吆喝为儿报仇，歪着脑袋看刘备签字，似乎在欣赏自己胜利的一幕。

刘备签完字，擎起笔记本让老头查看。他期望老头上楼来拿借条，好乘机有所动作。老头却有心计，对温妮说：你拿手机拍照，给我保存好喽。

温妮早已吓坏了，哪里还敢怠慢？拿起手机反复拍照。方圆奇怪：拍下那页借条，老头想干吗？下一步他会怎么走？

老头冷峻的声音从餐厅传来：温妮，你把手机递给我！

温妮战战兢兢地踩着浸满汽油的楼梯，一步一滑往下走。老头等她走过半程，伸长胳膊接过手机，又命令她回去。温妮照办，回到楼上与众人一同望着老头，不知道他拿去手机干啥？

老头嘿嘿一笑，手指熟练地发微信。都以为他老年痴呆症，不会写字、不会玩手机，没想到他装傻蒙人哩。此刻，他当众炫技，操作手机熟练无比！

好了，借条发给我的朋友啦，大功告成！老头笑容灿烂，不见一丝病容。他又拿出打火机，点着一团火苗。惊得楼梯口一众人等，再次把心悬在嗓子眼上！

我要走了。方圆啊，我早就对你说过，撬开后窗是预防一场火灾，更是留一条退路。你们站着别动！我上街之前，你们若是报警，我就把火机扔在汽油上——顺便提醒你们，这汽油我让它一直流到窗户前，是一根很好的导火索哩！

原来老头早已想好今天，所有的人、所有的事都在他的设计之中！这才是痴呆老人的庐山真面目，三兄弟无不目瞪口呆……

出现一个意外：小儿蓝天忽然下楼，毫不畏惧地朝老头走去！这一下打乱了老头的计划，他瞪眼吼道：站住！我要扔打火机了！

小男孩继续往下走，一格又一格迈下楼梯。虎子！虎子！他稚嫩的童声朝大狗喊叫，咬他的手啊，别让疯子点火！

傻狗虎子，真是糊涂一世、聪明一时啊！听了小孩召唤，它忽然尽了狼狗的本分，猛一扑，将老头扑倒在地，叼住他的胳膊猛力一甩，把打火机摔出老远，火苗也熄灭了……

方圆、鸡公、刘备一齐向前冲，脚下一滑溜，连滚带爬下得楼梯，共同将老头按得死死的！方圆从吧台拿了一卷透明胶，准备绑他。鸡公与刘备一人拧住老头一条胳膊，推他上楼。

回到老头的房间，三堂会审开始。老头仰靠在沙发上，三兄弟或坐床，或坐钢管椅子，虎视眈眈地瞅着老头。

老头从容淡定，谈笑自如。如果他嘴里有几句实话，那么，这会儿倒真表现出小学校长的风范。他既不疯也不傻，问什么说什么，好像是三兄弟的老朋友，咱们好好聊聊吧，我的目的达到了，也憋了一肚子话，现在正想往外倒呢！

鸡公抢先问他最关心的问题：你不是睡死了吗？我在你嘴里喂了那么多药，难道是假药，都不好使吗？

药是好药，只是没进我的肚子。老头笑笑，反问道：你们有没有看过日本电影《追捕》？我年轻时这部电影可火了！要是看过高仓健的表演，你们就会明白我把药藏在舌根底下，人一走，我就全吐到床底下去了！

刘备翻开笔记本，在老头眼前晃晃，这些字都是你写的？为了装傻下这么大功夫？

老头显得很认真，这种字，编是编不出来的。我不能剽窃知识产权，这是我老婆的作品！她倒真得了老年痴呆症，先是不认人，最后连饭都不会咽，活活饿死了！阿庆我儿，你别在那里忙活了，听我说一句实话吧——我没有掐死你娘！我坐牢是因为诈骗罪，真的。我不是杀人犯，只是一个骗子！

方圆蹲在茶几旁，正用透明胶把老头的双脚捆起来。老头叫他"阿庆"，明显带着戏谑的成分。这使方圆想起那么多日子，被老头蒙在鼓里的耻辱，恨不得抽他两巴掌！

我不会逃跑的。我的目的达到了，还有必要跑吗？来，你在我身边坐下，且听我揭开核心秘密！老头把方圆拽起来，拍拍沙发道。

你肯说实话，那就告诉我们，你要借条干啥？这是刘备关注的焦点，他神情有些迫不及待，刚才发微信，你说把借条发给朋友了，那是什么人？他一直在等你的消息吗？

老头竖起大拇指，老大到底聪明！我是老骗子，我的朋友当然都是骗子。我有搭档，一天二十四小时守候着，借条一到手，立即行动！

刘备紧张起来，怎么行动？

现在网络科技发达了，骗子们也会追潮流。我们有自己的群，有专业朋友圈。老头面色潮红，炫耀自己的技术活儿。诈骗得手，谁都急于出脱，第一时间就到朋友圈找下家！你们那张借条，我搭档已经在朋友圈挂单了，很快就能卖掉……

温妮从门外进来，手中正拿着被虎子扑到餐厅角落的手机。老头朝她招手，温妮，麻烦你把手机给我，看看有没有成交？不好意思啊，为了迷惑大家，我故意不带手机。温妮姑娘，你多受累了。

鸡公还是蒙，问：一张借条怎么能卖？你卖给谁？谁肯买？

老头一边翻看手机，一边向三兄弟介绍情况：你们以为我会拿着借条上法庭打官司吗？那就太幼稚了！猫有猫道，狗有狗道，骗子们怎么可能走正道？现在，社会上产生大量的讨债公司，真如雨后春笋哪！黑社会、无赖、腐败司法人员，都藏在那些讨债公司里。他们抓到你的把柄，敲骨吸髓，什么手法都会用，不怕借条不能兑现！

方圆明白了，你把借条卖给讨债公司，让他们来逼债啊……

正确地说，不是卖，叫承包讨债。当然，我们要让出很大一块利，这张借条三千万，二折挂单，六百万我就卖掉！真正现金到手，只要快当，活儿做得干净利索，再打个对折，三百万我也肯成交。讨债公司呢，他们干成一单获利丰厚，何乐而不为？特别是掌握了底细，比如你们，欠我儿子一条命，吃准你们不敢报官，怎么还敲不出一笔巨款来？

刘备脸色变得苍白，急切地问：为什么要拿股权做抵押？你们又过不了户……

有人感兴趣，肯拿出钱来就行。借条嘛，总要有东西做抵押，干我们这一行，最怕遇到穷鬼！至于如何兑现，怎么拿到钱，是下一个环节，也就是讨债公司黑道大哥们的事情了。股权怎么过户？我不懂，也用不着操心。

鸡公恍然大悟，张大胡子急着让刘备签字，肯定是有渠道进入骗子朋友圈！他有可能买去那张借条，再利用讨债公司敲诈刘备。这一下悬了，三兄弟等于把股权全抵押给了张大胡子，只为那子虚乌有的三千万！

蓝花花找到我，我马上就知道好机会来了！阿庆这王八蛋，天生犯罪的料，嘿，真是老子英雄儿好汉。他一辈子没孝敬我一分钱，尽惹麻烦，他死了我一滴眼泪也不掉！阿庆用命换来的机会，也算是给我尽了一次孝。我做功课，了解你们的底细——特别是光明投资公司，网上一搜，大名鼎鼎，我一看就知道有大油水可捞啦！我耐着性子潜伏下来，装疯卖傻，知道总有一天会见到老大。只是没想到这么快，疫情倒帮我一个大忙……

手机一响，有微信进来。老头急忙翻看，喜形于色地喊道：成交了！卖了八百万，遇到一个好买家，出手大方！看来，有人对抵押品感兴趣，真想得到这笔股权哩！

刘备长叹一声：麻烦大了！方圆啊，还是你说得对，应该早早走正道，才能了结此事！

方圆板着脸，夺下温妮的手机，用透明胶捆绑老头双手，还有一件事情，储藏室里的毒药，毒鼠强，是你偷走了吧？藏到哪里去了？

我偷毒药干吗？我一个发财的人，怎么会沾那晦气的东西？

方圆凝视老头，紧盯一句：你真不知道毒药在哪里？

老头坚决回道：当然不知道！

鸡公与刘备交流眼神，下一步怎么办？还送精神病医院吗？

当然，按既定方针办！刘备十分果断，天快亮了，我们马上出发。

老头听见"精神病医院"几个字，急忙申辩：我可不是神经病！我全是装的，装疯卖傻是诈骗犯的基本功。那病历什么的，都是假的！我既没有狂躁症，也没有老年痴呆症，好人一个，啥都正常……

刘备站起身，我说你疯，你就是疯了！弄假成真，是我们这个时代的常态。杜丘活到今天，肯定会真成傻子，因为那些药可以静脉注射，他吐不出来！

老头脸上显出绝望神色。他正要说什么，鸡公抢过话头：一个疯子，关在精神病医院里，谁能找到他？找不着主儿，借条当然没用了，讨债公司也没有办法！

老头狂喊：你们违法，不能把一个好人关进精神病院！

刘备的笑容十分冷酷，一个老骗子，还懂得违法？跟医生讨论法律去吧，他们会让你开窍的……

方圆又开始出现幻觉。自从郑主任脸庞变形，周围事物总是在方圆眼中呈现不可思议的形状。此刻，老头变成一条蜥蜴，在沙发上扭来扭去。刘备则变成野猪，一对凶狠的獠牙要把蜥蜴刺穿，挑到天上摔死！鸡公更可怕，额头长出独角，眼珠掉出眼眶，舌头夸张地垂到胸口，一副吊死鬼模样……方圆拼命拍额头，他相信自己才应该去精神病医院。

男孩蓝天突然哭声震天！他推门进屋，抓住鸡公的胳膊，妈妈不行了！爸爸，你快去看看妈妈……

方圆顾不得绑老头，扔下透明胶抱住蓝天，妈妈怎么了？快说！

蓝天泣不成声，妈妈死了！

蓝花花静静地躺在床上，不知何时没了呼吸。众人围在床前，都不敢相信眼前的事实！温妮回忆说，老头敲盆时她就没有反应，临走，她还推过她一把……

方圆摸摸蓝花花的脉搏，没有脉动，手腕冰凉。看来，她过世已经有一段时间了。

怎么会这样？发生了什么事情？方圆脑子里一团混乱，巨大的悲伤压垮了他的精神。晚饭前与蓝花花谈心，她虽然头疼卧床，各方面还挺好的，没想到竟是两人的诀别！

死神的脚步无声无息地走来，阴暗的镰刀割麦穗一样割去蓝花花的生命。窗台上还剩两盆蝴蝶兰，开得正盛，那美丽的翩翩起舞的花瓣，仿佛她尚未走远的灵魂。悲哀如浪滚滚袭来，方圆心痛欲裂，难以忍受。他闭上眼睛，看见蓝花花走到面前，酒窝闪现，深情一笑。她似乎对他说了些什么，又似乎在给他唱山歌，然后，蓝花花穿着那双初次相识的大水靴，囊囊地走远了……

毒药！老头下毒害死了她！方圆跳起来，扑向隔壁房间。

屋子里空空荡荡。沙发旁丢着一团乱糟糟的透明胶，老头逃跑了！刚才蓝天进来报告噩耗，手还没捆结实，方圆心慌意乱地离开了。老头趁机给自己松绑，扔掉透明胶，逃之夭夭。

方圆打开玻璃窗，大雪迎面扑来，街上没有老头的踪迹！

走廊响起鸡公的叫喊：他在那里！老头爬梯子，上屋顶了！

一阵杂乱的脚步声，伴随着刘备的低吼：快追！

屋顶是绝地，老头逃不出去。方圆让他们追捕老头，自己回到蓝花花的身边。温妮提醒他：都出人命了，赶快报警吧！

方圆央她帮忙，温妮拿着手机到走廊报警。方圆独自留在屋里，像一头孤狼似的团团转圈儿……

一切都那么不真实，又明明白白摆在眼前！人世间灾难频发，是神明借此惩罚人类吗？方圆知道自己有罪，却没想到惩罚来得如此激烈，如此可怕！蓝花花死了，所有的痛苦在此刻达到极点！方圆总是用隐喻的视角看世界，他早已预料老头出现，兄弟聚会可能引发一系列不祥事件，灾难隐隐约约露出端倪。但是，蓝花花的尸体横陈眼前，却是方圆万万没想到的！他无法接受这残酷事实，他要抗议，上苍的惩罚太过分了！然而，渺小如蝼蚁的他，又有什么办法呢？心中的呼声再响亮，还不得默默面对现实吗？方圆沉重地垂下脑袋……

忽然，他看见床头放着的手袋。蓝花花平时出门总拿着它，方圆十分熟悉。他坐下，伸长胳膊拿过手袋，把所有的东西倒在床上。一只牛皮纸信封掉出来，外面还牢牢地扎着皮筋。方圆解开皮筋，从信封抖出几包东西——毒鼠强！那正是方圆毒老鼠剩下的，藏在储藏室的铁桶里。

方圆既惶恐，又迷惑：毒药怎么会藏在蓝花花的手袋里呢？是老头做了手脚？还是她服毒自杀？

方圆呆立床前，犹如一座木雕。与蓝花花相爱一场，几度分合，没想到竟是如此结局！他想哭，却哭不出来，嗓子干哑，失魂落魄。蓝花花真是谜一样的女人哪，怎么就这样走了呢？方圆眼见她香消玉殒，又发现手袋里的毒药，所有的事情更加扑朔迷离，真相愈发隐入重重迷雾！

温妮出门打电话，已经报警。这会儿，她忽然在走廊里喊起来：方圆，快过来啊！又出事了……

方圆急忙跑出屋子，只见温妮站在走廊尽头，满脸紧张神色，怎么了？出啥事情啦？

温妮显然刚从屋顶下来，手指着梯子，面色苍白，嘴唇颤抖，他们，他们在屋顶上打起来了！你快上去看看，打得好凶啊……

方圆攀着梯子，爬上方孔，把脑袋探出屋顶。顿时，他看见平台上一幕惊心动魄的情景——

三十八

次年夏季，警官齐鸿浩照例到人民饭店喝散啤。

他是方圆的老朋友，下班有空经常来喝酒聊天。散啤是滨海市的特色产品，从啤酒厂刚下生产线的新鲜啤酒，直接装进大炮弹一样的钢桶里，拉到各家饭店、街边小铺。人们要几个简单小菜，用一种巨大玻璃杯装散啤，咕咚咕咚灌进肚子。这是本地人最喜欢的消夏方式。齐警官总说人民饭店的散啤特别凉，方圆做的小菜特别爽口，三天不喝上点儿、吃上点儿，浑身都难受。

其实，他是恋着和方圆谈文学，论创作。只要有时间，两人总要聊到深夜。

身为刑警队副队长的齐鸿浩，不仅是一名破案高手，也是滨海市热情似火的业余作者。他喜欢写影视剧本，写起来十分疯狂！据说，他一边写作一边抽烟，天长日久，灯泡都蒙上一层烟油子。当然，像大多数业余作者一样，他的作品既没发表，更没有拍摄上映。

方圆多年写诗，也算有一点经验。他劝齐警官，你先从小处入手，写点诗歌、短篇小说试试，没准就发表了。齐警官神色坚决，不，我又不靠写作吃饭，要写就写自己喜欢的！

他沉迷于影视，说自己一边写，眼前一边放电影，经常把自己看哭了。业余创作嘛，就是为了让自己先过瘾，拍不拍、演不演管他娘的！

隔离期间，人民饭店发生的一桩大案，由齐鸿浩负责侦办。案子结了，生活回归正常，他又来找方圆喝散啤。齐警官说，自己要以此案为背景，写一部电视连续剧，大纲已经拉出来了。既然是好朋友，总要与方圆分享。齐警官趁着酒兴，连比画带讲，甚至加上音响效果，把那些催人泪下的镜头，一一向方圆描述。他的剧本多取材于自己侦破的案件，有生活、有内容，某些方面确实震撼人心。不过，方圆看到的剧本就大为逊色，完全没有他口述的效果。这也许是业余作者的通病，笔力不逮！

亲身经历的事情，方圆自然对齐警官的创作格外关注。人物，细节，故事走向，他们深入讨论，方圆几乎直接参与创作。酒喝完了，不够，温妮就拿走空杯子，给他们打来两扎新散啤。有时，她也坐在旁边的椅子上，凝神倾听一会儿。

温妮已经身怀六甲，挺着大肚子却不肯停歇，帮助方圆打理饭店。小儿蓝天过来纠缠，温妮就离开餐桌，安排他睡觉。鸡公正在监狱服刑，蓝花花又已离世，方圆和温妮就把蓝天当自己的孩子养着。鸡公的现任妻子也生下儿子，养老女婿不仅没能养老，还带来一大堆麻烦，丈人家当然不肯管蓝天。

有时候，方圆和温妮在楼上房间坐着，恍若隔世。有过隔离吗？有过从天而降的老头吗？有过三兄弟聚会吗？……所有的一切仿佛都未发生过，岁月静好，就是眼前同样的情景。那个春节，方圆和温妮按期结婚，蓝花花没有走进这个房间。怀孕是晚了，孩子迟到一年半载，但该来还是来了。不是一家人，不进一家门，方圆和温妮磕磕绊绊，怎么打也打不散。是这样吗？他们并排坐在床沿，互相用眼神探询，谁也不张口，谁也不提过去的故事⋯⋯

与齐警官的讨论，又使方圆沉湎于往事。时光流逝，今天回不去昨天，但昨天依然鲜活如新。方圆念念不忘蓝花花——她的死，真与毒鼠强没有关系？

齐警官摇头，没有，她死于心源性猝死！蓝花花的心脏可能早就有问题，只是自己不知道。

那么，毒药怎么会藏在她手袋里呢？

齐警官反问：你买毒鼠强灭老鼠的事情，蓝花花知道吗？

方圆说知道，那时她已经来人民饭店了。毒完老鼠，她还劝方圆把毒药扔掉。可是扔哪里呢？垃圾箱恐怕不行吧，万一再害了别人怎么办？所以就把毒药装在铁罐子里，放在大货架顶上。

齐警官分析道：那就对了！蓝花花发现汽油桶，想到小楼里还有其他危险物品，千万不可落到老头手中。她就从铁桶里找出毒药，藏在自己手袋里。那一晚事多纷乱，蓝花花没顾得对方圆说。再则，她也不知道自己即将离开这个世界⋯⋯

方圆不免黯然神伤。齐警官转移话题，说起老头这个人物。办案过程中，他彻底调查了老头的底细。此人确实当过小学校长，却诈骗学生家长，屡次犯法，因诈骗罪判刑入狱。后来，他在监狱精神病发作，保外就医，住进了医院。

方圆回想，老头口口声声说自己好人一个，发疯痴呆都是装的。那是怕刘备他们送自己进精神病医院吧？

齐警官认为，老头的病早已痊愈，装疯卖傻是肯定的。遇见蓝花花，他拿精神病做幌子，开始新的一次诈骗犯罪！从屋顶摔下来，老头当场气绝丧命，也算是恶有恶报。

齐鸿浩还查实，阿庆并没有淹死。他的背包挂在树枝上，人顺着洪水游走了。还是他爹说得对，真是鱼精托生的！他在深圳活动，身份信息保留了很久。后来去香港，死于一场黑社会枪战。这些事他父亲可能不知道，也可能知道。无论如何，老头是不会说的。

雪莱最终逃脱病毒魔爪，康复出院。刘备死了，再无人与雪莱争夺王座。权势欲虽得满足，她却暗自悲伤。在死亡面前，许多事情原来并非那么重要！她把在英国留学的儿子叫了回来，继承父亲的股份，培养他经营光明投资公司。

张大胡子作为战略投资者，如愿进入董事会。雪莱表面上倚重他，内心却多了一层提防。这就像中国古代诸多宫廷故事，不说也罢。

雪莱多次请方圆出山，担任主持公司日常事务的副总裁，被他婉言拒绝。雪莱很伤心，回忆三兄弟当年在淡水创业，如今才有光明投资公司这一枚硕大的果实。她确实需要有人协助，帮她发展投资事业。刘备走了，雪莱更觉空虚。方圆也百感交集，却坚持自己的生活方式，不想再与雪莱纠缠。如过去一样，股份保留，不参与公司事务。鸡公的股份要留给蓝天继承了，他的罪，有限生命难以赎清！

齐警官把重头戏放在三兄弟身上。特别是刘备这个人物，若不是受了鸡公的撺掇诱惑，断不会做出丧失理智的行为！

鸡公在审讯时交代，张大胡子在整个事件中起到至关重要的作用。他向鸡公许愿，扳倒刘备将能成为公司第二把手。特别是，他渲染激情犯罪这个概念，使得鸡公处处找机会怂恿刘备灭了老头！最终，刘备果然跳入激情杀人的陷阱……

方圆问道：那张借条是不是落在了张大胡子的手中？他与老头有没有关联？

齐警官摇头，老头死了，一切无从查证。那张借条沉没于江湖，再未出现过。所以，既不能断定张大胡子将借条买去，也不能否认他曾在背后作祟。这个黑白通吃的金融大鳄，不露声色地下毒，确实害了鸡公、刘备。

方圆默默地喝酒，怀念两位哥哥。悲哀无尽地涌自内心，像泉眼汩汩流出的清水。淡水"四人帮"走了三个，恩恩怨怨，都是方圆最亲近的人啊！这次沉重打击，使他久久难以复原……

鸡公究竟是怎样的人？他对刘备哪来那么大的仇恨？

羡慕嫉妒恨，这个好理解。齐警官点燃一支香烟，缓缓说道，就像病毒潜伏期一样，天长日久，这种情绪在鸡公心中酝酿发酵，成为可怕的怨毒！憋在心底的毒汁一旦爆发，害人害己，比火山熔岩更为凶猛！

方圆轻声感叹：一个赌徒的野心，最终害自己走上不归路……

其实，方圆还有许多话没讲。不可知的神秘力量；天地间的邪气邪灵；光与黑暗；命运与灵魂；无可名状的隐喻——这些话题，与一个刑警队长探讨是不太合适的。

嫌屋内闷，他们把桌子搬到街上。海风徐徐，树影婆娑，凉爽的气息沁人肺腑。夜深人静，路边只有他俩抽烟喝散啤。

方圆心情郁郁，哀伤绵绵。他长吁短叹：人心难测，犹如深不见底的黑洞！最后时刻，刘备怎么想？鸡公怎么想？如果再有选择的机会，他们会不会重蹈覆辙？我真想体验一下，他们站在屋顶边缘时的心情……

齐警官把他从黑暗的思绪拉回来，眉飞色舞地讲起自己的创作，我打算把屋顶那场戏作为序幕，放在整部电视剧的开头！一上来就惊心动魄，紧紧抓住观众，你看怎么样？

方圆疑惑，这样好吗？屋顶戏是高潮，是结尾。你把它放在开头部分，故事怎样展开？

齐警官咕咚咕咚干掉杯中散啤，兴奋起来，这就是本剧的独特结构方式！我，办案警官作为主线，从爆炸性场面开始，在办案过程中分段倒叙，把三兄弟的人生历程逐步展现开来！这样，就打破了小楼的封闭格局，详细描述他们各自的经历、不同的故事，各具特色，各有高潮。最后在人民饭店聚会，来一个大爆炸！

方圆觉得这样也行，挺不错的结构。齐警官醉意渐浓，此刻正是他的最佳创作状态。

音乐起，声响效果也来了，他那张嘴咣当咣当忙个不停！随着齐鸿浩绘声绘色的描述，方圆眼前呈现一幕一幕影视画面——

黎明。风雪大作。

老头爬出方孔，在屋顶大平台狂奔。

刘备脑袋冒出屋顶，他双手一撑，跃上平台。老头在屋顶一角发现竹子大扫帚，举起来一阵狂舞！刘备追上前，却被他扫飞眼镜。一阵慌乱，刘备的双手在空中乱抓……

鸡公也逼近老头。竹子扫帚劈头盖脸打在他身上。鸡公左躲右闪，终于抓住竹子扫帚，与老头争夺！

刘备扑向老头。老头丢下扫帚奔向屋顶另一端。

他们绕着凉亭跑。屋顶边缘，老头无路可逃了，刘备抱住他的后腰。

没有眼镜的刘备，恼羞成怒，整张脸扭曲变形。

身后传来鸡公刺激心灵的喊声：他把借条卖给张大胡子了！我们的股份全被张大胡子抢走了……

刘备双手猛一推，老头跌出平台边缘，身子像一只大鸟从屋顶飞落而下！

鸡公来到刘备身后。

刘备探头看楼下水泥路面，近视眼视野一片模糊。

一个意想不到的场景出现了——鸡公突然伸出双手，猛推刘备的脊背！

刘备飞身下楼，发出长长一声惨叫：啊……

鸡公脸色煞白，被自己的行为惊呆了！他仿佛出于下意识，推了刘备这么一把，又慢慢擎起双手，满脸惶惑地凝视着它们。

温妮最先看见这场打斗，急忙叫来方圆。

方圆爬出方孔的一瞬间，恰巧看见鸡公推刘备跌出平台，他大吼：你干什么！鸡公，你这是干吗呀——

鸡公知道自己完了，所有的梦想碎成齑粉！是啊，他干吗呢？刘备已经杀了老头，何必再推那一把呢？刘备跌入张大胡子激情杀人的陷阱，鸡公自己也紧跟着跳进去！这究竟是为什么呢？

鸡公恐怕永远找不到答案，脑子里一片空白。他产生一阵冲动，想追随老头、刘备跳下屋顶！但他双腿一软，一屁股坐在屋顶边缘的积雪上……

激情自杀？这情况很少有吧？杀别人容易，杀自己毕竟难。

街上响起警笛声，因为温妮的报案，民警赶来。他们是为蓝花花之死而来，却赶上一场更凶残的杀戮！

警车在人民饭店门口停下，一切都已结束。

2020 年 8 月 30 日于加拿大安大略湖畔